Дарья Донцова

Записки безумной оптимистки

АВТОБИОГРАФИЯ

ЭКСМО

• • •

"Записки безумной оптимистки"

«Прочитав огромное количество печатных изданий, я, Дарья Донцова, узнала о себе много интересного. Например, что я была замужем десять раз, что у меня искусственная нога... Но более всего меня возмутило сообщение, будто меня и в природе-то нет, просто несколько предприимчивых людей пишут иронические детективы под именем «Дарья Донцова».

Так вот, дорогие мои читатели, чаша моего терпения лопнула, и я решила написать о себе сама».

Дарья Донцова открывает свои секреты!

Дарья Донцова

Гарпия с пропеллером

Москва
ЭКСМО
2003

ИРОНИЧЕСКИЙ ДЕТЕКТИВ

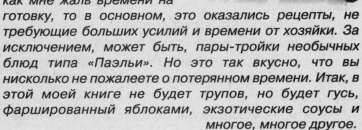

Глава 1

Если не в деньгах счастье, то почему никто не дарит их своим соседям? Эта мысль вихрем пронеслась в моей голове, когда Ленка Гладышева бросила мне в лицо пачки зеленых купюр. Они разлетелись по холлу, их было много, наверно, тысяч двадцать.

— Ты с ума сошла? — удивилась я.

— Это у тебя крыша поехала! — взвизгнула Ленка, сделала шаг к креслу у вешалки, но не дошла до него и стекла на пол. Закрыв лицо руками, она принялась горько плакать, иногда выкрикивая: — Ну скажи, как тебе в голову пришла такая мысль? Как?!!

Я присела возле нее на корточки:

— Извини, но я ничего не понимаю.

Ленка вытерла рукавом белоснежного свитера лицо. Нежная шерсть окрасилась в красно-желто-черный цвет.

— Ага, — всхлипнула подруга и ткнула пальцем в стодолларовые купюры, — а это что?

— Деньги, — ошарашенно ответила я, — похоже, тысяч двадцать, не меньше.

— Вот, — гневно подхватила она, — и сумму назвала точно, значит, это ты!

— Что я?

— Положила их в мой почтовый ящик да еще снабдила идиотской запиской! — заорала Лена, делаясь пунцовой.

Сейчас, когда основная часть косметики с ее лица переместилась на свитер, стало видно, что под глазами у подруги иссиня-черные круги.

— Ничего я не клала, — отбивалась я.

— А знаешь, что там ровно двадцать тысяч долларов?! — не успокаивалась Лена. — Откуда они взялись, скажи на милость?

— На мой взгляд, — я попыталась сохранить спокойный вид, — это не такая уж запредельная сумма...

— Ага, — злобно прошипела Гладышева, — вот оно как! Не запредельная! Конечно, богатеньким Буратино двадцать тысяч баксов ерундой кажутся, а мне за эту сумму работать, работать и не заработать!

И она пнула ногой небольшой овальный столик, на который мы обычно кладем ключи, перчатки и другие мелочи. Но сейчас на нем, как на грех, стояла небольшая вазочка, в которой торчал букетик неизвестных мне цветов, этакая помесь ромашек с пионами. Фарфоровый сосуд закачался, упал на пол и мигом превратился в кучу разнокалиберных осколков.

— Муся, — закричала, свесившись со второго этажа, Машка, — ты опять разбила что-то? Ой, привет, тетя Лена! Чего на полу сидишь?

Понимая, что дочь сейчас ринется вниз и налетит на бьющуюся в истерике Ленку с вопросами, я быстро сказала:

— Маня, сделай милость, иди к себе.

Маруська, уже было спустившаяся на одну ступеньку, замерла, потом вполне миролюбиво ответила:

— Ага, понятно. Вообще-то у меня Интернет включен.

С этими словами она преспокойно удалилась. Я вздохнула. Рано или поздно дети вырастают, вот и Машка из подростка постепенно превращается во взрослую девицу. Год назад в подобной ситуации она бы ни за какие коврижки не ушла.

Я повернулась к Гладышевой:

— Если тебе станет легче от битья посуды, иди в столовую. Там стоит парочка буфетов с тарелками и фужерами, можно перебить их все.

— Еще и издеваешься, — прошептала Лена, закрывая лицо руками и дрожа, словно озябшая мышь.

Меня охватила жалость. Конечно, Гладышева истеричка, но в последнее время жизнь ее отнюдь не баловала, скорее, наоборот, била по голове.

Я погладила Ленку по плечу. Она прижалась ко мне и зарыдала.

— Леночка, — осторожно спросила я, — объясни толком, что случилось, при чем тут доллары, отчего ты примчалась к нам поздно вечером... И вообще, ты как добралась до Ложкина, на такси?

— Бомбиста взяла, — неожиданно спокойно ответила Лена, — такой гад попался! Пятьсот рублей затребовал!

— И ты дала? — удивилась я.

Она кивнула:

— Больше никто не соглашался за город ехать, а я так на тебя обозлилась! Просто тряслась вся.

— За что?

— За деньги!!!

Понимая, что разговор пошел по кругу, я вздохнула и попыталась хоть как-то образумить Гладышеву.

— Ленка, ну послушай! Ей-богу, я ничего не знаю об этих долларах.

— Кто же тогда подложил мне их в ящик?

— Понятия не имею. А потом, что же плохого, если ты нашла в почтовом ящике крупную сумму?

— Значит, все же ты, — торжествующе заявила Гладышева. — Ладно, я понимаю, что ты хотела помочь, но извини, это слишком жестоко.

Она вытащила из кармана смятый листок и сунула его мне в руки. Я машинально развернула бумажку. «Трать на ребенка! Они твои. Потом получишь еще». Ни числа, ни подписи, а текст распечатан на принтере.

— Какая же ты дрянь! — прошептала Ленка. — Придумала прислать деньги от имени Олега!

Мне моментально стало все ясно. Я решительно схватила ее за руки.

— Пошли в столовую, выпьем чаю и поговорим.

Гладышева не стала сопротивляться. Еще раз вытерев лицо рукавом свитера, она молча встала и двинулась в комнату. Я пошла за ней.

Олег Гладышев был моим старым приятелем, до третьего класса мы ходили в одну школу, а его бабушка близко дружила с моей. Их даже звали одинаково: гладышевскую бабку — Ася, а мою — Афанасия, сокращенно Фася. В девять лет Олег поступил в балетное училище, и мы стали встречаться реже. Он был беспросветно занят: учеба, репетиции, спектакли. Правда, особой карьеры на сцене Олег не сделал, его не взяли солистом ни в

Большой, ни в какой-либо другой московский театр. Предложение поступило из Минска, но Олег
не захотел уезжать из столицы. Он пристроился в
ансамбль «Ритмы молодежи» и ни разу не пожалел
о своем решении. Иногда, забегая в гости, приятель говорил:

— Что господь ни делает, все к лучшему. Ну
сидел бы я сейчас в Большом, и чего? Да там люди
всю жизнь ввода в спектакль ждут. Дадут тебе
перед выходом на пенсию роль, и будь счастлив.
А в «Ритмах» я по горло занят. Да и весь мир посмотрел.

Уж не знаю, насколько Олег и впрямь не ту-
жил, что не танцует принцев и корсаров, но вот
насчет увиденного мира — это сущая правда.
«Ритмы молодежи» без конца мотались по гастро-
лям. Правда, приглашали ансамбль в основном,
как тогда говорили, «страны третьего мира». Под
последними подразумевали Африку, Индию и Араб-
ский Восток. Из двенадцати месяцев в году восемь
Олег проводил на гастролях. Северный и Южный
Йемен, Египет, Марокко, Тунис, Турция... Он
даже съездил во Францию и привез мне оттуда замечательную кофточку. Может, конечно, Олег и
переживал, что не занимается «высоким» искусст-
вом, а исполняет танцы народов СССР, может, и
грыз его в душе червячок, но внешне Гладышев
выглядел замечательно, да и материальных проблем у него не стало. Он купил кооперативную
квартиру, машину, оделся, обулся... Родители его
и бабушка к тому времени умерли, так что все
средства парень тратил только на себя, любимого.
Жены у Олега не было, я попыталась устроить его
личное счастье и познакомила с Нинкой Растор-

гуевой, вполне приличной, на мой взгляд, невестой. Правда, она была излишне толстой, зато имела папу-адмирала и являлась наследницей квартиры, дачи, тугой сберкнижки, картин... Всего не перечислишь.

Но любви не получилось. Более того, Нинка стала убеждать всех знакомых, что Олег «голубой».

— Все они балетные такие, — злилась Расторгуева, — к жизни с нормальными женщинами не приспособлены.

Услыхав в первый раз это заявление, я возмутилась и спросила:

— И почему ты сделала такой вывод?

Она скорчила гримасу:

— Ну прикинь! Мы встречались два месяца, а он не делал никаких попыток меня... сама понимаешь, что я имею в виду. В рестораны водил, на вернисажи, к себе на концерты звал... И все! Доведет до дома, на этаж поднимется, подождет, пока я дверь открою, и привет! Я ему: «Зайди, Олежек, чаю попьем», — а он головой качает: извини, мол, устал очень, спать поеду. Нет, точно гомик!

Обозвав Нинку дурой, я допросила Олега. Приятель только пожал плечами:

— Так ведь правда я очень устаю: репетиции, концерты... Еле-еле до дивана доползаю. И потом, ну не могу я сразу с женщиной в кровать прыгать. Извини, мне сначала к ней привыкнуть надо.

— Ты так никогда не женишься, — ухмыльнулась я.

Олег развел руками:

— Ну не получается у меня по-другому. Может, и впрямь я старомоден... Понимаешь, хочу жениться один раз и на всю жизнь.

Я только вздохнула. У меня самой за плечами к тому времени имелись неудачные браки, а ведь я тоже когда-то мечтала, чтобы раз и навсегда. Ничего, скоро Олег побежит в загс.

Но Гладышев явно не торопился. Связал себя брачными узами он пять лет назад, уже выйдя на пенсию. Ленка сразу стала моей подругой, веселая, неунывающая журналистка, работающая в одном из модных журналов. Уйдя из ансамбля, Олег пристроился работать в Дом моделей, к известному московскому кутюрье Гарику Сизову. Только не подумайте, что бывший танцор бегал по «языку», демонстрируя наряды. Вовсе нет. Олежка обучал моделей танцам, ставил дефиле и вновь казался совершенно счастливым.

— Ты не поверишь! — воодушевленно объяснял он мне. — Это так интересно! Девчонки невероятно талантливы.

Материальных проблем у него не было. Наивные советские люди, доверявшие сберегательным кассам больше всего на свете, потеряли свои денежки в огне перестройки. Многие мои, даже самые обеспеченные друзья мигом стали нищими. Но Олег никогда не хранил деньги в сберкассе, впрочем, в чулке он их тоже не держал. Гладышев вкладывал средства в золото и драгоценные камни, а еще он оказался настолько умен, что купил дачу в элитном поселке и начал сдавать дом. Одним словом, в тот момент, когда все обнищали, Олежка жил, как раньше, в полной гармонии с собой и окружающим миром. Я ему частенько позванивала, у него не было никаких проблем, и он излучал добродушие.

Ленка пришла в Дом моделей, чтобы взять у

Гарика интервью. Она много и часто писала про моду. Увидела Олега и влюбилась. Роман их развивался стремительно. Через сорок восемь часов после знакомства они пошли в загс и, сунув регистраторше взятку, упросили расписать их немедленно.

Когда Олег сообщил, что женился, я долго не могла прийти в себя, а потом ехидно спросила:

— А как же принципы, не позволяющие тебе связываться с дамой, которую ты мало знаешь?

Олежка глянул на меня большими карими глазами и без тени улыбки ответил:

— Понимаешь, это моя женщина, я ждал ее всю жизнь.

Я только хлопала глазами. Правда, Ленка понравилась мне сразу, а некоторое время спустя мы крепко подружились.

Аккурат через девять месяцев после похода в загс у Олега с Ленкой родился сын Алешенька. Более сумасшедшего папаши, чем Гладышев, свет не видывал. Все приятели долго веселились, вспоминая, как он купил месячному ребенку мопед. А едва мальчик стал ходить, папаша начал рассуждать о приобретении для него квартиры.

— Ох, избалует он ребенка, — шипела так и не вышедшая замуж Нинка Расторгуева, — уголовник вырастет. И жену свою потеряет! Всю брюликами обвесил, живого места не оставил. Нет, она точно к другому уйдет и сына возьмет!

Расторгуевой, чей роман с Олегом так и не достиг завершающей стадии, страстно хотелось увидеть Гладышева у разбитого корыта. Но, как назло, у него все было прекрасно. Ленка, хоть и получала регулярно в подарок кольца, браслеты и кулоны, совершенно не разбаловалась, а продолжала бегать на рынок за парной говядиной, чтобы сделать мужу вкусные котлеты. В их семье никогда не ругались и царил материальный достаток. Лешенька рос здоровым мальчиком, некапризным, улыбчивым, покладистым. Казалось, ничто не может помешать их счастью. Но вот случилась беда. Чуть больше года назад, 31 декабря, Ленка позвонила мне и напряженным голосом спросила:

— Олег у тебя?

— Нет, — удивленно ответила я, — мы сейчас в ресторан выезжаем, а что случилось?

— Ничего, — звенящим голосом ответила она, — только его до сих пор дома нет. Он с утра поехал по делам, а в обед собирался завалиться к вам, в Ложкино, поздравить с Новым годом. Подарки взял и исчез.

— Позвони по мобильному, — посоветовала я.

— Так все время звоню! — воскликнула она. — А он не берет!

— Может, не слышит?

— Ага, — пробормотала Лена, — может, и так!

Я посмотрела в окно. На улице разгулялась пурга, мостовая сейчас, наверное, походит на тарелку с холодной овсяной кашей, такая же омерзительно скользкая.

— Ты не переживай, — принялась я утешать подругу, — если бы что серьезное стряслось, то давно бы тебе позвонили. У дурных вестей быстрые ноги. Может, колесо проколол и сейчас чертыхается где-нибудь на обочине.

Следующий звонок прозвучал первого января около десяти утра.

— Олег не появился, — сообщила Ленка, — он пропал!

Я понеслась к Гладышевой.

С тех пор прошел год, даже больше, потому что сейчас уже начало февраля. Олег так и не вернулся, и мы с Ленкой прошли все круги ада, уготованные тем, у кого пропадали родственники.

Отнесли заявление в милицию, которое там сначала не желали брать, сообщив, что сотрудники завалены серьезной работой и до нас им дела нет. Затем мы принялись обзванивать больницы, морги... Искали Олега в следственных изоляторах, психиатрических клиниках и домах-интернатах для слабоумных. Мы разослали объявления с его фотографией, наверное, во все выходящие газеты и журналы, пробились на телевидение и радио. Результат — чистый ноль. Получалось, что человек бесследно испарился посреди бела дня в огромном мегаполисе. Гладышева никто не видел, впрочем, его машину тоже. Нажав на все кнопки и используя связи полковника Дегтярева, я сумела сделать так, что «Жигули» Олега были объявлены в розыск, на этом моя энергия иссякла. Ленка сломалась раньше. Сначала она тихо плакала, а потом сказала:

— Его нет в живых.

— Погоди, — цеплялась я за последнюю надежду, — вдруг он от тебя просто убежал.

— Убежал? — поразилась Ленка. — Куда? Зачем?

— Ну, полюбил другую...

Она устало улыбнулась:

— Большей глупости и придумать нельзя! Убежал! Ладно, предположим на секунду, что ты права, хотя более идиотское предположение сделать трудно. Но Алешка?! Меня еще Олег теоретически мог бросить, но сына никогда.

Я растерянно молчала, а что можно было сказать?

Через месяц мне позвонила Нинка Расторгуева и затарахтела:

— Говорила же, что Олег от Ленки уйдет!

— Заткнись, — буркнула я, — нашла повод для радости. Скорей всего, Олежки нет в живых.

— Да не волнуйся, в порядке он, — хихикнула Нинка.

— Ты что-то знаешь? — встрепенулась я. — А ну выкладывай, живо!

— Его машина стоит на углу Рыльской улицы, возле банка! — радостно выкрикнула она.

— Откуда знаешь? — закричала я, вскакивая.

— Не ори, — окрысилась Нина, — сама видела, пошла себе ботиночки присмотреть, шлялась по центру, гляжу, его тачка стоит!

— Ты не перепутала?

— Нет, конечно! Во-первых, номер совпадает, а во-вторых, у Олега на ветровом стекле наклейка красуется: «Дом моделей Гарика Сизова».

— И ты не подождала его?

— Кого, Гарика?

— Нет, Олега!!!

— А зачем, — нагло ответила она, — ясное дело, Олежка от жены слинял, они и без меня разберутся.

Проклиная вредную Расторгуеву, я, не сказав никому ни слова, рванула в центр Москвы. Часы показывали десять вечера. Разум говорил, что, скорей всего, Олег давным-давно уехал, но сердце надеялось: а вдруг?.. Я чуть не умерла от радости, когда, повернув на Рыльскую улицу, увидела несколько машин. Одна из них принадлежала Олегу. Но через пару секунд радость сменилась растерянностью. Автомобиль выглядел заброшенным — у него были отломаны боковые зеркала и щетки, а сам он забрызган грязью почти до самой крыши. Прошлой зимой стояла теплая погода, мело только в декабре, потом весь январь лил дождь.

Чуть не плача, я понеслась к Александру Михайловичу и, наверное, впервые в жизни устроила истерику с хохотом и слезами. Дегтярев стал названивать приятелям в ГИБДД и районные отделения милиции. Через день мы знали правду.

Глава 2

Оказалось, что машина Олега простояла на Рыльской улице месяц. Когда открыли двери, на заднем сиденье лежали красиво упакованные подарки, которые он вез нам, в Ложкино. Я только судорожно вздыхала, глядя, как милиционер осторожно разворачивает блестящую бумагу, заботливо украшенную бантиками и веселыми открытками. Я уже упоминала, что Олег всегда хорошо зарабатывал, он и подарки для нас приготовил с любовью. Для Аркашки была припасена бутылочка дорогого виски, Зайке предназначалась невероятной красоты собачка, Машке — библиографическая редкость: анатомический атлас животных, выпущенный в XVIII веке, Дегтярев нашел бы под елкой трубку и пачку табака. Меня ожидала картина, изображавшая мисс Марпл, — Олег всегда подсмеивался над моей страстью к детективам. Гладышев не забыл никого. Отдельно лежали игрушки для моих внуков, ночная сорочка для кухарки Катерины, элегантный шелковый платок для домработницы Ирки, перчатки для садовника Ивана. Но окончательно добил меня самый последний пакет, в нем лежали кости, купленные всем нашим собакам, искусственные мыши, которыми Олег хотел порадовать кошек, зерновая смесь для хомячков и крысы Фимы... Была даже банка мотыля, которого обожает наша жаба. Увидав плоскую железную коробочку, на крышке которой красовалось изображение улыбающейся лягушки, я вновь потеряла самообладание и закатила истерику.

Сразу же выяснилось кое-что интересное. Во-первых, один из охранников бутика, расположенного напротив банка, сказал, что уже давно видел «Жигули» на этом месте. Более того, парень, решив проявить бдительность, сообщил в местное отделение милиции о том, что у дверей деньгохранилища припаркована бесхозная машина. Секьюрити поблагодарили и... никаких мер не приняли. Оставалось удивляться, отчего не насторожилась охрана банка, но, когда сотрудников местной службы безопасности допросили, они, не смущаясь, заявили:

— У нас своя стоянка, а на улице полно всяких машин кантуется, тут центр, кругом магазины, кафе... Мы что, должны на все автомобили кидаться? Да и прав таких у нас нет. Вот кабы на нашей парковке кто тачку забыл, мигом бы шум подняли.

Когда Дегтярев услыхал все это, шея у него стала пунцовой. Ведь мимо «Жигулей», объявленных в розыск, ежедневно проходили сотрудники правоохранительных органов, и ни одному из них не пришло в голову поинтересоваться, отчего тут, в центре Москвы, зарастает грязью автомобиль. Спешу напомнить вам, что крохотная Рыльская улица находится в двух шагах от широко известного дома номер тридцать восемь на Петровке.

— Никому ни до чего нет дела, — рычал Александр Михайлович.

В машине была сделана еще одна находка. На полу, возле педалей управления, валялись часы Олега. Календарь показывал тридцать первое число, маленькая стрелка замерла на цифре три, большая на двенадцати.

Страшно злой Дегтярев заставил своих коллег шевелиться. Было опрошено огромное количество народа. Рыльская улица небольшая, заставлена в основном доходными домами, построенными в начале XX века. Но сейчас на их первых этажах пооткрывались всякие торговые точки. Их оказалось более двадцати, однако никто из сотрудников не мог ничего сказать «по факту нахождения машины». Большинство, проносясь по улице к своему месту работы, просто не смотрело по сторонам. Олега никто не видел, а если и наткнулся глазами, то мгновенно забыл, что и неудивительно: ничего особенного во внешности Гладышева не было, просто хорошо одетый мужчина средних лет. Вот носи он на голове синий ирокез или выйди из автомобиля в шотландском килте, может, и задержал бы кто-то на нем свой взор. Хотя в наше время народ ничем не удивишь.

И вновь пришлось признать: человек исчез в центре бурного города без всякого следа, испарился, словно капля воды на горячей сковородке. Не удалось даже узнать, что он вообще делал на Рыльской улице. Гарик Сизов сказал, что отпустил своих служащих в час дня, все-таки Новый год. Народ выпил по бокалу шампанского и разбежался. Потом кутюрье поднапрягся и вспомнил, что Олег отказался пить «Вдову Клико», сказав:

— Мне надо за город ехать, друзей поздравить.

Следствие зашло в тупик, Дегтярев, любивший Олега, ходил мрачнее тучи, а для нас с Ленкой наступил новый виток развития событий, мы кинулись к гадалкам и экстрасенсам. Знакомые специалисты этого профиля оказались почти у всех приятелей, и каждый говорил: «О, это такая женщина! Мигом все увидит!» или «Только к этому дядьке, он просто уникальный специалист».

Может, так оно и было, но нам колдуны, биоэнергетики и ясновидящие не помогли. Мнения их оказались диаметрально противоположными. Одни, глядя на фото, сообщали: «Жив! Вернется через два года». А на наш вопрос: «Где он сейчас?», как правило, следовал маловразумительный ответ, что-то вроде: «Из-за большой концентрации энергетических сгустков не представляется возможным выделить ментальную сущность».

Одна бабка заявила, что Гладышев в Колумбии, другая посоветовала съездить на 175-й километр Минского шоссе.

— Увидите там избу, — вещала она, — в ней он, на кровати, без ума и сознания.

Естественно, мы помчались по указанному адресу, обнаружили, что со 150-го по 180-й километр магистрали тянется довольно густой лес, без всяких признаков жилья, и совершенно разбитые вернулись домой.

Потом мы еще многократно мотались в область, потому что другая половина «видевших сквозь стены» твердо уверяла: «Он погиб».

И называла четкий адрес могилы. Ну, допустим: деревня Скопино, за околицей у мусорной кучи, отсчитать семь шагов на запад, десять на север, копать на глубину метра.

Мы с Ленкой, как две дуры, прихватив саперные лопатки, ехали на поиски захоронения. Дальше начинался самый настоящий ужас. Мы находили нужные населенные пункты, шли за околицу, видели помойки, отмеряли шаги, рылись в тяжелой земле, хорошо хоть зима оказалась слякотной, и... всегда что-нибудь находили: полуразложившуюся кошку, собаку, козу... Для меня до сих пор остается тайной: может, экстрасенсы и впрямь что-то видят, просто не до конца! Ведь мертвые тела присутствовали в указанных точках. Или они просто дурят людям голову, а найденные умершие животные тут ни при чем. Совпадение? Полгода мы ездили туда-сюда, потом настал июнь, и Ленка сказала:

— Все. Он мертв, теперь ясно, что никогда не вернется. Я больше никуда не поеду.

Честно говоря, мой энтузиазм тоже иссяк, и поиски мы прекратили.

У Ленки, естественно, начались финансовые затруднения, нет, в журнале платили хорошие деньги, но она не привыкла считать расходы, жизнь с Олегом ее все-таки избаловала. Пару раз я пыталась всучить Гладышевой деньги, но она с улыбкой заявляла: «Нам вполне хватает».

Но беда редко приходит одна. В июле очередные жильцы, снимавшие гладышевскую дачу, напились и устроили пожар. Выгорело несколько домов, Ленка лишилась еще одного источника дохода и стала распродавать свои побрякушки, о чем мне не преминула сообщить с плохо скрываемым злорадством Нинка Расторгуева.

Я вновь попыталась сунуть Ленке денег и опять наткнулась на категорическое нежелание их принимать. Потом ее жизнь потихоньку стала налаживаться. Алешке она наняла няню и начала мотаться по командировкам, зарабатывала на жизнь. Об Олеге Ленка больше не заговаривала, казалось, она забывала мужа. Во всяком случае, пятнадцатого октября, когда мы отмечали ее день рождения, Нинка сказала мне:

— Вот и все, похоронен Олег прочно, скоро наша вдова замуж выскочит. Глянь, как отплясывает!

Я посмотрела на раскрасневшуюся Лену, танцевавшую с Дегтяревым, и промолчала. Расторгуевой бесполезно что-либо объяснять, Нинку всегда переполняет злоба. Но я-то знаю, что Ленка до сих пор надеется на встречу с Олегом. Дня за два до праздника она с тоской сказала мне:

— Уж лучше бы точно знать, что его убили, увидеть тело, оплакать, похоронить, а потом ходить на могилу. Хуже всего — неизвестность. Все кажется: а вдруг сейчас вернется, откроет дверь... Иногда я даже ночью просыпаюсь оттого, что слышу, как ключ в замке поворачивается...

Я только вздохнула, не приведи господь самой испытать такое! Хотя все мои бывшие мужья вроде живы, только о последнем, Генке, укатившем в Америку много лет назад, ничего не известно.

Но мне, честно говоря, не слишком интересно, что с ним. Любовь прошла давным-давно.

Больше мы с Ленкой об Олеге не разговаривали, и вот теперь кто-то подложил ей в почтовый ящик двадцать тысяч баксов и записку, якобы написанную пропавшим мужем. А поскольку я неоднократно пыталась всучить Ленке деньги, она и решила, что сия идея пришла мне в голову.

В столовой Ленка села в огромное кожаное кресло и заклацала зубами.

— Лучше ляг на диван, — велела я.

Она молча повиновалась, я завалила ее пледами, налила рюмку коньяка, сбегала на кухню, велела Катерине быстро сделать что-нибудь горячее и вернулась в комнату.

Очевидно, спиртное подействовало, потому что Ленка слегка порозовела и сбросила пледы. Я села возле нее и голосом, которым хорошая медсестра разговаривает с больным, спросила:

— Ленуля, может, вспомнишь, как обнаружила эти деньги?

— Сначала мне понадобился хлеб, — машинально ответила она.

— И что?

— Спустилась вниз, увидела что-то в ящике.

— Ну?

— Открыла.

— И?

— Все! Решила сначала, что это рекламный буклет.

Приступ злобы начался у Елены дома, когда она, увидев деньги и распечатанные на принтере строки, решила, что автор затеи — я.

Несмотря на то что за окнами была ледяная

февральская ночь, она вылетела из дома и понеслась в Ложкино. Больше всего ей хотелось швырнуть мне в лицо баксы и сказать все, что про меня думает.

— Ну как тебе могло прийти в голову, что это я? — изумилась я. — Хорошего же ты обо мне мнения!

— А кто еще? — прищурилась Лена.

— Ну... Расторгуева, к примеру, она тебя терпеть не может!

Подруга мрачно усмехнулась:

— Знаю. Нинка раз в неделю обязательно звонит и самым сладким голосом интересуется: «Ну как? По-прежнему никаких известий об Олежке? Ой, какое горе!» Небось боится, что я успокоюсь, смирюсь, вот и сыплет соль на рану.

Я уставилась в окно. Да уж, если постоянно напоминать, раны долго не зарубцуются.

— И потом, — продолжила Ленка, — Нинка жадная, за копейку удавится. Ей двадцать тысяч баксов ни за что не отдать, никогда. А вот ты — другое дело. Извини, но из моих друзей только мадам Васильева способна на такой поступок. Конечно, я понимаю, что ты хотела мне помочь, но в какой форме! Запомни, я не нищая, в подачках не нуждаюсь. И потом, просто жестоко делать вид, будто Олег жив. Ну как ты могла!

— Ей-богу, это не я! Хочешь, поклянусь своим здоровьем!

— Ну, допустим, я поверю тебе, — тихо ответила Лена, — на минуточку предположим. Тогда что же, а? Олежка на самом деле жив?

В ее глазах начал загораться огонек надежды.

Я испугалась. Она только-только наладила свою жизнь, слегка успокоилась, ей не нужны стрессы.

— Извини, но я почти стопроцентно уверена, что Олег мертв!

— Тогда кто автор затеи? И почему мне прислали такую прорву денег?

— Вот это вопрос, — пробормотала я, — у тебя враги есть?

Гладышева пожала плечами:

— Смертельных нет. Так, завидует кое-кто, Расторгуева опять же... Но это мелко. И потом, такая сумма — это не какие-то копейки.

Внезапно она затряслась:

— Боюсь, господи, как я боюсь!

— Чего?

— Вдруг этот человек и дальше будет меня разыгрывать! Ужасно.

Я принялась заплетать из бахромы пледа косички, Ленка тихо рыдала. Внезапно мне в голову пришла гениальная мысль, и я схватила ее за плечо.

— Не плачь! Хочешь, найду мерзавца или мерзавку, и мы вдвоем оттаскаем их за волосы?

— И как ты отыщешь? — шмыгнула носом Ленка.

— Очень просто. У вас в подъезде сидит лифтерша?!

— Да, баба Клава.

— Вот! Она должна была видеть, кто подходил к ящикам.

— Действительно, — пробормотала Ленка, — баба Клава такая въедливая, она до пенсии в тюрьме служила, сама знаешь, какой у нас теперь порядок в подъезде. И как я не додумалась ее расспросить!

— Отлично, сейчас ляжем спать, а завтра с утра едем к тебе, — ликовала я.

Ленка покачала головой:

— Чего тебе мотаться, сама поговорю.

— Нет, — начала я, но в ту же секунду раздался звонок в дверь.

— К вам гости? — напряглась Ленка.

— Нет, сиди спокойно. Зайка с Аркадием вернулись из города, но давай не будем им ничего рассказывать, — ответила я и пошла в прихожую.

Часы показывали двадцать три ноль-ноль, наша прислуга в это время давно спит.

Глава 3

У меня есть нехорошая привычка распахивать входную дверь, не поглядев на экран видеодомофона. Слабым оправданием такого беспечного поведения может служить тот факт, что наш дом стоит в хорошо охраняемом коттеджном поселке. На въезде, у шлагбаума, дежурят секьюрити, вся территория окружена забором, на нем установлены видеокамеры, беззвучно поворачивающиеся вслед за движущимся объектом. А ровно в десять вечера выпускают собак, несколько ротвейлеров, которые разгуливают по территории всю ночь в любую погоду, не замечая ни снега, ни дождя, ни жары.

У нас у самих в доме живет представитель этой породы, но Снап и охранные псы не похожи, как день и ночь. Снапик со всех лап несется к знакомым и незнакомым людям и тут же начинает тыкаться в них большой мордой и пачкать одежду слюнями. От привычки ставить в порыве восторга свои передние лапищи всем на плечи нам с трудом удалось его отучить. Лично я до того момента, как Снапу категорически запретили бросаться на людей с поцелуями, вползала в дом, аки тать, боясь, что ротвейлер, а со слухом у него полный порядок, услышит скрип двери. Если с лестницы, ведущей на второй этаж, доносился бодрый цокот его когтей, я мигом, побросав сумки и пакеты, садилась на пол. Дело в том, что шестидесятикилограммовый Снап легко сбивал меня с ног, и я, говоря языком милицейских протоколов, «совершала падение с высоты собственного роста». Правда, сейчас Снап просто нарезает круги вокруг входящих, скуля от счастья. Его никто не боится, впрочем, всех остальных наших собак тоже.

Охранные псы другие, я прохожу мимо них на подламывающихся ногах, лицемерно сюсюкая:

— Хорошие мальчики, добрые, не тронут тетю...

Ротвейлеры и ухом не ведут, словно мимо них прошмыгнула тень. Кстати, на многочисленных домашних животных, живущих в поселке, они не обращают никакого внимания, просто отворачиваются, если какая-нибудь болонка или киска начинает прохаживаться перед самым их носом. Своим инструкторам эти собаки повинуются беспрекословно. Для меня остается загадкой: каким образом можно так вымуштровать животных и как они отличают жильцов поселка от посторонних? Неужели знают нас всех в лицо? Только раз одна из этих собак выказала «человеческие» чувства. Примерно год назад Машка заметила, что самый крупный ротвейлер довольно сильно хромает, и сказала об этом инструктору. Тот ответил:

— Знаю, но доктор приедет только в субботу.

Маня мигом сообщила, что уже несколько лет ходит в кружок при Ветеринарной академии, и предложила:

— Если подержите его, посмотрю, в чем дело.

— Сюда, Джон, — велел хозяин, — это доктор, дай лапу.

Ротвейлер протянул травмированную конечность. Маруська увидела большую занозу, сбегала домой за инструментами и лекарствами. Все время, пока она обрабатывала подушечку, Джон сидел, словно изваяние, не издавая ни звука, но после завершения процедуры вежливо лизнул Маню. С тех пор, завидя мою дочь, он останавливается, пару секунд смотрит на нее, делает какое-то странное движение задней частью тела, мотает головой и уходит...

Я раскрыла дверь, ожидая увидеть Кешу и Зайку, но на пороге маячила огромная фигура. Рост, как у моего сына, примерно метр девяносто пять, зато объем! На всякий случай я отступила назад и, нашаривая рукой зонтик, дрожащим голосом осведомилась:

— Э... очень приятно, рада встрече. Вы к кому?

— Не узнала, Дашутка? — пророкотал дядька густым басом. — Здорово же я изменился!

Я перевела дыхание, увидела у него в руке пухлый чемодан и оставила попытку найти зонтик. Слава богу, это не грабитель и не сексуальный маньяк, а кто-то из приятелей. Только вот кто?

— Простите, — заулыбалась я, — никак не припомню, где мы встречались...

— В постели, — без тени улыбки ответил дядька, — я твой муж, бывший.

— Который? — ошарашенно спросила я, пытаясь разглядеть его лицо.

Как назло, сегодня перегорела лампа, освещающая вход в дом.

— Насколько припоминаю, четвертый, — хмыкнул незваный гость.

— Генка! — ахнула я и, споткнувшись о ковер, чуть не упала. — Ты откуда?

— Из Америки, — фыркнул бывший супруг, — из города Юм, штат Пенсильвания. Так пустишь меня или на пороге беседовать станем?

— Входи, конечно, — засуетилась я.

— Нас двое, — предостерег Генка.

— Ты с женой приехал? С Ренатой? — Сказав последнюю фразу, я осеклась.

Ну надо же сморозить такую глупость! Женщина, на которой Генка женился после развода со мной, давно умерла. Это она настояла на выезде в Америку, и это у нее в тот момент имелась крошечная дочка Машенька, грудной младенец. Генка упросил меня временно взять девочку к себе.

— Ну будь человеком, — ныл он, — сама понимаешь, с новорожденной в эмиграции по первости тяжело. Вот устроимся и заберем.

Я дрогнула, и Рената с Геной привезли кулек с Машкой. Девочку мне отдали просто так, без всяких документов. Отчего Рената не подумала про бумаги, мне до сих пор непонятно, а сама я просто позабыла спросить про свидетельство о рождении. Правда, мне оставили телефон бабушки, матери Ренаты, но Генкина жена предупредила: «Ей звони только в крайнем случае, у нас полная нестыковка во взглядах». На мой робкий вопрос: «А кто отец ребенка?» — последовал категоричный ответ: «Малышку нашли в капусте, я мать-одиночка».

Мне показалось неэтичным продолжать расспросы, и молодожены отправились за океан, покорять страну статуи Свободы. Долгое время от них не было ни слуху ни духу. Маня села, потом пошла, заговорила и совершенно не сомневалась в том, что является моей дочерью. Затем из Пенсильвании пришло письмо, даже нет, просто цидулька, пара строк. Генка без всяких подробностей написал буквально следующее: Рената заболела и умерла, он остался вдовцом, Маша ему без надобности, я могу оставить девочку себе.

Поняв, что стала обладательницей как бы несуществующего ребенка, я позвонила матери Ренаты. Суровый мужской голос сообщил: «Более не обращайтесь сюда, она умерла».

— Но девочка, Маша, — заблеяла я, — мне нужно ее свидетельство о рождении.

— Знать ничего не знаю, — отрезал грубиян.

Несколько месяцев я ломала голову, как поступить, Маньку нельзя было записать в детскую поликлинику, не взяли бы ее и в детский сад, а потом и в школу. В конце концов Александр Михайлович потер затылок и сказал:

— Не дергайся.

Спустя неделю приятель принес мне зелененькую книжечку, я раскрыла ее и обомлела. Воронцова Мария Константиновна. Дегтярев, недолго мучаясь, сделал из Аркадия и Маруськи родных брата и сестру. Что сказал мой первый муж Костик, узнав о том, что обзавелся еще и дочерью, лучше не повторять, хорошо хоть он не понесся с заявлением в милицию. Правда, для того чтобы избежать громкого скандала, пришлось отказаться от алиментов на Аркадия. Но я не слишком расстроилась. Жадность родилась раньше Костика, и он очень неохотно выделял на нужды мальчика копейки.

Больше о Генке я ничего не слышала. Некоторое время назад к нам, в Ложкино, приехала Капитолина, американка российского розлива, нынешняя жена Гены. Историю, связанную с ее прибытием, я уже один раз рассказывала и повторять вновь не хочу.[1]

После возвращения Капитолины в Юм мы примерно полгода переписывались, но потом обмен письмами тихо сошел на нет. И вот теперь Генка заявился собственной персоной.

— Ты с Капитолиной! — обрадовалась я. — Входите скорей.

Гена молча шагнул в холл, и я опять поразилась — каким он стал толстым, просто человек-гора. Следом за ним метнулась тень. Я хотела было воскликнуть: «Сколько лет, сколько зим!» — и обнять Капитолину, но осеклась.

У шкафа с саквояжем в руках стояла не она. Это вообще была не женщина, а худенький подросток, одетый самым нелепым образом для московского вьюжного февраля. На юноше были джинсы и ярко-красная куртка из плащовки, а на ногах — непропорционально огромные, жуткие кроссовки, белые с черным, на рифленой подошве.

— Я развелся с Капитолиной, — спокойно пояснил Гена, снимая пальто, — уже давно, теперь

---

[1] См. роман Дарьи Донцовой «Контрольный поцелуй», изд-во «Эксмо».

снова холостяк. Знакомься, это мой приятель Генри.

В ту же секунду парень сдернул с головы бейсболку и на отличном русском языке произнес:

— Добрый вечер, сударыня. Рад знакомству, разрешите представиться. Генри Малкович, орнитолог.

Я уставилась на абсолютно седые кудри, упавшие на его плечи из-под дурацкой кепки. Этому типу оказалось лет шестьдесят, не меньше.

— Э-э, — забормотала я, — очень приятно, просто здорово, прямо до зубовного скрежета радует, что вижу тебя, Гена, и твоего э-э... друга.

— Надеюсь, ты не приняла нас за «голубых», — фыркнул бывший муженек, — мы с Генри коллеги, у нас дела в Москве.

— Коллеги? — изумилась я. — Ты, насколько помню, был детским врачом, а Генри орнитолог, птичек изучает, или я не расслышала?

Генка тяжело вздохнул:

— Со слухом у тебя порядок. Генри — владелец университета, я у него преподаю на медицинском факультете. Может, сначала напоишь нас чаем, а уж потом допрашивать станешь?

Я вспомнила о долге хозяйки и забегала между кухней и столовой. Наконец хлопоты завершились. Вещи были отнесены в комнаты для гостей, на столе появились коньяк, сыр, лимоны, кулебяка с мясом. Маня, Дегтярев и все остальные сели к столу, я взяла в руки заварной чайник... И тут ввалились Зайка с Аркадием. Супруги выглядели хмурыми, очевидно, опять успели поругаться. Мой сын постоянно выясняет отношения с женой, вернее, это Ольга беспрестанно лезет на рожон. Не далее как вчера она чуть не убила Кешу, имевшего глупость, сидя в своей машине, ткнуть пальцем в проходившую мимо девушку и заявить: «Зая, глянь, какая шубка! Давай купим, тебе пойдет!»

Не дав ему договорить, Ольга налетела на муженька с воплем:

— Вечно ты на всяких дур засматриваешься.

Похоже, и сегодня произошло нечто подобное, потому что Зайка с надутым лицом оглядела столовую и заявила:

— Здрасьте! У нас опять гости! Не передать словами, как я рада!

Чтобы она не продолжала хамить, я мигом заулыбалась:

— Заинька, ты не знакома с Генкой, а Кеша его хорошо знает.

— Привет, — буркнул Аркадий и, сев за стол, спросил: — Нормальная еда есть?

— Ты не узнал Гену? — продолжала я попытки поддержать светскую беседу. — Это же...

— Узнал, — весьма невежливо рявкнул Аркадий, — папочка номер четыре. Кстати, почему коньяк на столе? Насколько я помню, вы, Геннадий, алкоголик?

Повисло молчание. Чтобы разрядить обстановку, я глупо захихикала и попыталась исправить положение:

— Скажешь тоже, алкоголик! Гена просто любит немного выпить.

— Алкоголик, — отрезал сын, — и расстались вы после того, как он сначала в течение года беспробудно квасил, вытаскивая из нашего дома все, что плохо лежит, а потом избил тебя. Неужели забыла?

Я тяжело вздохнула. Было дело. Тихий, интеллигентный Гена делался абсолютно невменяемым, приняв стакан водки. Сначала я, как все жены алкашей, была полна энтузиазма. Конечно, я его вылечу! Ради любви ко мне Генка обещал бросить пить. Он хороший доктор, вот зашьется, и заживем...

Черта с два! В наркологический диспансер супруг идти категорически отказался.

— Я не алкоголик, — ревел он, жадно глотая утром сырую воду, — захочу и сам брошу пить.

Но, видимо, одного хотения мало. Генку выгнали с работы, он осел дома и вошел в глубокий запой. Он действительно тащил из нашего небогатого дома вещи и пропивал их. И вот однажды, не найдя ничего подходящего, он схватил мой кошелек, где лежала последняя трешка. Я решила не отдавать портмоне, завязалась драка. В результате боевых действий я оказалась на полу с подбитым глазом. Кинувшийся мне на помощь Кешка был легко отброшен в сторону. Довольно ухмыляясь, Генка сунул купюру в карман и сказал:

— Ну что, поняли, кто тут хозяин?

С этими словами он исчез за дверью. Я посмотрела на сына, увидела, что по его бледному лицу катятся злые слезы, и приняла решение: все, финита ля комедиа. Может, кто и способен перевоспитать алкоголика, но мне слабо. К тому же никакой жертвенности в моем характере нет, унижение я переношу с трудом и не хочу тратить свою жизнь на пьяного идиота.

Когда поздно вечером Геннадий явился домой, его ждал сюрприз: плотно запертая дверь и сумка с вещами у порога. Я собрала все — не забыла ни бритву, ни тапочки. Возмущенный Гена начал ломиться в дом, но он шумел совершенно напрасно. Мы с Кешей, закрыв квартиру, уехали на ночь к Когтевым. Мужик колотил в створку ногами до тех пор, пока не явилась вызванная соседями милиция и не загребла его в обезьянник. А поскольку Генка был прописан у матери, он получил пятнадцать суток, которые отрабатывал на заводе, насыпая совочком стиральный порошок в коробки. Так что расстались мы врагами. Но это было давным-давно. Я честно вытеснила из памяти все неприятные моменты и сохранила лишь хорошие воспоминания, простив Генку. Откровенно говоря, я полагала, что и Аркадий забыл про драку. Ан нет, сын оказался более злопамятным.

— Я не пью, — улыбнулся Гена, — очень давно. Вылечился и забыл.

— Все равно бутылочку уберу и бар запру, — бесцеремонно заявил Аркадий, хватая коньяк. — Что же касается картин и дорогих побрякушек, коими нашпигован наш дом, то прошу учесть — имущество застраховано. Лучше даже не пытайся вынести что-то ценное в скупку, нарвешься на большие неприятности! Окажешься в своей Америке лет через семь, не раньше.

С этими словами он встал и вышел. Зайка уставилась круглыми глазами на Генку. Моя невестка способна пилить Кешу часами, методично и упорно. В каждой женщине сидит педагог, но стоит Зайке сообразить, что кто-то посмел задеть ее муженька, как все мигом меняется. Обидчик Аркадия не проживет и пяти минут, столкнувшись с ней. Не испытывая никаких угрызений совести, она включит третью передачу и переедет любого, кто, по ее мнению, оскорбил Кешу.

— Так вы, Гена, — протянула Ольга, — тот самый? Дебошир и пьяница? Очень мило! Располагайтесь, как у себя дома. А отчего к нам? В Москве гостиниц полно! Или вы все денежки пропили? Так попросите у Дашки, она у нас бесхарактерная, подаст вам на бедность.

Резко повернувшись на каблуках, Заинька исчезла. Из коридора донесся ее высокий голос:

— Котик, подожди меня, дорогой!

Я растерянно оглядела присутствующих. Вот уж не ожидала от своих такого поведения! Но впереди меня ждало еще большее потрясение. Маня, упорно молчавшая до сих пор, неожиданно встала и потянула за рукав Дегтярева:

— Папа, пошли! У меня задачка по алгебре не сходится!

Александр Михайлович опустил вилку и уставился на нее, открыв рот. Я хорошо понимала его удивление. Маруська всегда зовет моего ближайшего приятеля «дядя Саша», а когда злится на него, величает полковником. Да и с чего бы ей звать его папой? Дегтярев никогда не был моим мужем, скорей уж мы брат с сестрой, чем супруги. Хотя если поразмыслить, то Александр Михайлович всегда вел себя по отношению к Машке как отец. Он ее любит, беззастенчиво балует и прощает ей то, что не простил бы никому другому.

— Ты, — начал было приятель, но, очевидно, получил от Маруськи пинок под столом, потому что сразу сменил тон, — ладно, пошли, решим задачку.

Глядя, как парочка шествует к двери, я прикусила губу. Лысый, толстенький, коротконогий Дегтярев и высокая блондинка с роскошными волосами, в которую нежданно-негаданно превратилась Маня, выглядели весьма комично. К тому же у Маруси по математике никогда не было даже четверок, сплошные «отлично», а Дегтярев не умеет сложить семь и восемь. Так что кто кому должен объяснять алгебру, понятно сразу.

— Это твой муж? — удивился Генка.

Я на секунду замялась.

— Ага, — неожиданно влезла Ленка, — гражданский. Всю жизнь живут, никак не распишутся. Богатый человек, однако. Тут все его: дом, машины, вещи...

Я потеряла дар речи. Ну ладно Аркашка, он зол на Генку с давних пор. Понятна и реакция Зайки, она решила отомстить тому, кто обижал в детстве ее мужа. Маня захотела уесть отчима, постаравшегося избавиться в свое время от ненужного ребенка... Но Ленка-то чего лезет?

— Ой, у вас собачки, — решил сменить тему Генка, — вон тот, толстенький, такой милашка! На моего Коломбо похож, у меня бульдог. Эй, иди сюда, на кусочек сыра!

Мопс Хуч, который сел около стола сразу, как только пришли гости, лениво поднял морду и, собрав на лбу складки, уставился на Генку.

— Ну, давай, торопись, — улыбался тот, — неужели тебе сыр не нравится? Да быть того не может!

Вот тут он не ошибался. Больше всего на свете Хуч обожает сыр и в любое другое время мигом бы оказался возле человека, протягивающего лакомство. Но сегодня Хучик не торопился. Он медленно встал, потянулся, протяжно зевнул и... вышел за дверь. Генка положил отломанный кусок на тарелку. Я вконец обалдела. Да, приходится признать, мой бывший муж никому не пришелся по вкусу.

Глава 4

Утром мы с Ленкой поехали к ней домой. Живет она в высокой блочной башне, стоящей на шумной магистрали. Двора у дома нет, дверь подъезда выходит прямо на тротуар, по которому беспрестанно течет поток гомонящих людей. Сами понимаете, что пешеходы использовали подъезд как общественный туалет. Бедные жильцы пытались бороться с этой бедой. Ставили кодовый замок, домофон, железную дверь. Ничто не помогало. Замки ломали, домофон портили, а стальную дверь ухитрились сорвать с петель. Но потом на первый этаж въехала новая жиличка, баба Клава, и воцарился долгожданный порядок. Уж не знаю, правда ли, что она работала конвоиром в тюрьме, но эта пожилая дама с выкрашенными в желто-соломенный цвет волосами навела ужас на всю округу.

Сначала она велела превратить довольно просторное помещение подъезда в некое подобие накопителя перед входом на зону, а потом стала на вахту. Для тех, кто никогда не бывал в местах не столь отдаленных, поясню. Накопитель — это такое узкое пространство между двумя железными решетками. На первой, как правило, висит табличка «Больше двух не входить». Вы жмете на звонок, лязгает автоматический замок, и дверь открывается. Но не успеваете вы войти внутрь, как она с ужасающим грохотом захлопывается, и вы ощущаете себя мышью, попавшей в узкую клетку. Впереди запертая решетка, сзади тоже, а сбоку, за железными прутьями, сидит женщина, полноватая блондинка с «химией». Голосом, лишенным всяких эмоций, дежурная требует документы.

И вас начинает бить озноб. Теперь представляете, как выглядит подъезд дома, в котором живет Ленка? Будучи пенсионеркой, баба Клава весь день проводит на посту, за что получает от жильцов зарплату. Старуха надежна, как швейцарский банк. Ей оставляют ключи от квартир, просят, уезжая в отпуск, поливать цветы или кормить кошку. Баба Клава тщательно выполняет все поручения. Есть у нее еще одна особенность — фотографическая память. Увидев человека один раз, она больше никогда не забудет его лица. Сами понимаете, что мимо такой лифтерши не то что мышь, таракан не проскочит незамеченным.

— Здравствуйте, Лена, — кивнула баба Клава, — и вам, Дарья Ивановна, добрый день.

Вот еще одна непостижимая вещь: ну каким образом она ухитрилась запомнить мое имя?.. Я совсем не часто бываю у Лены.

— Скажите, Клавдия Петровна, — улыбнулась я, — не помните случайно, кто вчера положил в почтовый ящик Гладышевой пакет?

Старуха прищурила выпуклые глаза.

— Помню, конечно.

— Кто? — в один голос закричали мы с Ленкой.

— Так почтальон.

— Какой?

— Обычный, одна она у нас, который год ходит, и не упомню, Соня, татарка.

— Вы точно знаете? — решила уточнить я.

— Естественно, — хмыкнула старуха, — больше некому по ящикам шарить.

— Может, кто посторонний прошел...

Баба Клава вздохнула:

— Дарья Ивановна, мне с этого места всю площадку видать, а ящики вот они, рукой подать. Когда кто к ним подходит, всегда гляжу, чтобы чужой не открыл по случайности. И за почтальоншей приглядываю, хоть она и работает давно, да всяко бывает. Сейчас журналы дорогие, не доложит кому, скандал начнется. Нет, я все записываю. Все как в аптеке, полный учет.

— Ну еще другие люди приходят, — не успокаиваюсь я, — с бесплатными изданиями. Газеты приносят, каталоги всякие, рекламу.

— Я таких внутрь не пускаю, — скривилась лифтерша. — Возьму стопку и сама разложу. Мне неприятности среди контингента не нужны. Эти, которые с бесплатными газетами шляются, люди непроверенные, бог знает чем живут! Может, по подъездам воруют.

Не успела она закончить фразу, как двери лифта распахнулись и из них вылетел мальчишка лет восьми с клюшкой в руке. Баба Клава нахмурилась:

— Роман, ты куда?

— Так на пруд, в хоккей играть, — ответил паренек.

— Пропуск давай!

Я удивилась: какой такой пропуск?

— Нету, — тихо сообщил Роман, — мама забыла оставить.

— Иди домой, уроки делай, — спокойно ответила лифтерша. — Нет пропуска — нет выхода!

— Я уже все сделал.

— Тогда давай разрешение на прогулку.

— Мама забыла, она...

— Роман, — железным голосом заявила дежурная, — наш разговор бесполезен. Ступай домой. Единственное, что могу тебе посоветовать: позвони матери на работу, пусть она со мной соединится и отдаст устное разрешение выпустить тебя.

Паренек молча побрел в лифт. Его фигура была полна скорби, клюшку он волочил за собой. В полном обалдении я поинтересовалась:

— У вас имеются документы на выход?

Баба Клава без тени улыбки пояснила:

— Роман — двоечник и прогульщик. Отца нет, мать целыми днями на работе, а бабушка с ним не справляется, старая уже. Ляжет поспать, а внук на улицу убежит и дотемна собак по переулкам гоняет. Вот и придумали ему пропуск. Мать перед уходом на работу бумажку пишет и мне оставляет. Только сегодня она предупредила, чтобы я его ни в коем случае не выпускала. Роман с утра в школу не пошел, больным сказался и должен уроки учить. Так-то!

Закончив речь, баба Клава поправила воротничок у блузки и добавила:

— Видела я, как Соня конверт в ящик впихивала, он туда с трудом влез, пухлый очень. Я еще подумала, что за странное письмо такое, без адреса и марок.

Зоркости и внимательности старухи мог позавидовать горный орел. Я повернулась к Ленке:

— Ты иди домой.

— Зачем?

— Лучше будет, если я пойду на почту одна.

— Ты так считаешь? Может, вместе?

— Нет-нет, эта Соня еще испугается. Подожди меня наверху, думаю, скоро вернусь.

— Ладно, — без энтузиазма ответила Ленка, — ты уж постарайся, расспроси ее как следует.

Я подождала, пока подруга войдет в лифт, и, узнав у бабы Клавы, где находится местное отделение связи, выбралась на улицу.

По тротуару текли потоки воды. По календарю февраль, стоит мороз, а под ногами отчего-то слякоть и лужи. Я осторожно пошла вдоль невысокого заборчика. Как у всех автомобилевладельцев, у меня совершенно не приспособленные для пеших прогулок ботинки на тонкой скользкой подошве. Но почта находится с обратной стороны Ленкиного дома, и ехать туда на машине просто смешно.

Внутри довольно просторного зала оказалось пусто: ни служащих, ни посетителей. Я постояла пару минут возле окошечка, потом крикнула:

— Есть тут кто живой?

— Во народ, — незамедлительно раздалось из глубины комнаты, — чего орать-то? Уж и подождать тихо не могут.

Я повернула голову вправо и увидела сухощавую женщину лет пятидесяти, с крайне недовольным выражением лица.

— И что у вас за спешка? — злилась служащая, подходя к окошку. — Пожар или умер кто? Тогда в другие места обращайтесь! Тут почта! Письма, газеты...

— Мне нужна Соня.

— Какая?

— Ну та, которая разносит корреспонденцию по домам, татарка.

— А-а, — протянула тетка, — о ней надо не здесь справляться.

— А где?

— В отделе доставки. Выйдите на улицу, соседняя дверь слева.

Выплюнув последнюю фразу, милое создание незамедлительно удалилось. Я выбралась наружу, увидела еще одну дверь, толкнула ее и очутилась точь-в-точь в таком же помещении, как и секунду назад. Здесь тоже не было ни народа, ни служащих. Я помялась пару минут и крикнула:

— Кто-нибудь есть?

— Зачем же так орать, — раздалось справа.

Я опешила — ко мне шла та же тетка, что и секунду назад в другой комнате.

— Что надо? — весьма нелюбезно осведомилась она.

— Так Соню, почтальоншу.

— Она газеты разнесла и домой ушла, все, рабочий день окончен.

— Но сейчас только двенадцать часов!

— А она что, должна за копеечную зарплату тут сутками сидеть? — окрысилась тетка. — Сами небось тоже не на службе!

— Подскажите, пожалуйста, ее адрес.

— Правов не имею.

— Что? — не поняла я.

Баба уставилась на меня узкими злыми глазками и повторила:

— Правов таких не имею, адреса сотрудников всяким раздавать!

Захлопнув рот, она чеканным шагом двинулась внутрь помещения.

— Эй, подождите! — закричала я, но она даже не обернулась.

В полной растерянности я осталась у окошка.

— А зачем вам Соня? — прошелестел тихий голосок.

От неожиданности я подскочила:

— Господи, это кто спрашивает? Вы где прячетесь?

— Тут сижу себе, — продолжил шепоток.

Я оглянулась и заметила у стены маленькую девушку размером с нашего мопса.

Хуч значительно толще, служащая походила скорей на сушеного кузнечика.

— Соню зачем ищете? — опять спросила она.

Я улыбнулась:

— Я живу в этом же доме. Сегодня утром Соня по ошибке сунула мне в ящик два журнала.

— Можете лишний у нас оставить.

— Нет, издание дорогое, хочу лично ей в руки отдать.

— Вольному воля, — философски вздохнул «кузнечик», — она тут рядом живет, через дом, блочная пятиэтажка такая, а внизу магазин «Лаванда», квартира один.

— Спасибо, — обрадовалась я и пошла к двери, но потом не утерпела и спросила: — Скажите, эти тети — близнецы?

— Кто? — изумилась служащая.

— Ну, сначала одна меня отправила из соседнего помещения в отдел доставки, а тут вторая, точь-в-точь такая же...

«Кузнечик» усмехнулся:

— Это Вера Игнатьевна, заведующая. Слава тебе господи, она в единственном экземпляре, даже представить страшно, что бы вышло, окажись ее двое, бр! Ну и идея вам в голову пришла, не дай бог, еще ночью приснится такой ужас: две Веры Игнатьевны.

— Почему же она мне сразу не объяснила, что Сони нет, а заставила идти в отдел доставки? — недоумевала я.

Девица пожала тощими плечиками:

— Шут ее знает!

Глава 5

Я вышла на улицу и пошлепала вперед. Да уж, точно: не дай бог иметь такую бабищу над собой. Хотя мне тоже попадались разные начальники. Едва окончив институт, я устроилась на работу в бюро переводов, помните, раньше молодых специалистов обязывали отработать два года по распределению? Вот мне и досталась служба при министерстве обороны. Особо там, правда, не напрягали, но в начальниках ходил майор Маркин, не знавший языков, но в полной мере овладевший военной выправкой.

Как-то раз я тосковала за письменным столом, проклиная злую судьбу, забросившую меня в это отвратительное заведение. Работы нет, а домой раньше шести не отпускают. По магазинам тоже не пробежишься, потому что нужно иметь пропуск на выход. Одним словом, жуть.

Но тут появился майор и заявил:

— Васильева, поедешь на дачу к нашему генералу. День рождения у него, гости ждут. Кино им привезли, будешь переводить с ангольского.

Я попыталась было объяснить чурбану в военной форме, что ангольского языка не существует, в Анголе говорят на португальском.

— Один шут, — отмахнулся солдафон, — собирайся живей.

— Но у меня французский и немецкий, другими языками я не владею, — слабо сопротивлялась я.

Маркин покраснел:

— Васильева, шагом марш к машине. Больно умная, французский-немецкий... Велено перевести фильм, вот и действуй. Других никого нет, отставить разговорчики!

Сами понимаете, в каком настроении я прибыла на мероприятие. Меня провели в кабинку, дали в руки микрофон, в зале расселись гости. Я шумно вздохнула и решила: ну выгонят меня с позором, и что? Даже лучше, избавлюсь от противного Маркина.

Экран засветился, на нем появилось изображение степи. «Может, и обойдется, — подумала я, — португальский язык похож, правда, весьма отдаленно, на французский, кое-что я пойму, а остальное додумаю». Но не успела я успокоиться, как перед глазами возникла юрта, затем два всадника, начавших гортанный диалог, и до меня дошло, что лента на... монгольском языке. Очевидно, в нашем отделе барахлит телефон, или у Маркина в ушах два банана — у него попросили специалиста с монгольским языком.

И куда было деваться? Схватив микрофон, я понесла чушь:

— Здравствуй, батыр!

— Привет, друг!

— Зачем приехал?

Тут камера дала общий план, я увидела у юрты несколько женских фигур и в порыве вдохновения продолжила:

— Жениться хочу на твоей сестре.

— Заходи, договоримся.

Всадники рядом поскакали к юрте. Я обрадовалась. Неужели угадала и дело катит к свадьбе? На всякий случай добавила:

— Твоя сестрица красавица, я влюблен в нее...

Хотела было далее развить тему, но тут вдруг один из всадников резко взмахнул рукой, и откуда ни возьмись появилась целая армия людей на коротконогих конях. Началась битва, в разные стороны полетели отрубленные головы, полились реки крови. В полном ужасе уставившись на смертоубийство, я обреченно пробормотала:

— Не договорились о калыме за невесту, из-за этого и возникла великая битва.

От позора меня спасли два обстоятельства. Во-первых, генерал и его гости сильно поддали, и им, очевидно, было все равно, что показывают. А во-вторых, киномеханик, сержант лет сорока, засмеялся, и тут же сеанс прервался.

— Что случилось, Сергей? — спросил генерал.

— Ща, Петр Иванович, налажу! — крикнул механик. — Копию плохую прислали, пленка рвется, зараза.

Потом сержант повернулся ко мне и подмигнул:

— Значитца, так, главное, не тушуйся, Петр Иванович минут через пять заснет, он, когда на грудь примет, всегда кемарит. Только он захрапит, остальные разбредутся, оно и правильно, смотреть эту нудятину невозможно, нет бы чего хорошего заказал, так подавай ему войну обязательно. На всякий случай запомни: ни о какой свадьбе тут и речи нет, сплошная драка. Тот, который в синем халате, — плохой, в красном — хороший.

И он снова включил аппарат. Очевидно, Сергей хорошо знал Петра Ивановича, потому что вышло, как он обещал. Спустя полтора часа генерала разбудили. Он открыл красные мутные глаза и спросил у меня:

— Тебе чего?

— Я переводчица, распишитесь, пожалуйста, в наряде.

— А, — протянул генерал, — давай, конечно, молодец, хорошо все объяснила, одно не понял, кто из них за красных, а кто за белых дрался!

— Тот, который в синем халате, самый главный белогвардеец, а в красном — наш, чапаевец, — нашлась я.

На следующий день Маркин, притормозив около моего стола, заявил:

— Молодец, Васильева. Петр Иванович очень тобой доволен остался, говорит, три раза до этого фильм смотрел и ничегошеньки не понял, а ты все отлично перетолковала. А ведь кривлялась: «Не знаю ангольский!» Теперь, если кто из Анголы приедет, только тебя отправлю.

С гордо поднятой головой Маркин удалился, а я осталась сидеть с раскрытым ртом. Все оставшиеся месяцы до увольнения я в ужасе вздрагивала, боясь, что меня и впрямь приставят к ангольцам, которые в те годы считались нашими братьями по оружию.

Придя от этих воспоминаний в хорошее расположение духа, я дошла до уродливой пятиэтажки, обнаружила нужную квартиру и позвонила.

— Вам кого? — спросил детский голосок.

— Соню, почтальона.

— Баба, — завопил ребенок, громыхая замком, — к тебе тетенька пришла!

Дверь распахнулась, я увидела крохотную прихожую и маленькую черноглазую женщину, вытиравшую руки посудным полотенцем.

— Вы ко мне? — настороженно поинтересовалась она. — С претензией? Пропало что? Журнал сперли?

— Что вы, — приветливо улыбнулась я, — просто хочу кое-что узнать.

— Идите на кухню, — велела Соня.

Я втиснулась в пятиметровое пространство и подавила тяжелый вздох. Это сейчас у нас огромный, двухэтажный кирпичный особняк и домработница с кухаркой, но большая часть моей жизни прошла в Медведкове, как раз на такой кухне, где между холодильником и крошечным столиком оставалось место лишь для одной табуретки. Как только не пытались мы с бабушкой увеличить свое жизненное пространство! Сначала оттащили «ЗИЛ» в прихожую, но тогда стало негде повесить вешалку. Поставили его в комнату и лишились сна. Старенький агрегат тарахтел так, что дрожали диван, стулья и буфет.

— Садитесь, — предложила Соня, вытаскивая из-под стола табуретку.

Я осторожно опустилась на колченогую скамеечку и решила сразу брать быка за рога.

— Меня зовут Лена Гладышева.

— Соня, — ответила почтальонша.

— Вчера вечером, около восьми, вы разносили почту?

— А как же! Два раза в день положено, — кивнула Соня, — я аккуратно разложила.

— Откуда вы взяли конверт с долларами?

Соня покраснела так, что губы ее слились по цвету со щеками.

— Какой конверт? — прозаикалась она. — Я ничего не знаю!

Я пару секунд молча смотрела на нее, потом вынула кошелек, вытащила сто долларов и тихо сказала:

— Сонечка, вы не сделали ничего плохого, мне просто надо знать, кто вручил вам деньги.

Почтальонша уставилась на зеленую купюру, потом тоже очень тихо спросила:

— Это мне?

— Да, — кивнула я, — если расскажете, как было дело.

— Не знаю, деньги-то какие огромные, — покачала головой Соня, — я так объясню, бесплатно. Муж ваш постарался.

— Да ну? — фальшиво изумилась я. — Давайте-ка поподробней!

Соня облокотилась на подоконник и начала рассказ. Вчера она подошла к подъезду, где живет Ленка, около половины восьмого, но не успела открыть тяжелую дверь, как была остановлена мужчиной.

— Вы почтальон? — спросил он.

Соня кивнула.

— Сделайте одолжение, — попросил мужик, — положите в ящик сто двадцатой квартиры этот конверт.

Почтальонша испугалась:

— Ни за что. Мало ли чего там внутри!

— Да вы не пугайтесь, — улыбнулся мужик, — там всего лишь деньги.

Он раскрыл конверт, и Соня увидела доллары.

— Жена моя бывшая там живет, — грустно объяснил он, — ушла, дверью хлопнула и сына забрала. Гордая слишком, алименты не берет. Пытался ей деньги давать, назад швыряет. Вот, думаю, конверт придется ей принять, ну не станет же его в подъезде бросать.

Честно говоря, объяснение выглядело не слишком убедительно, но Соня — женщина недалекая, больше всего на свете она любит любовные сериалы. Поэтому она взяла конверт и, получив сто рублей за услугу, положила его в железный бокс. Вот если бы ее попросили вынуть из ящика конверт с деньгами, то Соня никогда не пошла бы на такой шаг, а отчего не положить? Ведь она ничего не забирает, а прибавляет!

— И как этот мужчина выглядел?

Соня наморщила лоб.

— Да обычно, в куртке такой черной и брюках.

— Лицо помните?

Она насупилась:

— Волосы темные, вьются слегка, длинные, уши прикрывают.

Я почувствовала легкий озноб. Олег тоже был темноволосым, и волосы у него вились, но не мелкими кудряшками, а лежали красивой волной. И он любил, когда пряди спускались ниже мочек. Балетные часто носят длинные волосы, но у Олега имелась на то особая причина. На виске у него было родимое пятно. Приятель стеснялся отметины и, как мог, прикрывал ее.

— Глаза карие, — перечисляла Соня, — большие такие, под ними синяки. Я еще подумала, на больного похож!

Мне стало нехорошо. Темные круги под глазами у Олега были с детства. Его бабушка в свое время обежала чуть ли не всех московских педиатров, требуя от них ответа на вопрос, почему у ее внука такой болезненный вид. Но медики только качали головой. Никаких недугов у Олега не было, с нагрузкой в балетном училище он справлялся легко, даже насморк не цеплялся к Гладышеву. Вся Москва в метро чихала и кашляла, а он спокойно ходил без шапки в самый сильный мороз. Просто у него была очень тонкая кожа вокруг глаз, вот сосуды и просвечивали. Кстати, в подростковом возрасте предприимчивый Гладышев часто пользовался этим обстоятельством. Приходил домой и валился на диван с книжкой, но тут, как правило, появлялась бабушка и, потряхивая поводком, говорила:

— Олежек, Кара хочет гулять!

Гладышев откладывал томик, тяжело вздыхал и уныло отвечал:

— Сейчас, бусенька, только дух переведу, что-то голова кружится.

Старушка бросала взгляд на бледное лицо внука с огромными синяками под нижними веками и поспешно сама собиралась на улицу, приговаривая:

— Отдыхай, детка, ты и впрямь ужасно выглядишь!

— Куртка на нем была, — продолжала Соня, — черная, а может, темно-коричневая, кожаная. Я плохо разглядела, хоть перед подъездом горит фонарь, да вокруг-то темно, восемь вечера, февраль, самая ночь... Вроде джинсы у него еще из-под нее виднелись.

Я молча слушала почтальоншу, пытаясь справиться с тревогой, змеей вползавшей в душу. Олег всегда предпочитал короткие куртки и джинсы любил больше любой другой одежды.

— Приятный такой мужчина, — продолжала Соня, — стройный, наверное, бывший военный.

— Отчего вы так решили? — удивилась я.

— А спину ровно держит, — пояснила она, — словно палку проглотил. Сейчас все скрюченные да скособоченные ходят, а этот прямой, будто накрахмаленный, и голова как на подносе, подбородком вверх. Видать, себе цену знает! Ну чего? Похож на вашего бывшего? Что же вы от такого симпатичного мужика ушли, да и при деньгах он, очевидно! Вот бы мне такой попался!

Это Олег! Полуграмотная почтальонша очень четко описала осанку человека, профессионально занимающегося танцами. Абсолютно прямой позвоночник, лопатки почти сведены вместе, и высоко поднятая голова. Когда всю свою жизнь проводишь в танце, это не может не отразиться на осанке.

Значит, Гладышев отчего-то решил бросить Ленку и ребенка. Теперь понятно, почему он испарился вместе с паспортом. Хотя странно... Ведь его искали... Ну и что? Машину тоже объявили в розыск, и результат? Она стояла совершенно спокойно в самом центре города, и никто даже ухом не повел, так бы и сгнил автомобиль, не пройди мимо противная Нинка Расторгуева! Скорей всего, Олег уехал из Москвы. Впрочем, нет, в гигантском мегаполисе очень легко затеряться. Небось снял квартиру в другом районе и живет себе припеваючи. Но почему? Конечно, чужая жизнь потемки, однако со стороны казалось, что семья Олега и Ленки на редкость крепкая. Никакой корысти, женясь на Ленке, Олег не преследовал — у нее богатых родственников нет, а материальное положение Ленки на момент брака с Гладышевым было просто аховым. Когда Олег впервые привел к нам в дом Лену, еще до свадьбы, на ней была тоненькая курточка из дешевой синтетики. Это в январе-то! Она стянула в прихожей одежонку на рыбьем меху и быстро сказала:

— Мне всегда так жарко, что мех я не ношу. Висит норка в шкафу, только пылится!

Я посмотрела на ее красный нос, покрытую мурашками шею и не поверила.

Олег на самом деле любил Ленку и обожал Алешу. Так почему сбежал от них? Да еще так дико, заставив жену мучиться от неизвестности?

— Вы узнаете этого человека, если я покажу вам его фотографию? — спросила я.

Соня кивнула:

— Конечно.

— Можно еще раз к вам зайти?

— Почему же нет? — удивилась Соня. — Сегодня я весь день буду дома, уборку затеяла.

Я попрощалась с ней и пошла назад. Сейчас придется сообщить Ленке не слишком приятную информацию. Как она отнесется к тому, что супруг жив и отчего-то прячется?

В подъезде дома Гладышевой меня ожидал сюрприз. Баба Клава не сидела на своем месте. Я сначала даже оторопела, не увидев ее на посту. Железные решетчатые двери оказались открытыми.

Я вошла в лифт и ткнула пальцем в кнопку. С тихим шуршанием кабина поползла вверх. Да уж, даже самая отличная дежурная иногда вынуждена отлучиться в туалет. Очевидно, бабе Клаве очень приспичило, раз она унеслась к себе, забыв проверить, хорошо ли заперты решетки.

Дверь Лениной квартиры была приоткрыта, но этот факт меня как раз не удивил. Из-за бдительной старухи внизу жильцы дома потеряли всякую осторожность, и Лена частенько не запирала замок. А зачем волноваться? Мимо бабы Клавы и пушинка не пролетит, а соседи тут приличные, в основном люди искусства. Олег построил квартиру в кооперативе, принадлежащем Москонцерту.

— Эй, ставь чай, я замерзла, — закричала я, стаскивая сапожки, — а лучше кофе, только не растворимый, слышишь, Лен!

Но в ответ не донеслось ни звука. Я вошла в комнату, служившую Гладышевым гостиной, и обомлела. «Стенка» раскрыта, на полу валяется одежда вперемешку с видеокассетами, фотографиями и книгами. Честно говоря, Ленка неряха, особого порядка у нее никогда не бывает, но чтобы такое?!

Я распахнула дверь во вторую, маленькую комнату. Раньше она была семейной спальней, теперь Ленка спит в ней одна. Здесь все выглядело вполне нормально. Кровать, правда, не застелена, на спинке кресла висит кое-какая одежда, а на прикроватном коврике валяется подушка, но у Ленки всегда так. В комнате Алеши царил порядок. Мальчик большую часть времени проводит у няни. Лена забирает его в пятницу вечером и возвращает назад в воскресенье. Мне кажется, что это не лучший режим для ребенка, но если учесть, что никаких помощников у матери нет, а работает она журналисткой, то, наверное, Алеше лучше с няней, тем более что она живет в этом же доме.

Маленькая кроватка была аккуратно застелена пледом, бесконечные ряды машинок выстроились на полках из светлого дерева, на письменном столе, слегка скривившись набок, сидел потертый коричневый мишка.

Относительно аккуратно было и на кухне, вернее, как всегда: грязная кастрюлька на плите, несколько чашек и таракан, кисло шевеливший усами в мойке.

Я боюсь насекомых, поэтому, поискав глазами тряпку и не найдя ее, хотела уже возвратиться в большую комнату. Скорей всего, Ленка решила произвести генеральную уборку, случаются у нее раз в году подобные порывы, и, не доведя дело до конца, бросила. Но куда она сама подевалась? Может, пошла к соседке?

Внезапно со двора раздался вой сигнализации. Я насторожилась. Похоже, кто-то из местных хулиганов решил «обидеть» мой «Пежо». Распахнув дверь лоджии, я выскочила наружу, чтобы посмотреть вниз, и закричала. На полу, выстланном красивой итальянской плиткой, лежала скорчившись женщина. Мне понадобилось несколько минут, чтобы сообразить: передо мной Ленка, скорей всего, мертвая, потому что под ее головой растеклось большое темное пятно. Преодолевая ужас, я села возле нее на корточки и прикоснулась к плечу, ожидая ощутить холод. Но пальцы почувствовали живое тепло, а потом Лена и вовсе застонала, слабо, еле слышно, но отчетливо.

Я потеряла всякий разум и принялась бестолково метаться по квартире, пытаясь разыскать телефонную трубку. У Ленки радиотелефон. Естественно, трубки никогда нет на месте, она может валяться где угодно: на кресле, под диваном. Бросив взгляд на софу, я внезапно поняла, что подруга лежит на холоде, на плитке, правда, в брюках и свитере, но без всякой верхней одежды, и может в придачу к проломленной голове получить еще и пневмонию.

Схватив плед, я быстрее птицы метнулась к балкону. Поднять Ленку побоялась, просто прикрыла ее сверху, бормоча:

— Сейчас, сейчас доктора вызову.

Потом опять побежала в комнату. Ну где же телефон? Неожиданно в голову пришла мысль: надо взять свой сотовый и набрать номер Лены. Трубка запищит, и я быстро ее обнаружу. Вытащив крохотный аппаратик, я потыкала в кнопки, и тут же из-под диванных подушек понеслась бодрая мелодия. Я кинулась к дивану, потом остановилась и растерянно посмотрела на мобильный. Похоже, я совсем с ума сошла, могу же воспользоваться собственным телефоном!

Глава 6

«Скорая помощь» приехала на удивление быстро, не задержался и Дегтярев. Хмурый Александр Михайлович быстро переговорил с врачами и велел мне:

— Хочешь курить, ступай на балкон.

Я покорно шагнула к двери.

— Да не на этот! — взвился полковник. — Не

смей затаптывать место происшествия, иди на другую лоджию.

Я повиновалась. Ленкина квартира угловая, и в ней два балкона. На один можно попасть из кухни, на другой — из большой комнаты. Впрочем, кухонный больше похож на веранду. Олег в свое время застеклил его, но не так, как у всех, а очень красиво. Бока и крыша сделаны из разноцветных кусочков стекла, а спереди он не застеклен. Ленка очень любит этот балкон, весной и летом частенько пьет там кофе. Вторая же лоджия просто превращена в склад, где хранится всякая чепуха. Я пробралась между коробками, лыжами, запасным колесом от «Жигулей» и, опершись на парапет, стала бездумно смотреть вниз. У дома отчего-то стояли две «Скорые помощи». Естественно, там толпилась куча зевак. Из подъезда показались санитары. Мое сердце тревожно сжалось. Двое крепких парней в коротких темно-голубых халатах легко тащили носилки, на которых лежал... черный, наглухо закрытый пластиковый мешок. Я уронила недокуренную сигарету и заорала:

— Дегтярев!

— Ну что еще? — высунулся на лоджию недовольный полковник. — Только не говори, что тут еще кто-то лежит с простреленной головой!

Но я, не обращая внимания на его идиотскую шутку, ткнула пальцем вниз:

— Лена умерла!

— С чего это тебе пришло в голову? — изумился Александр Михайлович, глядя, как грузят в машину носилки.

— Так тело в мешок положили!

— Это не Лена.

— А кто? — подскочила я. — Больше никого в квартире не было!

— Дежурная из подъезда, — пояснил Дегтярев.

Я попятилась:

— Баба Клава?

— Да, лифтерша, — продолжал Александр Михайлович, — ее нашли на полу, около столика. Очевидно, она не хотела пускать в подъезд этих отморозков, а они в нее выстрелили. Точно в глаз попали, так что скончалась она мигом, наверное, и вскрикнуть не успела.

Ноги мои подкосились, я рухнула на коробку, набитую ненужным шмотьем. Вот почему бабы Клавы не было на посту, когда я вошла в подъезд. Она вовсе не бегала в туалет, а лежала под столом мертвая.

В Ложкино я приехала в состоянии, близком к истерическому. Мало того что я узнала про «воскрешение» Олега, смерть бабы Клавы и ранение Ленки, так еще Дегтярев заставил меня чуть ли не сто раз повторить историю с конвертом и деньгами. Долларов в квартире не нашли, и мне стало понятно, что бедная Ленка — жертва грабителей, которые зашли в открытую квартиру.

Дома было тихо, Аркадий и Зайка, естественно, на работе, Машка возвращается около девяти вечера, а Аньку и Ваньку, моих внуков, няня повела на занятия. Близнецам только-только исполнилось два года, но Зайка нашла учебный центр «Грамотей», где таких крошечных детей обучают математике, рисованию, чтению и пению. Честно говоря, мне, педагогу с многолетним стажем, непонятно, каким образом можно объяснить малышам нотную грамоту и о каком чтении идет речь, если Ванька еще плохо говорит. Но спорить с Зайкой — дело бесполезное. Если Ольге что-то взбредет в голову, отговорить ее от этого шага не способен никто, а уж тем более я.

Чувствуя огромную усталость, я вошла в столовую в надежде хлебнуть кофейку в одиночестве и тут же узрела тщедушную фигуру Генри. Вот черт, совсем забыла, что к нам заявился Генка вместе с профессором-орнитологом. Ну почему вчера я не послушалась Зайку? В Москве и впрямь полно гостиниц, куда можно отвезти незваных гостей. Правда, номера в них невероятно дороги, но у нас-то есть деньги!

— Чудесная стоит погода на дворе, — приветливо улыбнулся Генри, — вроде еще зима, но все уже свидетельствует о приближении карнавала.

— Какого карнавала? — испугалась я.

Нам сейчас только не хватает толпы людей, одетых в костюмы пиратов, гномов и разбойников. Надеюсь, Генри не думает, что в его честь мы собираемся дать костюмированный бал!

— Извините, — мягко усмехнулся Малкович, — иногда я могу употребить не то слово. Мы, этнические русские, дома всегда говорим на родном языке, но, поскольку последним человеком, который посетил Москву, была моя бабушка, то, естественно, я иногда ошибаюсь. Карнавал — это такое веселое мероприятие, которое устраивают в России, провожая зиму. Одеваются в чудные наряды, жгут костры, поедают блины с икрой.

— Вы имеете в виду Масленицу, — сообразила я. — Но ряженые по улицам у нас не ходят.

— Да? — вежливо удивился Генри. — А вот бабушка утверждала наоборот. Рано утром слуги входят в спальню хозяев, без приглашения, в обычные дни они себе подобного, естественно, не позволяют, но в Масленицу можно. Девушки одеты в красные сарафаны...

— Простите, Генри, — не утерпела я, — а когда ваша бабушка последний раз посещала Россию?

— Она уехала из Москвы в тысяча девятьсот восемнадцатом году, — пояснил орнитолог, — убежала от Гражданской войны, голода и репрессий. Больше ей не довелось побывать в родимых краях, и бабушка очень тосковала, вспоминая, какая была интересная жизнь: балы, концерты.

— С того времени у нас много чего изменилось, — пробормотала я, — война была с сорок первого по сорок пятый. Потом социализм строили, затем вновь произошла революция... Вашей бабушке небось не очень бы понравилось в Москве в тридцать седьмом году. А вы сами зачем приехали?

Генри откашлялся:

— Я изучаю оранжевого гуся.

— Кого?

— Неужели вы никогда не слышали о нем? — изумился, в свою очередь, он.

— Нет.

— Позвольте, я объясню.

Я кивнула и откусила от яблочного пирога. Похоже, покоя не будет, так хоть узнаю, что это за гусь.

— Возле городка Юм, о, это маленькое местечко, тихое, провинциальное, — начал лекцию Генри, — есть уникальное место, озеро Так. Собственно говоря, оно представляет собой небольшое водяное пространство, ничем не примечательное, кроме одного. Озеро избрали для обитания гуси очень редкой породы...

Я слушала вполуха. Как все люди науки, Генри был излишне говорлив, его рассказ изобиловал ненужными деталями с заумными подробностями. Чтобы не утомлять вас, просто сообщу суть дела.

Гусей этих в природе осталось мало, и Генри с коллегами очень хотят сохранить популяцию. Беда в том, что глупая птица совершенно не понимает своего счастья и ведет себя просто по-идиотски. Вместо того чтобы спокойно плодиться на берегах живописного озера и трескать заботливо приносимую орнитологами еду, птицы устраивают перелеты. Осенью оранжевые гуси косяком тянутся в Африку. Зачем им мучиться и отправляться на Черный континент, когда можно преспокойно перезимовать в комфортных условиях возле городка Юм, я не поняла. Но факт в том, что гуси осенью улетают, а весной возвращаются. И с каждым годом птиц становилось все меньше и меньше. Когда их число достигло пятнадцати штук, ученые всполошились и решили исследовать путь миграции.

Америка — богатая страна, поэтому дело было поставлено с размахом. Закупили дорогостоящую аппаратуру, а на всех гусаков нацепили специальные ярко-оранжевые браслеты. Генри на экране компьютера мог увидеть, куда летит стая. Сначала все шло нормально. Особи достигли Египта и осели в одном из его районов. Малкович уточнил, что это берег Нила, и продолжал наблюдения. Весь осенний период гуси смирно паслись в Египте, но в декабре случилось непредвиденное. Че-

тырнадцать гусей мирно сидели у реки, а вот пят-
надцатый! С ним произошла натуральная чертов-
щина.

Во-первых, этот сумасшедший гусак отбился
от своих собратьев, во-вторых, он улетел из Египта, но направился в сторону Европы. Страшно
удивленный Генри просто обалдел, когда гусь прибыл в Париж. Там он, судя по информации, которую выдавал компьютер, свил гнездо в предместье,
и, что самое странное, совсем не у воды. Затем
гусак принялся сновать по Франции. Семь дней
провел в Нормандии, пять — в Бретани, неделю в
провинции Коньяк и благополучно вернулся в ок-
рестности столицы, где задержался на некоторое
время. Но если вы думаете, что гусь утихомирил-
ся, то ошибаетесь. Каждый божий день он летал
над Парижем, причем над самым центром, успо-
каиваясь лишь к вечеру. Спать противный гусь
всегда возвращался в предместье.

Генри не знал, что и подумать, с таким поведе-
нием пернатых исследователь столкнулся впервые. Дальше — больше. Утром двадцать пятого
января, спокойно позавтракав, орнитолог уселся
перед экраном и увидел, что мерзкая птица непо-
стижимым образом за одну ночь переместилась из
Парижа... в Москву. Было от чего сойти с ума! Конечно, гуси летают достаточно быстро, но преодо-
леть огромное расстояние за такое короткое время! Добравшись до главного города России, птичка взялась за старое, принялась мотаться каждый
день по разным кварталам, возвращаясь на ночь в
пригород столицы.

Окончательно обалдевший Генри рассказал эту

историю своему приятелю Геннадию, ткнув карандашом в карту:

— Вот тут он поселился, в какой-то деревне или городе под названием Ложкино. Мне бы найти этого сумасшедшего гуся! Дело пахнет научным открытием!

Геннадий поглядел на карту и воскликнул:

— Ложкино! Да у меня там бывшая жена живет!

Тут же родился план поехать в Россию и на месте разобраться, что к чему.

Я внимательно слушала Генри. Так, по крайней мере, кое-что становится ясно. Один явился сюда, чтобы получить всемирную славу. Интересно, зачем приехал Генка?

— Неужели так точно известно, где поселился гусь? — поинтересовалась я, когда орнитолог замолк.

— О, это очень интересно, хотите, покажу? — подскочил Генри, схватил меня за руку и поволок в свою комнату.

Понимая, что сопротивление бесполезно, я покорно пошла за ним.

— Вот, — воскликнул он, открывая ноутбук, — все крайне просто, видите?

Я взглянула на экран и не удержалась от восхищенного возгласа:

— Ну надо же! Это же наше Ложкино!

— Это что! — воодушевленно воскликнул ученый. — Мне сейчас перешлют из Юма другую, еще лучшую программу, и я покажу вам с точностью до сантиметра, где прячется гусь. Хотя, думается, я и так знаю место его обитания. Тут есть где-нибудь поблизости озеро?

Я кивнула:

— Да, буквально в двух шагах от нашего дома, надо пройти через лес, за ним сразу озеро.

— Я абсолютно уверен, что гусь там! — радостно воскликнул Генри и уставился на экран. — Хотя сейчас он вновь улетел в Москву. Вот неутомимый, зачем он облетает город?

Лицо орнитолога приобрело странное, застывшее выражение.

— А вы не знаете, какие дела привели в Москву Гену? — осторожно спросила я.

— Нет, — ответил ученый, — что-то связанное с бизнесом.

— Разве он не преподаватель? — удивилась я.

— Да-да, — буркнул Генри, щелкая мышкой, — именно так, о! Смотрите-ка, уже пришла программа!

Он уткнулся в ноутбук. Я постояла пару секунд около него и вышла.

Дегтярев приехал поздно. Александр Михайлович не умеет водить автомобиль, и ему приходится договариваться, чтобы кто-нибудь из нас подвез его в Ложкино. Честно говоря, каждый раз возникают неудобные ситуации. Однажды, проведя часа два в машине перед входом в здание, где служит полковник, я обозлилась и, когда толстяк наконец соизволил явиться, сердито сказала:

— В Ложкино очень удобно ехать на такси, дорога, сам знаешь, идеальная.

— Какую глупость ты говоришь! — возмутился приятель. — Да с меня сдерут жуткие деньги!

Впрочем, до нашего коттеджного поселка можно добраться и на электричке, только отчего-то такое простое решение не приходит в голову Дегтяреву? К слову сказать, чаще всего доставлять полковника домой доводится мне, но сегодня его привез Кеша.

Я вышла из комнаты, глянула со второго этажа вниз и крикнула:

— Эй, Дегтярев, как там Лена?

Хмурый полковник поднялся наверх и коротко ответил:

— Пока жива, хотя прогноз в таких случаях неутешителен. Огнестрельное ранение головы — вещь непредсказуемая.

— Я думала, ее ударили...

— Нет, выстрелили, — сухо ответил приятель.

— Скажи...

— Нет, — оборвал меня Александр Михайлович.

— Что — нет? — удивилась я.

— Все нет!

— Это как понять?

Дегтярев медленно порозовел и стал похож на фруктовый зефир.

— Дарья, — сурово заявил он, — тебя это дело не должно касаться никак!

— Ну ничего себе! Ленка — моя подруга, Олега я знаю с детства и обязана...

— Ничего ты не обязана, — прервал меня полковник. — Тебе нужно заняться домашним хозяйством, следить за тем, чтобы Маша хорошо училась, воспитывать Аньку и Ваньку... Ну что ты каждый раз лезешь не в свое дело! Ведь дрянь получается!

От негодования у меня пропал голос. Да я распутываю любые хитроумные узлы лучше профессионалов, и кому-кому, а полковнику это известно очень хорошо.

Дегтярев повернулся и пошел вниз, кипя от негодования, я наблюдала за ним. Примерно на середине лестницы полковник поскользнулся и чуть не упал, но сумел устоять на ногах, уцепившись за перила. В полной тишине Александр Михайлович наклонился, оглядел ступеньку, потом выпрямился, повернулся ко мне, указал пальцем вниз и с пафосом заявил:

— Вот! Ты обязана следить, чтобы все прутья, придерживающие ковер, находились на месте! И незачем изображать из себя Шерлока Холмса и мисс Марпл в одном флаконе. Ты вечно попадаешь впросак, а мне потом отдуваться.

Закончив сентенцию, Дегтярев невозмутимо достиг первого этажа и вошел в столовую. Я от гнева потеряла дар речи. Ну, толстяк, погоди! Можешь быть уверен, я обязательно отыщу Олега, причем сделаю это намного быстрее и лучше, чем правоохранительные органы. Вот тогда и посмотрим, кто из нас в каком флаконе!

Глава 7

На следующий день, около часа, я поехала к почтальонше Соне. В сумочке лежала фотография Олега, может, не самая лучшая, но на ней Гладышев был вполне узнаваем. Мне повезло, я миновала половину пути без пробок и первый раз встала у светофора только на пересечении Ковалевской улицы с Нежинским переулком. Пока горел красный свет, я закурила и призадумалась. Ну почему Олег сбежал от семьи? Должна же быть какая-то веская на то причина? Жена, ребенок, хорошая работа, материальный достаток — и вдруг бац!

Слева послышался резкий стук. Я вздрогнула и увидела сотрудника ГИБДД в ярко-желтой жилетке.

— Что случилось? — удивилась я, опуская стекло.

— А ну, отъехай в сторону, — велел постовой.

— Зачем?

— Выполняй.

Я послушно замерла у обочины.

— Попрошу документики, — потребовал мент.

— В чем дело? — недоумевала я, протягивая техпаспорт и права.

— В чем, в чем... — бормотал сержант, разглядывая закатанные в пластик корочки, — зеленый загорелся, потом красный, потом снова зеленый, а ты все стоишь, пьяная, что ли?

И он с подозрением посмотрел на меня.

— Я никогда не употребляю алкоголь, если собираюсь вести машину! — возмутилась я.

— Ну-ну! — протянул постовой и велел: — Открой багажник.

Я выполнила его приказ и, нырнув в теплое нутро «Пежо», вздохнула. Ну почему сотрудники ГИБДД такие противные, а?! Отчего никогда не улыбаются, не шутят? Не далее как в декабре я точно так же задумалась за рулем, стоя на улице Арго, в Париже. Ко мне подошел полицейский и весело спросил:

— Мадам, на светофоре уже горел красный, желтый и зеленый свет, вы предпочитаете какой-то другой цвет?

А наш сразу: «Документы, пьяная...»

Не найдя никаких нарушений, постовой отпустил меня, а я не стала предлагать ему пятьдесят рублей, не за что!

Возле дома Сони стояли машины, и пришлось парковать «Пежо» довольно далеко от ее подъезда, а потом ковылять по обледенелому тротуару. Возле двери я поскользнулась и упала, а когда встала — обнаружила, что любимые черные брюки порвались на обеих коленках. В общем, день не задался с самого начала, оставалось надеяться, что его вторая половина будет более удачной.

Едва я протянула руку к звонку, как дверь квартиры Сони распахнулась и оттуда вышли две невысокие женщины. Одна была в черном пальто, другая — в юбке и вишневой, расшитой люрексом кофте.

— Вы к нам? — спросила вторая.

Я кивнула.

— Входите, — предложила она, — на кухню.

Я прошла в знакомое помещение, села на ту же табуретку, что и вчера, и хотела было спросить: «Можно увидеть Соню?», как женщина резко сказала:

— Вы небось с почты? Ну давайте деньги! Чего так запоздали, агентша только что ушла! Ваша заведующая еще с утра обещалась прислать.

— Какая агентша? — растерянно спросила я.

— Какая, какая, — довольно зло отозвалась тетка, — ясное дело, похоронная! Между прочим, все из-за вас получилось! Виданное ли дело отправлять слабую женщину разгуливать с такой суммой!

— Простите, я не с почты, позовите, пожалуйста, Соню!

Женщина пару секунд смотрела на меня, не мигая, потом пробормотала:

— Соню? Да вы откуда?

— Я ее знакомая, новая. Мне очень надо с ней поговорить.

— Соня умерла, — ответила баба, одергивая жуткую кофту.

От неожиданности я сначала оторопела, а потом отчего-то спросила:

— А вы ей кем приходитесь?

— Так сестрой, старшей, — спокойно сообщила она.

— Как вас зовут? — Я медленно приходила в себя.

— Равиля. — ответила она. — Мне теперь не только своих детей тянуть, еще Сонькиных на ноги ставить. Господи, ну за что нам такое горе!

— Но что случилось? — спросила я. — Я вчера была у Сони. Она выглядела очень бодрой, собиралась квартиру убирать.

— Сонька здорова была, — тяжело вздохнула Равиля, — это у меня полно хронических болячек, а у сестры все было в порядке, на ноги только жаловалась, говорила, прямо гудят к вечеру. Убили ее из-за больших денег, много тысяч в сумке несла, вот негодяи и прознали, решили поживиться!

Я с недоверием оглядела кое-где облупившиеся кухонные шкафы и помятую алюминиевую кастрюльку, стоявшую на допотопной газовой плите.

— Откуда у вашей сестры огромные средства? Извините, пожалуйста, но мне показалось, что она живет очень скромно.

— Так не ее тыщи-то, — с жаром пояснила Равиля, — чужие деньги!

— Чьи?

Равиля вытащила из ящика стола сигареты.

— Курите?

— Вообще да, но сейчас не хочется.

Сестра Сони почиркала дешевой зажигалкой, потом выпустила бледно-голубую струю дыма и ответила на мой вопрос:

— Пенсию она разносила. Есть пожилые люди, которым из дома выйти тяжело, вот им почтальон на дом деньги и приносит. Раньше «автоматом» на сберкнижку переводили, а теперь боятся с государством связываться, наши правители-то люди ненадежные. Захочется им, мигом у граждан сбережения отнимут.

Я кивнула. Это верно, слишком много испытаний выпало на долю пожилых людей: война, разруха, нищенское существование на крохотную зарплату, погоня за едой и одеждой, потом, правда, были относительно спокойные годы «застоя», зато после восемьдесят пятого «интересные» события пошли просто косяком... Реформа Павлова, шоковая терапия по Гайдару, национальные конфликты, терроризм, дефолт. Понятно, почему большинство населения предпочитает хранить деньги в банке, трехлитровой, зарытой на огороде или спрятанной на антресолях.

— А еще зима на дворе, — говорила Равиля, — скользко. Даже те бабуськи, что летом сами на почту ходят, дома осели, боятся руки-ноги сломать.

Чувствуя, что вот-вот начнется мигрень, я терпеливо слушала Равилю. Вчера вечером, около восьми, Соня взяла большую сумму денег и пошла по домам. Конечно, не следовало ходить с такими деньжищами вечером по темным подъездам, но альтернативы у почтальонши не было. Пенсию нужно разнести в определенный день, если выплата запаздывает, разгневанные старики начинают трезвонить в отделение, а самые прыткие даже жалуются в мэрию. Обычно Соня, взяв деньги, ходит по домам до тех пор, пока не избавится от ассигнаций, но вчера, как на грех, у нее заболел ребенок. Поэтому она решила сделать днем перерыв и отправилась по оставшимся адресам только после того, как капризничавший сын заснул.

Почтальонша нарушила правила. Она не должна была приносить чужие пенсии домой, их следовало сдать на почту, а потом снова взять. Но противная заведующая ни за что бы не разрешила матери отлучиться к больному сыну.

— Поэтому Соня принесла деньги домой. Смерть настигла ее в родном подъезде. Какие-то подонки ударили почтальоншу по голове, забрали сумку и убежали. Дело было вечером, основная масса жильцов уже сидела по домам, тело нашли около десяти, когда негодяев давным-давно и след простыл.

— Откуда же преступники узнали, что у нее в сумке деньги? — тихо спросила я.

Равиля махнула рукой:

— На почтальонов часто нападают. День, когда выдают пенсии, строго определен. Небось проследили за Сонькой, утром-то народу много на улице, а она еще мало походила и домой пришла. Вот и решили вечером налететь, знали небось, что должна деньги до конца разнести. Где уж женщине с бандитами справиться!

— Им охрану не дают? — не успокаивалась я. — Ведь понятно, что почтальонша с сумкой, набитой банкнотами, лакомый кусочек для преступников.

Равиля грустно усмехнулась:

— Скажете тоже! Охраннику платить надо, а где средства взять? Когда в ноябре в соседнем отделении двух почтальонш убили, остальные стали требовать, чтобы их в день пенсии на такси возили... Только ничего не вышло, начальство категорично заявило: «Желаете на авто кататься — платите сами».

Я вернулась в машину, села за руль и закурила. Вот уж никогда не думала, что почтальона с деньгами никто не охраняет. Бедная Соня вчера еще строила какие-то планы, мечтала, надеялась, жила, а сегодня лежит в морге. И главное, что преступников не найдут, если они, конечно, не станут регулярно промышлять разбоем. Как-то раз Дегтярев сказал мне:

— Хуже всего раскрываются дела, связанные с грабежом на улице. Подбежали, ударили, отняли кошелек и унеслись. Если преступников не задержали сразу, пиши пропало.

Жаль, что я не успела показать Соне фотографию. Однако странно, почему же Олег сам не положил конверт в ящик? Соне он сказал, что не может пройти в подъезд из-за лифтерши, якобы баба Клава не пустила его.

Зная характер Клавдии, удивляться не приходится, только она ведь отлично знала Гладышева, он же много лет жил в этом доме. Так почему он не сам отнес конверт?

Я раздавила окурок в пепельнице. Совсем ты, Дашутка, ума лишилась. Ясно почему: Олег не захотел светиться именно потому, что баба Клава его великолепно знает. Дежурная, естественно, в курсе того, что жилец бесследно пропал больше года назад. Как вы думаете, что бы она предприняла, увидев Гладышева на пороге? Мне думается, что бывшая тюремщица поступила бы так, как предписывала ее прежняя должностная инструкция: заперла бы беглеца между двумя решетками и позвонила в милицию.

Я завела мотор и поехала в сторону центра. Вот оно, последнее доказательство того, что Олег жив, здоров и находится в Москве. Любой другой человек спокойно мог войти в подъезд. Баба Клава никогда не проявляла немотивированной злобности. Да, она задерживала тех, кто казался ей подозрительным, но с остальными людьми разговаривала вполне нормально. Предположим, ей не понравился человек, принесший конверт, но ведь она могла взять письмо и сама положить в ящик. Нет, приходил именно Олег, и я обязана найти его, не прибегая к помощи Дегтярева. Почему? Ну, во-первых, просто обидно, когда тебя оскорбляют, считая ни на что не способной дурой, а во-вторых... Была, была какая-то причина у Олега скрыться, скорей всего, он совершил нечто предосудительное, поэтому и прячется. Я же его старый, проверенный друг. Вот найду Гладышева и помогу ему уехать из России вместе с Ленкой, которая, дай бог, к тому времени поправится, и Алешей.

Справа по курсу возникла вывеска закусочной. Очень хорошо, сейчас зарулю в эту забегаловку, съем сандвич и спокойно подумаю.

В небольшом зале толпилось чересчур много народа. У окна заливался плачем ребенок, которому дали в подарок не ту игрушку, а в центре, за сдвинутыми столиками веселилась большая компания тинейджеров, демонстративно громко обсуждающих свои сексуальные подвиги. Я взяла сандвич, мороженое в рожке, стаканчик того, что здесь гордо именовали «капуччино», и пошла в свой «Пежо»: есть и думать нужно в относительном покое.

Сандвич я держала в руках, стаканчик с суррогатом кофе поставила в специальное углубление возле стеклоподъемников, оставалось пристроить рожок. Через секунду и ему нашлось место — я сунула его в подставку для мобильного. Уж не знаю, из чего сделано это мороженое, но таять оно начинает не сразу, что, на мой взгляд, свидетельствует об исключительной вредности лакомства.

Развернув хрусткую бумажку, я впилась зубами в кунжутную булочку. Да, эта еда вредна, но как вкусно!

Значит, так, попробуем воспроизвести в уме, как провел Олег тридцать первое декабря. Мы с Ленкой столько раз вспоминали тот день, что все передвижения Гладышева я могу назвать с точностью до минуты.

Утром Олег встал, принял душ, выпил кофе и сказал Ленке:

— Сейчас поеду на работу, там, очевидно, сегодня не задержат. Сразу из Дома моделей рвану в Ложкино, поздравлю Дашку и назад.

— Только не очень задерживайся, — попросила жена.

— Нам в ресторан к одиннадцати, успею, — ответил Олег.

Ленка обиделась:

— Интересное дело! Между прочим, мне хочется сесть с тобой вдвоем у елки и выпить шампанское, проводить старый год, вручить тебе подарок.

— Не дуйся, котик, — засмеялся муж, — я просто дразнил тебя. Ясное дело, вернусь в районе шести-семи. Кстати, о подарках. Помоги мне оттащить пакеты в машину.

Ленка надела шубу и, пока муж грел мотор, разместила на заднем сиденье предназначенные нам сувениры. Потом Олег поцеловал ее и шепнул:

— Может, успеем не только шампанское выпить, а то жди потом целый год, до первого января...

Ленка рассмеялась, Олег нажал на газ, «Жигули» бодро покатили по шоссе. Больше подруга мужа не видела. Правда, он позвонил ей в районе часа и весело сообщил:

— Гарик проявил чуткость и всех отпустил по домам. Сейчас народ чокается бокалами, а я понесусь в Ложкино.

— Смотри не пей, — предостерегла его Ленка, — сегодня гаишники всех проверять будут, кучу денег отдашь.

— У меня с собой только двести рублей, — засмеялся Олег, — но прикладываться к шампанскому не стану, надеюсь, заботливо приготовленная для нас бутылочка будет стоять возле разобранной кровати часов этак в пять или шесть. До одиннадцати нам хватит времени.

— До девяти, — поправила Ленка.

— Это почему? — удивился Олег.

— В десять нам выезжать, а надо еще одеться, накраситься, причесаться.

— Лучше всего, дорогая, ты смотришься без одежды, — хохотнул не в меру разошедшийся супруг, — так бы и съел тебя целиком.

Все, больше они не разговаривали. Значит, до часу дня Олег и не думал никуда бежать. Он не взял из дома никаких вещей и денег, правда, имел при себе паспорт, но это ни о чем не говорит, в наше время документ, удостоверяющий личность, многие носят в кармане. Что же случилось в промежуток с тринадцати до пятнадцати? Часы, найденные в машине, остановились ровно в три. Что произошло с Олегом в этот короткий промежуток? Может, на работе кто вспомнит нечто интересное?

Я облизала пальцы, одним махом выпила остывший капуччино и поехала в Дом моделей Гарика Сизова.

Глава 8

Став богатой дамой, я, естественно, принялась посещать самые разнообразные магазины одежды, решив вознаградить себя за те годы, когда покупка колготок превращалась в настоящий праздник. Месяца хватило на то, чтобы понять: даме, перешагнувшей сорокалетний рубеж, купить себе достойный наряд крайне тяжело.

Торговые точки, рассчитанные на покупателей со средним кошельком, типа «Мехх» и «Бенеттон», предлагают в основном одежду для юных девушек. К тому же нашим женщинам, массово носящим 52-й размер, в этих залах делать просто нечего, не стоит им заглядывать и в «Манго», «Саш» по той же причине: самый большой размер там сорок восьмой. Впрочем, я, с легкостью влезающая в европейский тридцать шестой, могла бы уйти домой, обвешанная пакетами. Могла бы, но не хочу!

Меня не привлекают топики ядовито-розового цвета, бело-зеленые капри и кургузые шерстяные кофточки-двойняшки. Хочется одеваться элегантно, но где взять такую одежду?

Потерпев неудачу с вещами массового пошива, я устремилась в более дорогие бутики, но среди отнюдь не дешевых, эксклюзивных платьев тоже не нашлось ничего достойного. Даже если наряд в целом выглядел и сидел хорошо, раздражали детали. Желая выпендриться, кутюрье старались изо всех сил. Длинная узкая юбка с разрезом до пояса, блузка, не имеющая пуговиц и распахивающаяся при самом легком движении, брюки, не застроченные по боковым швам. Все это, может, и оригинально, но не для меня.

Я решила не сдаваться и пошла по московским домам моды. Лучше бы я никогда не начинала поход. Ассортимент выглядел удручающе: блестки, гигантские пояса, перья, боа, трусики и лифчики из меха, комбинезоны из резины. Когда Ольга Кисина, девушка, чье имя бомонд произносит с придыханием, предложила мне приобрести костюм из латекса, я в ужасе унеслась. Я не готова ходить по городу в виде гигантского презерватива, и потом, в этом прикиде, должно быть, жутко неудобно, жарко, потно, липко.

С тех пор я приобретаю вещи где попало, не обращая никакого внимания на ярлычки. Пару раз отхватила вполне приличные брюки на вещевом рынке «Динамо». Самое интересное, что, когда я, одевшись в турецкие шмотки, заявилась в гости к известной моднице Лариске Пенкиной, последняя завистливо вздохнула и, одергивая топорщившуюся на ней жуткую кофту от Кисиной, заявила:

— Конечно, тебе хорошо! Судя по всему, в Париже брючата нарыла! Разве у нас такие купишь!

Я хотела было ответить: «Съезди на «Динамо», там таких как грязи», но удержалась и теперь частенько покупаю вещи в непрестижных местах, а «тусовочные» дамы исходят от зависти. Так что абсолютно неважно, где вы раздобыли платье, главное, как оно на вас сидит.

Гарик Сизов появился на Олимпе моды лет десять тому назад. Начинал с того, что шил брюки разным людям, бегал по домам с сантиметром и булавками. Потом вдруг как-то резко разбогател, открыл собственный салон, нанял закройщиков, швей, манекенщиц.

Правда, злые языки поговаривают, что Гарик заработал денежки не руками, а тем местом, которое следует прятать в сшитые им брюки, но меня это совершенно не касается.

— Добро пожаловать, — ласково улыбнулась дама лет сорока, сидевшая в просторном холле, уставленном манекенами в модных туалетах, — что вас интересует? Справа новая, весенняя коллекция, слева еще зимняя, естественно, она уже дешевле на тридцать процентов.

Испугавшись, что говорливая мадам сейчас всучит мне один из жутких, бесформенных твидовых пиджаков, я поспешно сказала:

— Можно увидеть Гарика?

Дама вскинула брови:

— Нет, конечно.

— Почему? — удивилась я.

— Он занят, и вообще, к господину Сизову

только по предварительной записи, если хотите, могу записать вас на май.

Я села в кресло у стола, положила ногу на ногу, вытащила из сумки кредитную карточку, повертела ее в руках, потом спрятала назад, побарабанила пальцами, украшенными кольцами, по столешнице, недовольно взглянула на золотые часики и сказала:

— Жаль. Я редко бываю в России, хотела заказать у Гарика сразу пальто, плащ, костюм, платье, блузки, брюки, жилет, словом, целый гардероб.

— Может, из готового подберете? — попыталась сопротивляться администратор.

Я изогнула бровь и процедила сквозь зубы:

— Дорогуша, дама моего положения не надевает ЭТО!

Вымолвив последнюю фразу, я встала и медленно двинулась к двери, бренча ключами от «Пежо».

— Подождите, пожалуйста, — окликнула меня дама.

Я обернулась.

— Сделайте одолжение, пройдите по коридору в девятую комнату, Гарик вас примет.

Я кивнула:

— Правильное решение, дорогая, хорошего клиента не следует отталкивать.

Очевидно, администраторша позвонила Гарику, потому что он встретил меня с распростертыми объятиями. Минут десять мы рассматривали альбомы, потом я, ткнув пальцем в первое попавшееся изображение, заявила:

— Вот этот костюм мне нравится.

— Прекрасно, — воскликнул Гарик, — нет проблем!

— Только хочу его в розовом варианте, Олег говорил, что это мой цвет.

— Желание вашего мужа для меня закон, — улыбнулся Сизов, — я всегда учитываю пожелания супругов, ведь в конце концов дамы приобретают вещи, чтобы нравиться кавалерам, никто не повезет косметику и стильную одежду с собой на необитаемый остров.

Я посмотрела на его сытое, довольно улыбающееся лицо. Конечно, Гарику приходится учитывать вкусы мужей, ведь именно они платят за обновление гардероба жен.

— Олег — не мой супруг, — надула я губы.

— Простите, значит, будет им.

— Увы, нет, он умер!

Сизов помолчал минуту, потом другим, отнюдь не игривым голосом сказал:

— Прошу прощения, если был бестактен, ейбогу, не хотел.

Я кивнула:

— Ничего, бывает. Кстати, вы великолепно знали Олега.

— Да? — удивился Гарик. — Он шил у нас одежду?

— Нет, он работал у вас. Гладышев Олег, не припоминаете? Пропал тридцать первого декабря, в прошлом году.

Сизов вытащил золотой портсигар, вынул тоненькую папироску, помял ее, спрятал назад и уточнил:

— Позапрошлом.

— Что? — не поняла я.

— Тридцать первого декабря прошлого года было два месяца назад, — пробормотал он, — а Олег исчез в позапрошлом году.

Я кивнула:

— Верно, хотя так и хочется сказать, что в прошлом, ведь на самом деле прошло всего четырнадцать месяцев. Ужасно, правда?

— Да, ничего хорошего, — грустно ответил Гарик, — о нем до сих пор ни слуху ни духу.

— Интересно, что случилось?

Сизов нахмурился:

— Сам терялся в догадках. Одно время думал, что он просто решил удрать от жены, но потом выбросил эту мысль из головы.

— Почему?

— Кем вы ему приходитесь? — внезапно насторожился модельер.

Я улыбнулась:

— Другом детства, мы знакомы буквально с яслей, но никаких любовных отношений между нами никогда не существовало. Его супруга Лена — моя ближайшая подруга.

— Хотите кофе? — предложил Сизов.

Я вспомнила недавно выпитый отвратительный капуччино и поспешно ответила:

— Лучше чай.

Гарик кивнул, открыл шкаф, вынул банку кофе, упаковку чая, включил чайник, стоявший на подоконнике, и тихо сказал:

— Мужчина в модельном бизнесе — это особый вид представителей сильного пола. Я говорю не о мальчишках, ходящих по «языку», они бабы. Но художники, фотографы, модельеры, наконец... Знаете, надо очень снисходительно относиться к женщинам, чтобы работать для них и среди них. Тут у нас, за кулисами дефиле, такие сцены разыгрываются, вам и не снилось ничего подобного!

Девушки влюбчивы, вот и горят страсти, романы возникают мгновенно... Потом рыдают в раздевалках, устраивают бывшим любовникам сцены, таскают за волосы счастливую соперницу. Все же постоянно в одном котле варятся: бросил одну, тут же подцепил другую на глазах у прежней любви. Мне регулярно приходится выступать в роли третейского судьи, я сколько раз пытался запретить интрижки на работе, только как можно заставить козла равнодушно смотреть на капусту, коли он попал в огород.

Но Олег был не такой. Сколько бы ни строили ему глазки модельки, как бы ни намекали на свои проснувшиеся чувства, Гладышев равнодушно отворачивался от длинноногих красоток. Сизов был абсолютно убежден, что Олегу не нужен никто, кроме жены, и он даже начал уважать своего балетмейстера за столь несовременную верность. Впрочем, остальные мужчины, работавшие в Доме моделей, посмеивались над бывшим танцором, который вел себя, словно святой Иосиф, а через некоторое время Олега начали считать «голубым».

— На чужой роток не накинешь платок, — мрачно заявил Сизов, — знаю, и про меня болтают, что до сих пор не женат, потому как предпочитаю в постели мужчин. Ну зачем мне скрывать собственные пристрастия? Будь на дворе семидесятые годы, тогда понятно, мужеложество — статья в Уголовном кодексе! Но сейчас?! Да клеймо «гей» теперь в большой моде! Однако болтают не весть что!

И он с наслаждением отхлебнул глоток растворимого кофе.

— Значит, вы полагаете, женщины тут ни при

чем? — решила я подначить модельера. — А я, честно говоря, думала, что Олег убежал с любовницей...

— Это на него не похоже, — фыркнул Сизов, — во всяком случае, на работе он никаких попыток сближения с кем бы то ни было не делал. А уж чем он занимался в свободное время, я понятия не имею, мы близко не дружили, просто поддерживали хорошие отношения.

Я вытащила из чашки сморщенный пакетик, положила на блюдечко и сказала:

— Может, он деньги у кого взял в долг, пришла пора отдавать, а он не смог! Знаете, как бывает, включили счетчик, пошел процент... Вот Олег и предпочел исчезнуть. Кстати, какие-то подонки вчера напали на его жену, дома, в квартире. Выстрелили ей в голову. Я все терялась в догадках, почему на Ленку наскочили бандиты, а сейчас внезапно подумала: вдруг у нее имелись большие средства? Насколько помню, незадолго до исчезновения Олег говорил, что хочет купить загородный дом...

Про приобретение особняка я наврала. Гладышев, правда, не раз вздыхал, приезжая к нам в Ложкино:

— Господи, как хорошо-то за городом, я просто задыхаюсь в Москве.

— Так в чем дело? — спросил однажды Аркадий. — Купи дом и уезжай.

Олег хихикнул:

— Знаешь анекдот про генерала? Вызывает его к себе главнокомандующий и орет: «Почему битву проиграл?» Генерал начинает оправдываться: «Мы бы обязательно победили, только помешало пятнадцать причин». — «И какие же?» — кричит начальник. «Кончились патроны — это первая, вторая...» — «Не надо, — прервал его главнокомандующий, — хватит и этой».

— Ты к чему эту историю рассказал? — удивилась Зайка.

— Да к тому, что у меня тоже есть пятнадцать причин, чтобы не строить дом, а первая из них — кончились деньги, вернее, их и не было.

— Можно продать квартиру, — не успокаивалась Ольга.

— Как раз на цокольный этаж хватит, — засмеялся Гладышев, — нет, загородный особняк пока не для нас, может, потом когда-нибудь, в другой жизни.

Так что я хорошо знала, что свободных средств у Олега нет, им с Ленкой вполне хватало на комфортное существование, но и только. И в долг они у ростовщиков не брали. Гладышев великолепно знал: если ему понадобятся деньги, я тут же дам ему любую сумму и, естественно, никогда не потребую никаких процентов.

В данный момент мне просто надо разговорить Гарика, а охотнее всего люди обсуждают чужие любовные приключения и финансовое положение.

Но Сизов неожиданно напрягся. Он отставил в сторону чашку и резко спросил:

— Так как, шьем для начала этот костюм в розовом варианте?

Я машинально кивнула.

— Тогда пошли к Натэлле, в соседнюю комнату, выбирать ткань.

Недоумевая, отчего это Гарик вдруг прервал

мирно текущий разговор, я встала и двинулась за ним.

Через пять минут Сизов оставил меня наедине с молоденькой кареглазой девушкой, которая с энтузиазмом начала раскрывать альбомы с образцами тканей.

— Если вы остановились на цвете сомон, — журчала Натэлла, — то вот разнообразные оттенки. Самым подходящим кажется «Экрю». Хотя отчего бы вам не посмотреть зеленый? Думается...

— Нет-нет, — решительно прервала ее я, — мой ближайший друг, который, кстати, работал у Сизова, всегда говорил: «Дашутка, тебе идет розовый». А Олег Гладышев понимал в одежде, как никто другой.

— Олег? — удивилась Натэлла. Она отложила альбомчик. — Его нашли?

— Нет, хотя искали упорно.

— Ужасно. — Она покачала головой. — По мне бы, уж лучше знать, что умер. Время-то лечит, горе утихает. А так, мучиться целыми днями, надеяться. Мне очень жалко его маму!

Я вздрогнула:

— Родители Олега умерли, его воспитывала бабушка, тоже давно покойная.

— Хорошо хоть родственников не осталось, мучиться некому, — заявила Натэлла.

— А жена? — удивилась я. — Бедная Ленка вся испереживалась, лица на ней нет!

— Жена, — фыркнула Натэлла, — думается, она не очень страдает.

— Как вы можете так говорить! — возмутилась я. — Олег и Лена была образцовой парой.

Натэлла захихикала:

— Между прочим, Гладышев имел любовницу, ну да все мужики дряни, только об одном и думают. Я вот через полгода после свадьбы развелась. Первый раз муж мне знаете когда изменил?

— Нет.

— А сразу после бракосочетания, в ресторане, уволок свидетельницу, мою лучшую подругу, в подсобку. Представляете, какой гад!

Я вспомнила своего бывшего супруга Макса, который не мог пройти мимо ни одной юбки, и сочувственно сказала:

— Согласна, встречаются экземпляры, начисто лишенные моральных принципов, но Олег-то другой. Уж поверьте, я знаю его с детства.

— Ничегошеньки-то вам не известно, — с горящими глазами заявила Натэлла и замолчала.

Чтобы заставить ее говорить, я возмущенно воскликнула:

— Вы клевещете на человека, который не может защититься, о мертвых или ничего, или только хорошее!

— Я клевещу? — воскликнула, краснея, Натэлла. — Я не из тех, кто сплетничает, говорю только о том, что хорошо знаю, лично видела!

— Может, еще и свечку держала? — нагло ухмылялась я. — Нехорошо врать о покойном. Между прочим, Гарик только что сказал, будто Олег проходил мимо обнаженных моделей без всякого интереса.

— Гарик сказал! — совсем обозлилась Натэлла. — Да что он знает! Сизов тут вообще не хозяин, в Доме моделей всем его любовник, Сергей Завальнюк, заправляет!

Понимая, что беседа грозит перекинуться на

совершенно неинтересного мне кутюрье, я быстренько заявила:

— Похоже, вы сами заигрывали с Олежкой, а
он вам дал атанде, то бишь от ворот поворот.

У Натэллы побагровело не только лицо, но и
шея.

— Я?! Да мне сто раз наплевать на Гладышева!
Он совсем не в моем вкусе! И потом, он старый
уже, да и некрасивый, — зачастила она, — но кое-
кому тут очень даже понравился! На него девки
охоту открыли, и одна добилась успеха. Майя
Хвостова! Вот так!

— И откуда вам это известно?

Натэлла ткнула пальцем в стену:

— Оттуда.

Я проследила за ее рукой, увидела довольно
симпатичную картину, изображавшую поле, усе-
янное белыми маргаритками, и вполне искренне
ответила:

— Не понимаю.

— Сейчас объясню! — воскликнула молоденькая дурочка и вылила на меня ушат информации.

Меня лавина неожиданных фактов едва не по-
гребла под собой, но я выстояла, тихо радуясь, что
Сизов отправил меня к этой самозабвенной сплет-
нице.

Глава 9

Когда Гарик приобрел для Дома моделей здание, внутри оно выглядело не так, как сейчас.
Сизов решил перегородить часть помещений, ему
нужны были не многометровые залы, а комнаты.
Перегородки поставили из гипсокартона, на капи-

тальные стены тратиться не стали, да и кому они нужны?

Натэлла получила в свое распоряжение одну часть бывшего зала, а во второй обосновалась Майя Хвостова, шляпница. Как-то вечером Натэлла скучала у окна. Работы у нее не было, но Сизов, при всей своей внешней мягкости и подчеркнутой интеллигентности, поддерживал в Доме мод военный порядок. На службу следовало являться к девяти, а уходить в шесть независимо от того, есть клиенты или нет. Натэлла спокойно курила и вдруг услышала хорошо знакомый мужской голос:

— Майя, моя шляпа готова?

— Пока нет, — ответила соседка, — ровно в семь, где всегда.

На этом диалог прервался, ничего особенного в нем не было, к Майе часто заглядывали клиенты, но подавляющее большинство из них — женщины. И потом, что значит фраза «ровно в семь, где всегда»?

Натэлла очень любопытна, поэтому мигом подскочила к двери и глянула в щелку. По длинному коридору неторопливо шел Олег Гладышев. Натэлла почувствовала легкий укол. Бывший танцор нравился ей, и она как-то раз попыталась пригласить его в кино, но получила полный отлуп. Нет, все было вежливо и мило, Олег с приятной улыбкой заявил:

— Натэллочка, большое спасибо, но поищи другого кавалера, мы с женой уже видели эту картину.

Натэлла прикусила губу, так ее еще никто не унижал, тоже мне, монах-отшельник.

Решив выяснить, что за отношения связывают Олега и Майю, она осталась на рабочем месте до без десяти семь. Из-за гипсокартонной стенки не доносилось ничего интересного. Хвостова любила напевать за работой и мурлыкала какие-то мелодии. Около семи она ушла. Натэлла кинулась следом, старательно прячась, но она осторожничала зря. Майечка, ни разу не оглянувшись, дошла до площади, на которой стоял памятник, и стала прохаживаться у его подножия. Натэлла, спрятавшись за киоск с мороженым, ждала развязки.

Внезапно раздался резкий гудок. Шляпница пошла к проезжей части и села в подъехавшие «Жигули». Глазастая Натэлла запомнила номер, хотя она и так уже понимала, что к чему, но проверить не мешало.

Утро принесло подтверждение — «Жигули» принадлежат Гладышеву. Из чистого любопытства Натэлла стала следить за парочкой.

Надо отдать должное любовникам, они вели себя словно два шпиона, едва кивая друг другу при встречах. Олег никогда не заходил к Майе попить кофейку, если заглядывал в ее мастерскую, то только по делу. Натэлла лишь дивилась подобной конспирации. У Хвостовой имелся муж, у Гладышева — жена, ясное дело, они не хотели неприятностей.

— Но встречались регулярно, — закончила «информаторша», — я точно знаю.

— Как вам только не надоело за ними следить, — ухмыльнулась я.

Натэлла скривилась:

— А я такой человек, если начну какое дело,

обязательно доведу до конца! Целеустремленность — вот мое основное качество.

Я промолчала. Целеустремленность! Да любопытство это, беспардонное и ничем не прикрытое.

— И вы не рассказали милиции о своих догадках, когда пропал Олег?

— Меня не спрашивали, — отрезала она.

— Неужели сыщики не опросили сотрудников?

Натэлла пожала плечами:

— Ходили здесь, разговаривали, только меня
не было.

— Куда же вы подевались?

— Отдыхать уехала, взяла отпуск с двадцать пятого декабря, вернулась двадцатого января, весь
Дом моделей гудел: «Гладышев пропал».

— И вы не пошли к следователю?

— Зачем? Никто меня не звал.

— Никому не рассказали о том, что знаете?

Натэлла захихикала:

— Ну почему же никому! Майку спросила
разок: «Что, теперь до семи на работе не задержи-
ваешься? Олегу-то шляпки больше не нужны?»

— А она?

Натэлла довольно улыбнулась:

— Побелела вся, прямо синяя стала и ответила:
«Ты о чем, не понимаю».

Я резко встала.

— Майя, насколько я поняла, сидит в соседней
комнате?

— Нет.

— Как нет?

— Уволилась она.

— Давно?

— Еще в прошлом году, весной. Так материал
выбирать станем?

Пришлось листать альбом, снимать мерки и оплачивать совершенно ненужную мне вещь. Держа в руках квитанцию, я вышла в холл и сказала администратору:

— Вот заказала кое-что, теперь шляпка нужна.

— Прямо беда, — всплеснула руками дама, — ну не поверите, у нас нет шляпницы.

— Странно!

— И не говорите, просто ужасно, — забубнила она, — многие клиентки спрашивают, а сказать нечего.

— Но ведь работала здесь раньше эта... как ее... Хвостова!

— Майечка! Очень милая девочка, молоденькая, но рукастая и со вкусом. Уволилась, к сожалению, а новой шляпницы никак найти не можем.

Я вынула из сумочки зеленую купюру и положила на стол перед дамой.

— Знаю, что это не принято, но сделайте доброе дело, подскажите адрес Майи, мне шляпка позарез нужна.

Купюра исчезла мигом, я даже не успела понять, как это произошло.

— Телефон могу дать, — деловито сообщила администратор, — где Хвостова живет, не знаю, а номерок записан в книге.

Сжимая в руке бумажку, я села в «Пежо». Так, кое-что начинает проясняться. Трудно поверить в этот факт, но у Олега, кажется, была любовница. Очень хочется позвонить Хвостовой прямо сейчас, но я подавила желание. Вроде бы она замужем, скорей всего, ее супруг уже пришел с работы, и в его присутствии она не будет откровенна. Впрочем, сделаем так.

Я быстренько набрала номер и услышала тоненький детский голосок:

— Алло.

— Позови маму.

— Какую?

— Майю Хвостову можно?

— Это я.

— Ах, Майечка, — я прикинулась клинической
идиоткой, — мне ваш телефончик дала Катюша
Коткина, вы ей сделали такую шляпку! Просто
восторг! Весна на носу, мне тоже нужен головной
убор! Самый дорогой! Чтобы дороже, чем у всех!
Лучший! Деточка, можете сделать такой?

— Попробую, — осторожно прервала меня
Майя.

— О, отличненько, куда приезжать, дорогуша?

— Я работаю дома.

— Чудненько, прямо сейчас и примчусь!

— Лучше завтра, сегодня уже поздно.

— Ах, душенька, как прикажете, вы — кудес-
ница, волшебница и имеете право на капризы. Завтра так завтра, адрес скажите.

Майя принялась растолковывать, как доехать.

В Ложкино я неслась страшно довольная собой. На Ленинградском проспекте есть одно очень
неудобное место — мне нужно развернуться, но
сделать это непросто, надо занять крайний левый
ряд, а потом, мгновенно перестроившись, уйти
в правый, потому что буквально через сто метров
от разворота я должна повернуть вправо. Самое
обидное, что перед неудобным разворотом имеется простой поворот, если поехать там, я сразу по-
паду на нужную улицу, но отчего-то ГИБДД поставила в этом месте знак: перечеркнутую стрелку.

Как-то раз я от полного отчаяния нарушила правила и была немедленно остановлена суровым инспектором. Правда, получив пятьдесят рублей, он мигом растерял всю серьезность, а у меня сложилось впечатление, что знак висит тут специально для того, чтобы улучшить материальное положение сотрудников дорожно-постовой службы. С тех пор я иногда еду «под стрелку», если вижу, что инспектора нет.

Вот и сегодня, внимательно изучив обстановку, я решила не мучиться. К тому же две машины, бодро катившие перед «Пежо», ничтоже сумняшеся проигнорировали знак. Увидев, что никто не бежит к нарушителям, размахивая жезлом, я последовала их примеру. Тут же раздался резкий свист, и перед капотом возник огромный, толстый, похожий на пончик постовой. Суровым голосом он произнес:

— Знак не видите?

— Так вон те повернули!

— И чего?

— Я думала, можно.

— Знак не видим?

Поняв, что разговор пошел по кругу, я полезла за документами. Среди моих предков не было людей иудейского происхождения, но еврейское счастье — мое в полной мере. Вот наглядный пример! Два нарушителя преспокойно уехали, а меня остановили. Шумно дыша, дядька в форме стал рассматривать мои права и техпаспорт.

— Так почему нарушаем? — завел он.

От усталости я решила сказать правду.

— Тут повернуть легко, раз — и сразу на нужную магистраль попадаю, а если по правилам разворачиваться, страшно неудобно, иногда по пять-шесть попыток предпринимаю и никак в правый ряд не впишусь.

Мент хмыкнул:

— Если ощущаете себя неуверенно в движу-щемся потоке, не следует направлять управляе-мый вами автомобиль в зону повышенной интен-сивности движения. Потренируйтесь поздно вече-ром на дорогах с малым автомобиледвижением.

Я молча ждала, пока он перестанет трепаться. Долгие годы общения с Дегтяревым приучили меня к тому, что с представителем племени людей в погонах лучше не спорить, все равно останешься в проигрыше. К тому же они разговаривают нече-ловеческим языком.

«Пончик» закрыл права, демонстративно по-стучал ими по ладони и поинтересовался:

— Как вопрос решать будем?

Я пожала плечами и протянула ему пятьдесят рублей.

— Маловато будет, — крякнул «пончик».

Я возмутилась:

— Почему? Всегда столько берете. «Платный» поворот стоит полсотни.

Дядька задумчиво протянул:

— То-то ваше лицо мне знакомо, ловил уже тут, да?

— Ага, причем не один раз, — призналась я, — вы обычно вон там, за будкой, прячетесь, но если внимательно посмотреть, то вас видно. Сегодня вот только не заметила. А с часу до трех вас не бы-вает.

— Так человек ведь, — возмутился постовой, — и потом, обед у меня вовсе не два часа, всего десять минут! Напутала ты что-то! Вот про будку правда, только с сегодняшнего дня я в другом месте стою, а то водители уже привыкли.

Неожиданно лицо «пончика» потеряло суровое выражение, и он засмеялся. Мне вдруг стало ясно, что он вовсе не злой и не противный, просто мы с ним играем в интересную игру «Водитель и постовой». Я нарушаю правила, а он меня ловит.

— Ладно, — продолжал улыбаться милиционер, — как постоянному клиенту тебе скидка, давай полтинник.

— Может, вы дадите мне пропуск на десять поворотов? — осмелела я. — Чтобы каждый раз не тормозить? Оплачу вперед.

«Пончик» заржал:

— А дисконтную карту не желаешь? Поезжай себе, шутница, а за будку более не зыркай, нет меня тама, ищи в другом месте.

Потом он взмахнул жезлом, остановил поток, несущийся с правой стороны, и велел:

— Ну, чапай! Эх, бабы, вовек бы вам за руль не лезть, мартышки! Кого ни тормознешь, поют: «Направо повернуть не могу!» Чего стоишь, поезжай живей!

Глава 10

Как вы чувствуете себя, когда, явившись домой после рабочего дня, голодная и усталая, находите в квартире полный кавардак и стадо незваных гостей? Скорей всего, никакой радости на вашем лице не появится, поэтому не надо меня осуждать за мрачный вид, с которым я вошла в столовую, ожидая встретить там Генри, Генку и всех домашних. Правда, на пороге комнаты я растянула губы в подобии улыбки и уже собралась было с фальшивым энтузиазмом воскликнуть:

— Добрый вечер, как делишки?

Но приготовленные слова застряли в горле. Уютная комната, еще утром радовавшая глаз красивой мебелью, занавесками и туркменским ковром ручной работы, выглядела, как пейзаж после битвы. Стол, буфет, стулья были составлены в центре тридцатиметрового помещения, гардины сняты, а у окна стоит совершенно незнакомый мне высокий человек, чем-то похожий на Аркадия.

— Что случилось? — испугалась я.

— Здрассти, — вежливо поклонился незнакомец, и мне стало понятно: он, скорее всего, одногодок Кеши, — вот ремонт начинаем!

Я попятилась.

— Ремонт? Почему? Зачем? Боже, какое несчастье!!!

Паренек испуганно попятился и забормотал:

— Ничего не знаю, меня женщина нанимала, дочка, очевидно, ваша, беленькая такая, сердитая. Велела строго-настрого сегодня приступать, вот я и подсуетился. Сейчас рабочие подъедут: Паша, Денис и Коля. Да вы не сомневайтесь, отлично сделаем, можете к Беляевым сходить, в двадцать седьмой коттедж, мы только что там работу завершили и...

Не слушая паренька, я, перепрыгивая через две ступеньки, понеслась к Ольге. Виновница неприятностей преспокойно лежала на кровати, щелкая пультом. Увидев меня, она воскликнула:

— Ты только глянь на эту дуру! Нацепила фиолетовое, губы намазала красным, глаза зеленым, щеки оранжевым. А уж волосы! Что у них за гример.

Но я не стала смотреть на экран. Во-первых, Ольге никогда не нравятся коллеги с конкурирующих каналов, а во-вторых, мне совершенно наплевать, как выглядит ведущая очередного дурацкого шоу, есть проблемы поважней.

— Зая, у нас ремонт?

— Да, — кивнула Ольга, — ты имеешь что-нибудь против?

Я растерялась, потом собрала остатки храбрости и заявила:

— Конечно! Очень много чего!

Зайка изогнула красивую бровь, потом села и ледяным тоном поинтересовалась:

— Интересно, что именно.

— Сейчас сюда привезут краску, штукатурку, будет невыносимо пахнуть!

— Подумаешь, окна откроем! И потом, ни у кого нет аллергии, мы же молчим, когда ты куришь!

Я подскочила от злости. Ничего себе! Да стоит только мне вытащить пачку «Голуаз», как раздается хор недовольных голосов: «Ступай в сад». При этом гостям и Дегтяреву разрешается наслаждаться куревом в доме. И разве дым от одной сигареты можно сравнивать с ароматами ремонта?

— А близнецы? — кинулась я в атаку. — Если не начнут кашлять от запахов, то простудятся на сквозняке!

— Анька, Ванька и няня уехали, — спокойно отбила мяч Зайка, — в санаторий матери и ребенка, будут жить там, пока ремонт не закончится.

— А мы как же! Столовая...

— И гостиная тоже, — наклонила голову набок Ольга, — две комнаты сразу, потом перейдем к другим. Отвратительная грязь там, потолок черный, стены пожелтели, а все оттого, что некоторые курят!

— Ну и дурь тебе в голову пришла, — взвилась я, — нет бы все сделать по-человечески. Вон в нашем поселке коттедж сдается, давай его снимем, переедем и начнем ремонт.

— Не-а, — покачала головой Зайка, — ни за что, тут останемся! Чем больше неудобств, тем лучше. Авось Генри с твоим бывшим сообразят, что пора линять в гостиницу!

Я замерла с раскрытым ртом. Ну и Зайка! Ей страшно не понравились гости, и она решила выпереть их вон, начав светопреставление. Надо было что-то возразить Ольге, но никакие аргументы не шли на ум.

Тут раздался робкий стук в дверь, потом она приоткрылась, и появилась голова прораба.

— Здрассти!

— Уже здоровались, — весьма невежливо буркнула я и тут же устыдилась: бедный парень ни в чем не виноват, зачем я хамлю.

— Чего тебе, Дима? — спросила Ольга.

Тот секунду помолчал, потом пробормотал:

— Ну это, того, наши рабочие приехали, гипс привезли.

— И дальше? — обозлилась Зайка. — Тебя наняли, чтобы ремонт делал, вот и старайся, не приставай по пустякам!

— Так это...

— Что?!!

— Получилось, понимаете...

— Короче, — ледяным тоном отрезала Ольга, — не жуй шнурки, говори суть!

Внезапно Дима, державший до сих пор правую руку за спиной, выставил ее вперед:

— Вот!

Мы с Зайкой уставились на довольно большую статуэтку собаки, похоже, из гипса. Я хотела удивленно воскликнуть: «Откуда взял, у нас такой нет?» — но неожиданно изваяние издало недовольное ворчание, и до меня дошло, что Дима демонстрирует нашего мопса Хуча, невесть как ставшего керамическим.

— Это что? — вытаращила глаза Зайка.

— Вот, — принялся мямлить Дима, — пес упал в алебастр. Хорошо, вовремя заметили и вытащили. И что теперь делать, ума не приложу, в первый раз с такой ситуацией столкнулся. Может, дать ему засохнуть, а потом сколоть? Морду еле-еле обтерли, так что он не задохнется!

Я уставилась на Хуча, мопс весьма недовольно пыхтел.

— Какой ужас! Надо немедленно выкупать его!

— Нет, — покачал головой Дима, — водой плохо отмоете, гипс — такая липкая штука! Пусть обсохнет, потом обколотим, тюк молоточком — и готово дело.

— Вот и ходи с ним в руках, пока не застынет, — звенящим голосом произнесла Зайка.

— Я пошел, — кивнул Дима, — да вы не волнуйтесь, дело житейское.

Продолжая невозмутимо улыбаться, он ушел. Зайка демонстративно повернулась к экрану. Я удалилась к себе. С Ольгой лучше не спорить. Значит, в нашем доме начинается кошмар, и загипсованный Хучик только его начало. Ладно, постараюсь поменьше бывать в родимых пенатах.

У подножия лестницы стоял Генри, одетый самым комичным образом. Орнитолог нацепил ярко-красные брюки, которые пузырились у него на бедрах, голубую футболку, показавшуюся мне знакомой, на голове у него были наушники, в одной руке длинная палка с коробочкой на конце, в другой — ноутбук.

— Что вы тут делаете? — удивилась я.

Генри опустил палку.

— Ничего не понимаю.

— В чем дело?

— Пришла новая программа, я включил ее, и знаете, что получается?

— Ну?

— Гусь тут.

— Где?

— В доме, — преспокойно заявил орнитолог, — я уже бегал вечером на озеро, проверил, там гнезда нет, он поселился в особняке.

— Маловероятно, — вздохнула я.

— Вот, — ткнул Генри пальцем в экран, — четко видно!

— Может, ваша программа врет?

— Это невозможно, — возмутился американец, — она очень отвратительная.

Я вздохнула:

— Наверное, вы хотели сказать, очень надежная.

— Да, — кивнул мужик, — перепутал слова. Гусь тут. Соблаговолите разрешить мне детально осмотреть дом?

Мне стало нехорошо. Господи, за что мне это?

— Генри, в здании начинается ремонт, думаю, вам следует переехать в гостиницу, естественно, я оплачу все расходы!

— О мой бог! — испугался Генри. — Ни в коем случае, гусь тут! Поймите, Даша, это мировое открытие. Нет-нет, спасибо за заботу, но я лучше останусь. А касаемо ремонта... Не беспокойтесь, я неприхотлив, могу жить в палатке, совершенно не нуждаюсь в комфортных условиях. Проявите христианское милосердие, позвольте пройти по комнатам.

— Вы полагаете, что кто-то из домашних прячет в своей спальне гуся? — Я попробовала вразумить безумца.

Генри замялся:

— Очевидно, что птица устроилась незаметно.

У меня кружилась голова. Или я дура, или он идиот. Хотя второе кажется более вероятным. Скажите, вы заметите, если в комнату влетит здоровенная, жирная птица оранжевого цвета и с гоготом начнет расхаживать по ковру? Да если бы такое случилось, здесь бы уже крышу дома снесло от вопля домашних.

Генри жалобно заглянул мне в глаза:

— Так как?

— Конечно, — улыбнулась я, — ходите где хотите, только начать надо вон с той комнаты, где живет Зайка.

— Почему? — насторожился ученый.

— Да вот я только что проходила мимо и услышала там странные звуки, то ли «та-та-та», то ли «га-га-га» — бодро соврала я.

Забыв поблагодарить хозяйку, гость, выставив

вперед палку с коробочкой, рванул по лестнице вверх. Очень довольная собой, я пошла на кухню. Ольга может корчить гримасы мне, но хорошее воспитание не позволит ей послать куда подальше Генри. Да, похоже, она зря затеяла весь трам-тарарам, орнитолога ремонтом не испугать, он не собирается никуда уезжать. Интересно, как отреагирует Генка? Кстати, где он?

Тут же раздался звонок. Как всегда, не глядя в видеодомофон, я распахнула дверь и увидела Женьку, коллегу Александра Михайловича, нашего хорошего приятеля.

— Женя, — удивилась я, — привет, рада видеть! Пошли на кухню, у нас ремонт начался. Дегтярев еще не приехал, его, наверное, Кеша привезет.

— Я уже тут, — сообщил полковник, появляясь из-за спины Женьки, — уже прибыл.

— На чем?

— На автомобиле, — спокойно пояснил он и начал стаскивать ботинки, — я купил машину.

— Ты?! Так ты же водить не умеешь, — вырвалось у меня.

— Знаешь, дорогая, — ехидно заявил Дегтярев, — если уж ты научилась, то я в два счета освою. Кстати, права-то у меня есть, осталось отшлифовать профессиональные навыки.

— Правда? — продолжала изумляться я. — Где ты их взял?

Полковник смущенно хихикнул:

— Где взял, где взял, купил!

— Ты дал «барашка в бумажке» служащим ГИБДД?

— Ну... они не деньгами взяли.

— А чем?

— Какая тебе разница, — вспылил Дегтярев, — мое это дело! Можешь быть спокойна, я заплатил сполна.

— Что ты имеешь в виду под шлифовкой профессиональных навыков? — не успокаивалась я. — Ты же никогда не сидел за рулем.

— Вот и нет, — довольно заявил Дегтярев, — Кеша дал мне пару уроков. Да и чего трудного? Три педали и один рычаг.

— Ты имеешь в виду ручку переключения скоростей? — уточнила я.

— Не умничай, — обозлился приятель, — сама не очень-то разбираешься, ну-ка припомни, сколько раз я твои права выручал!

— Брэк, ребята, — поднял руки вверх Женька, — только драться не надо! Ты бы, Дашка, пошла да глянула, что за автомобиль!

И то правда.

— Показывай приобретение, — велела я и вышла во двор.

На дороге, ведущей к гаражу, маячило нечто, похожее на утюг, но больших размеров. Я подошла поближе и ахнула. Передо мной стоял «Запорожец», тот самый, «горбатый», кажется, первая модификация злополучного автомобиля, героя народных анекдотов. В свое время такие вот юркие машинки весело носились по Москве, потом появилась другая их разновидность, более широкая, высокая, с «ушами». Подростки из нашего двора в далекие семидесятые запихивали в «уши» мятые газеты, и владельцы страшно ругались. А еще возле дома в Медведкове имелась бензозаправка, и один раз мы видели, как наш сосед, абсолютно

пьяный дядя Юра, ходил вокруг своего «Запорожца» с «пистолетом» в руке, удрученно приговаривая:

— И где у него бак?

Все эти воспоминания разом ожили в голове.

— Ну и как тебе? — горделиво спросил Дегтярев, похлопывая рукой по крыше автозавра. — Хорош! Из железа сделан! Вечная вещь!

— А почему он черного цвета? — с трудом вы-
молвила я.

Александр Михайлович пожал плечами:

— Так прежний владелец выкрасил, по-моему,
здорово!

Следовало похвалить приобретение, но я, как
ни старалась, не могла выдавить из себя ни слова.
За спиной послышалось тихое шуршание, потом
легкие хлопки, звук шагов, и два голоса одновременно спросили:

— Что это тут?

Я обернулась. От «Мерседеса» к нам шли Аркашка и Манюня.

— Александр Михайлович машину купил, —
быстро сообщил Женька.

— А какой она марки? — поинтересовалась
Машка. — Одноместная, да? Почему крыша такая
странная, откидывается, да? Ой, прикольная! Дядя
Саша, а ты туда влезешь? Она такая маленькая!
И почему черная?

Дегтярев не успел ответить ни на один вопрос,
потому что в разговор вступил Кеша:

— Ну ты даешь! Раритетная вещица! Она ездит?

— Как ракета летает, — обиделся полковник, —
семьдесят второго года выпуска, качественная ра-

бота, в те времена дрянь не клепали, никаких пластиковых деталей, сплошное железо.

— А почему она черная? — продолжала недоумевать Маня.

— Действительно, почему? — подхватил Кеша.

Полковник начал закипать.

— Что вы все один и тот же вопрос задаете, черная, черная... Ну почему твой «Мерседес» темно-вишневый?

Кеша спокойно ответил:

— На заводе покрасили.

— А мой автомобиль хозяин выкрасил! И очень даже здорово получилось!

— Ага, — кивнула головой добрая Маня, — не нервничай, дядя Саша, все будет хорошо.

— Вовсе я не нервничаю, — налился краснотой толстяк, — я абсолютно спокоен, это вы идиотничаете!

— Может, принести валокордин? — заботливо поинтересовалась я.

Александр Михайлович посинел, но тут Кеша, заглянув в салон, сказал:

— Пробег тысяча километров. Извини, но тебя обманули. Скрутили показания спидометра.

— А вот и нет, — торжествующе заявил Дегтярев, — она новая. В гараже стояла, в теплом, Ленька ее только периодически прогуливал.

— С семьдесят второго года? — изумился Кеша.

— Да, «Запорожец» дали в качестве премии нашему сотруднику Лене Рыкову, он на нем чуток поездил и поставил. А сейчас решил продать.

— Сколько же ты за него отдал? — поинтересовалась я.

— Пятьсот долларов! — гордо ответил полковник. — На отпуск собирал, думал в Финляндию податься, на озера, рыбку половить. Только «Запорожец» подвернулся, теперь вам больше не надо меня возить, сам сяду за руль.

— Ни в коем случае, — испугался Кеша, — ты же еле-еле едешь!

— Не беда! Овладею наукой, — с энтузиазмом воскликнул полковник, — а пока меня Женька сопроводит. Пару раз вместе покатаемся. Он как раз с женой поругался.

Я тяжело вздохнула. Так, значит, у нас теперь еще поселится Женька, которого супруга выперла из квартиры.

— Хочешь, дам прокатиться? — с детским восторгом предложил Дегтярев Кеше. — Садись, поезди по поселку.

Двухметровый Аркадий с сомнением оглядел «Запорожец»:

— Нет, спасибо.

— Да ты не стесняйся, вот ключи, бери-бери.

— Уж извини, — тяжело вздохнул Кеша, — но мне придется снять переднее сиденье и рулить, сидя на заднем, ноги-то куда деть? Не моего размера машинка. И потом, я просто боюсь, вдруг что-то поцарапаю, вещь-то антикварная!

Я подавила смешок, если Аркашка чего и не боится, так это автомобилей. Он может починить любой агрегат, причем делает это иногда весьма экзотическим способом, отчего окружающие потом долго пребывают в шоке. Как-то раз, у меня тогда еще был «Вольво», мы поехали с ним вместе в магазин. Неожиданно машина стала. Ситуация сложилась неприятная, потому что поломка произошла на узкой дороге, прямо на рельсах двадцать третьего маршрута трамвая. Мигом понеслись раздраженные гудки, да еще слева подкатил состав, и водитель начал орать:

— Сталкивай живей свою колымагу, дура, у меня движение по графику.

Я задергалась, затряслась и чуть не зарыдала. Как всегда, невозмутимый Кеша вылез, поднял капот, опустил, присвистнул и подошел к стоящему рядом грязному грузовику.

— Эй, — крикнул он шоферу, — у тебя лом есть?

— Ну, — удивился водитель, — как же без него!

— А кувалда?

— Обязательно.

— Давай.

— Зачем? — не понял тот.

— «Вольво» чинить.

Шофер вытаращил глаза, потом вылез из кабины и отдал «инструменты». Вся улица, затаив дыхание, смотрела, как Аркадий, насвистывая, приближается к роскошному «Вольво» с ломом и кувалдой. Даже вагоновожатый перестал материться, а пассажиры, прекратив возмущаться, свесились из окон.

Продолжая насвистывать, Кеша засунул лом в выхлопную трубу, шандарахнул по нему раз огромным молотом, затем вытащил железяку и велел мне:

— Садись.

«Вольво» заработал. Сын отдал водителю инструмент, сел на переднее сиденье, я вытерла пот со лба, включила первую скорость, и тут ожил вагоновожатый:

— Эй, парень, — заорал он, — ты что с автомобилем-то сделал, а? Отчего он поехал?

Кеша высунулся в окно.

— Катализатор сломан. Понял?

— Нет, — честно ответил мужик, — совсем не врубаюсь.

— И не надо тебе, — хмыкнул мой сын, — у твоего трамвая все равно выхлопной трубы нет...

— Да не бойся, — настаивал полковник, — садись, хочешь, можешь завтра на нем на работу съездить.

Кеша растерялся. Дегтярев произнес последнюю фразу таким радостным тоном, что ответить «нет» показалось Аркашке невозможным. Уж не знаю, как бы он выпутался из создавшейся ситуации, но тут дверь дома распахнулась, появились наши собаки и Ольга.

Начался новый виток расспросов. Зайка, в отличие от муженька, мигом влезла в салон, за ней туда впрыгнули Снап и Банди.

— Хорошая машина, — бодро заявила Ольга, — уютненькая, маленькая, да и зачем тебе большая? Вот только почему она черного цвета?

— Да что вас всех заклинило на цвете! — заорал Дегтярев.

— Ладно, ладно, не нервничай, — пробормотала Зайка, вылезая, — пойдем обмоем покупку.

С этими словами она хлопнула дверцей, мы пошли к дому, и тут вдруг я сообразила:

— А собаки?

Банди и Снап спокойно сидели в запертом «Запорожце». Ротвейлер и питбуль часто ездят в машине и сейчас были абсолютно уверены, что хозяева собрались на прогулку.

— Вот видите, — обрадовался Дегтярев, — а говорили, что салон крохотный, вон как удобно мальчики устроились, хотя Снапун больше меня будет!

На мой взгляд, толстяк сильно преуменьшил свои габариты.

— Пойду переоденусь, — вздохнул Кеша и исчез в доме.

— Давайте, выбегайте, — велел полковник и дернул дверцу, но она не открывалась.

— Тугая какая, — пробормотал Дегтярев и повторил попытку, но снова безрезультатно.

— Дай я, — отодвинула его Зайка и стала рвать ручку.

Затем к ней присоединился Женька. Собаки, поняв, что никто не собирается никуда ехать, начали нервно скулить и тыкаться мордами в стекло.

— Что за черт, — отдуваясь, спросил Дегтярев, — отчего же не открывается?

— Может, машиной так редко пользовались, что замок заклинило? — предположила Маня. — Давайте откроем фомкой.

— Прекрати! — рявкнул полковник и снова принялся дергать ручку. — А ну помогите, давайте все вместе, живо, цепляйтесь!

Мы покорно выстроились в ряд, словно бабка, дедка и внучка, желавшие вытянуть репку, только Жучки не было. Наши собаки скулили в закрытом салоне.

— Раз-два, — скомандовал Дегтярев, — давайте...

— Здрассти, — раздалось за спиной.

Мы обернулись и увидели Диму.

— Здрассти, — повторил он и улыбнулся.

Его патологическая вежливость стала меня раздражать, ну почему он сто раз здоровается?

— Вот, — продолжил прораб и протянул мне загипсованного Хучика, — засох, можно бить.

Все побросали злосчастный «Запорожец» и уставились на «керамического» мопса. Бедный Хуч выглядел словно жертва катастрофы, весь в гипсе, только глаза бегали из стороны в сторону, а из пасти свисал розовый язык.

— Берите, — улыбался Дима и предпринял попытку сунуть «изваяние» мне.

Я попятилась:

— Извини, но я не могу бить Хуча! Сам сбей гипс.

— Боюсь, — вздохнул прораб, — жалко собачку, еще больно сделаю!

— Но надо же его вытащить, — пробормотала Маня, — хотя мне тоже не хочется мучить Хучика, надо очень осторожно отковыривать гипс.

— Вот тебе, будущему ветеринару, и карты в руки, — вздохнула Зайка, — приступай.

— Вечно мне самая неприятная работа достается, — заныла Маня.

— Давай-давай, — приободрила ее Зайка, — кстати, завтра мы собирались везти Хуча на выставку, боюсь, в «скафандре» он произведет плохое впечатление на судей!

Маруська тяжело вздохнула, протянула руку, чтобы взять мопса, но тут Банди, не узнавший его, внезапно начал бешено лаять и кидаться на окно. Снап моментально последовал примеру приятеля. «Запорожец» стал раскачиваться.

— Сейчас упадет, — испугался полковник, — давайте скорей откроем, вот еще и паренек поможет.

Прораб поставил «статую» у машины и обхватил меня за талию.

— Раз, два! — закричал Дегтярев. — Дергай!

Мы постарались изо всех сил. Дверца не открылась, зато... «Запорожец» сдвинулся с места. Раздался визг.

— Мы наехали на Хуча! — завопила Маня и, шлепнувшись на живот прямо в февральскую грязь, заглянула под днище машины: — Ой, миленький, не плачь! Да сделайте что-нибудь!

— Здрассти, — сказал Дима.

Я чуть не треснула парня.

— Надо поднять «Запорожец», — предложил прораб, — он легкий, у моего деда такой был. Когда дедушка застревал в грязи, мы вдвоем легко машину перетаскивали, а мне тогда лет девятнадцать было.

Все вцепились в «Запорожец» и с огромным трудом переставили его на прежнее место.

— Тяжелый какой, — вздохнул Женька.

— Может, бронированный, — на полном серьезе заявил Дима, — дедушкин-то одним пальцем сдвигался, а этот каменный. А почему он черного цвета?

— Хватит нести вздор, — рявкнул Дегтярев, — нормальная машина, просто в ней пит и ротвейлер сидят, один шестьдесят, другой восемьдесят кило весят.

— Мусечка, — заорала Маня, — ты посмотри на Хучика!!!

Я повернула голову и поперхнулась. Несчастный мопс походил на больного лишаем. Еще днем у него была красивая, гладкая, короткошерстная «шубка» светло-бежевого цвета. Сейчас же жирное тельце покрывали проплешины, в них виднелась белая кожа.

— Он заболел! — испугалась я. — Чем? Так сразу!

— Гипс слетел, — сказал Женька, — знаешь, как женщины волосы на ногах удаляют? Намажут чем-нибудь липким, например воском, и ждут, пока застынет, потом как рванут — и все! Ножки гладенькие. Вот у Хуча неполная эпиляция и вышла!

— Боюсь, завтра на выставке он произведет улетное впечатление, — протянула Зайка.

— А все ты! — налетела на Диму Маня.

— Я что, я ничего, — испугался тот, — он сам в гипс полез.

Маруська набрала побольше воздуха, явно желая объяснить прорабу все, что она о нем думает, да так и застыла, потому что из двери понесся жуткий, заунывный звук. Ни одно живое существо не способно издать такой.

Хучик, плакавший у Маши на руках, замолчал. Зайка побледнела:

— Это что?

— Не знаю, — испуганно пробормотал Дегтярев, обернувшись ко мне, — твои штучки?

Ну вот, чуть что — сразу обвиняют меня! Я уже хотела возмутиться, но тут на крыльце появился Генри, в красивых штанах, с палкой и ноутбуком. Во рту у мужика торчало нечто, напоминающее дудку. Орнитолог надул щеки, и раздался вой.

— Немедленно прекрати! — заорала потерявшая все воспитание Зайка. — Это что за музыка? С ума сойти!

— Гуся подманиваю, — пояснил Генри, — эта

штука имитирует звук, который издает самка, готовая к спариванию. Мужская особь слышит и спешит на зов.

И он снова задудел. Дегтярев зажал уши руками.

— Если бы я родился гусем, ни за какие коврижки не помчался бы к бабе, воющей, словно земснаряд. Лучше помогите нам машину открыть!

Возле «Запорожца» вновь выстроилась цепь. Но я решила на этот раз не принимать участия в забаве и отошла в сторону. Голова кружилась, меня слегка подташнивало, и очень хотелось спать, ну отчего в нашем доме вечно происходят идиотские события? В соседних коттеджах мирно пьют чай и смотрят телик, а у нас во дворе группа людей пытается под звуки дудки, на которой играет определенно сумасшедший орнитолог, вскрыть «Запорожец» иссиня-черного цвета, внутри которого мечутся два здоровенных пса... Просто пьеса абсурда!

— Что случилось? — крикнул Кеша, высовываясь из окна. — Чего не идете чай пить? Все на «запор» любуетесь? Конечно, хорошая вещь, но ведь не Джоконда!

— Дверца не открывается, — пояснила я, — а в салоне Снап и Бандюша остались.

Через секунду Кеша вышел во двор, ловко отодвинул всех от «Запорожца», сделал какое-то неуловимое движение рукой, и пит с ротвейлером радостно заскакали вокруг меня.

— Это как? — удивился полковник. — Мы дергали, дергали...

Аркадий тяжело вздохнул:

— Не надо ничего дергать, вот тут кнопочка,

нажал — и готово. Ты бы, прежде чем машину покупать, хоть поинтересовался, как внутрь попасть. Ладно, пошли пить чай.

Все цепочкой потянулись в дом.

— Одно не пойму, — неожиданно заявил Дима, — отчего он все-таки черный?

Дегтярев стал одного цвета с кетчупом, но ничего не сказал.

Глава 11

Майя Хвостова оказалась молоденькой девушкой, с виду почти как Маня. Но в отличие от крепкой Маруськи она выглядела почти бестелесной. Неправдоподобно тонкая талия, плечики, сильно смахивающие на вешалку, тонюсенькая шейка, кукольные ручки и ножки.

— Посмотрите журналы или так объясните, что хотите? — вежливо улыбнулась она.

Я села в услужливо пододвинутое кресло и решила сразу же приступить к делу.

— Вас очень хвалил мой близкий приятель, говорил, что вы делаете изумительные шляпы...

— Кто, если не секрет? — продолжала улыбаться шляпница.

— Олег Гладышев.

В лице Хвостовой не дрогнул ни один мускул.

— Да, мы работали одно время вместе у Гарика Сизова.

— Олега так и не нашли, — вздохнула я, — не знаете, что с ним случилось?

Майя пожала плечами:

— Увы, мы поддерживали только рабочие отношения, впрочем, встречались нечасто. Олег ставил дефиле, а мое дело — шляпы. Вот, смотрите, здесь новые весенние коллекции.

С абсолютно спокойным лицом мастерица пододвинула ко мне толстый журнал. Она явно давала понять, что не намерена обсуждать исчезновение Гладышева. Но я собиралась вытряхнуть из нее все, что она знает, поэтому решительно отложила каталог и заявила:

— У меня другие сведения!

— Если вы принесли свой журнал, то показывайте, — прикинулась дурой Майя, — я могу сделать любую модель.

— Речь не о шляпе!

— А о чем? — довольно искренне удивилась она и уставилась мне прямо в лицо.

Ее глаза, большие, голубые, прозрачные, казались совершенно безмятежными, но отчего-то мое сердце быстро-быстро забилось, и в душе появилась уверенность: Майя что-то знает об Олеге.

— Деточка, — ухмыльнулась я, — когда живешь в огромном, густонаселенном городе, трудно спрятать от других тайну. Всегда найдется кто-нибудь видевший, слышавший, знающий.

Одна из моих подруг, наврав супругу, что уезжает в командировку, преспокойно отправилась на недельку к любовнику. Прелюбодеи решили хорошо провести время в санатории под Петербургом. Вероятность того, что они встретят в здравнице кого-нибудь из знакомых, была практически равна нулю. Неверные супруги отлично повеселились и вернулись в Москву. Скандал разразился через две недели, когда один из центральных каналов телевидения показал фильм о предместьях Петербурга. Камера запечатлела на одной из скамеек нежно обнимающуюся парочку. Оказывается, в тот момент, когда любовники целовались в парке, рядом работала съемочная группа.

Но рассказывать сию поучительную историю Маечке я не стала, просто заявила:

— Вы встречались с Олегом в районе семи вечера, на площади, у памятника и уезжали в его машине.

В глазах Майи метнулось беспокойство:

— Что за чушь! Хотя, может, Олег и подвозил меня как-то домой, сейчас уже не помню!

— Вы часто проводили время вместе.

— С какой целью? — спросила Майя.

Я усмехнулась:

— Дорогая, более дурацкого вопроса нельзя и задать...

— Незачем нам было общаться, — прервала меня шляпница, — Олег женат.

— Это обстоятельство мало кого останавливает!

— Я замужем.

— Подумаешь!

— Так будем заказывать шляпу? — попыталась вывернуться мастерица. — Если нет, извините. Время — деньги.

— Сколько стоит сделать у вас головной убор? — спросила я.

— По-разному.

— Ну, в среднем.

— Двести долларов.

Через секунду две зеленые купюры оказались на столе.

— Ангел мой, — пробормотала я, — поверьте, я вовсе не осуждаю вас, сама в молодые годы... Да об этом не будем! Понимаете, Олег жив!

С лица Майи слетело невозмутимое выражение.

— Врешь, — выпалила она и схватила «Мальборо».

Я вытащила пачку «Голуаз» и ответила ей в том же духе:

— Ни фига подобного! Это ты баки заливаешь, сначала трахаешься с мужиком, совершенно не стесняясь того, что у него семья, а потом изображаешь из себя инженю-пипи. Интересно, твоему муженьку понравится, ежели он узнает, как его женушка проводит свободное время?

Майя быстрым шагом подошла к двери, приоткрыла ее и свистящим шепотом произнесла:

— Мой супруг работает в соседней комнате. Он писатель. Если вам в голову приходят идиотские идеи, не озвучивайте их на весь дом. Сделайте одолжение, забирайте деньги и проваливайте!

— А как же шляпка? — усмехнулась я. — Мне просто позарез нужен котелок, такой черненький, с маленькими полями.

Майя постаралась держать себя в руках. Делано спокойным тоном она произнесла:

— К сожалению, я завалена заказами. Если возьму ваш, он будет готов только к сентябрю. Могу посоветовать другую мастерицу, дать ее телефон?

— Нет.

— Тогда уходите.

Я встала и вышла в коридор. Майя подбежала к двери и загремела замком. Руки ее мелко тряслись, несмотря на то, что лицо сохраняло невозмутимое выражение. Скорее всего, шляпница испытывала неимоверную радость оттого, что проныра клиентка сейчас уберется вон.

Но Хвостову ожидало горькое разочарование. Вместо того чтобы направиться к выходу, я повернула в обратную сторону и двинулась в глубь квартиры.

— Эй, — побежала за мной хозяйка, — куда?

— Мужа твоего ищу, — довольно громко заявила я, — вон из той комнаты стрекот раздается, похоже, рогоносец на компьютере стучит, то-то ему сейчас радость будет!

Майечка словно клещ вцепилась в мою руку и втянула назад в свою мастерскую. Пальцы у нее были на удивление сильными и жутко холодными. Я невольно вздрогнула, когда они коснулись меня, появилось ощущение, что к коже приложили кусок льда.

— Сволочь, — зашипела Майя, подталкивая меня к окну, — сумасшедшая идиотка! Немедленно убирайся отсюда! Я никогда не изменяла мужу!

— Чего же тогда ты боишься? — ехидно-гадко улыбнулась я.

Внезапно она села в кресло и тихо сказала:

— Муж больной человек, очень ревнивый, с ним нельзя так шутить. Поэтому я и ушла из Дома моделей, потеряла хорошее место работы. Муж такие сцены закатывал, если я задерживалась! Не знаю, кто, что, а главное, зачем наболтал вам, но, пожалуйста, очень прошу, сделайте одолжение, уйдите. Я никогда не изменяла мужу, а вы доставите мне кучу неприятностей.

Вымолвив все это, Майечка нервно закурила.

Я подождала минуту и так же тихо сказала:

— Наверное, вы поняли, что никакую шляпку я заказывать не собираюсь? Выслушайте меня

внимательно. Моя близкая подруга Лена Гладышева...

Чем больше я говорила, тем сильнее вытягива-
лось лицо шляпницы. Когда я замолкла, она уставилась в окно и, тяжело вздохнув, спросила:

— Я понимаю, что выхода у меня нет? Если не
расскажу вам все, пойдете к мужу?

— Именно так.

— Самое интересное, что нас с Олегом связы-
вали только рабочие взаимоотношения, — пробормотала Майя.

Услыхав это заявление, я резко встала.

— Ладно, похоже, нам договориться не удалось. Имей в виду, я намного сильнее тебя, поэтому даже не пытайся меня остановить.

— Да погоди! — со слезами на глазах воскликнула она. — Выслушай меня, пожалуйста! Бизнес
у нас затевался!

Я села, а из Майи, словно горох из дырявого
мешка, посыпались сведения.

Дом моделей Гарика Сизова на самом деле
принадлежит некоему Сергею Завальнюку. Когда
десять лет назад Игорь Сизов приехал в столицу
из далекого сибирского городка Таежный, он
сразу понял, что Москва безжалостна к людям из
провинции и никакой карьеры без дружеской помощи или огромных денег тут не сделать. А у Игоря не было ни того, ни другого, только полная
идей голова и умелые руки отличного портного.
Вот мужик и начал носиться по домам с сантиметром вокруг шеи, шил брюки. Поскольку работал
Сизов быстро и хорошо, то довольно скоро он
оброс клиентами. Но денег, полученных за выпол-

ненные заказы, хватало только на еду и оплату съемной квартиры.

Потом случай свел Сизова с Завальнюком. Сергей, молодой парень, явно из криминальных структур, имел огромное состояние, сколоченное, скорее всего, противозаконным путем. Но Игорю было наплевать, где Завальнюк заработал деньги. Для него важно оказалось другое. Сергей одним из первых в Москве понял, что за годами грабежа и разбоя придет время бизнеса. Ну надоест браткам делить пирог, бегая по улицам с автоматами. Скоро у нас, как в любой цивилизованной стране, все поделят. Один начнет курировать проституцию, другой — торговлю наркотиками. А прибыль будут «отмывать», вкладывая деньги в легальный бизнес. Бывшие бандиты превратятся в уважаемых предпринимателей, отдадут своих детей в престижные учебные заведения, так начнутся династии богатых людей. Впрочем, не надо думать, что подобное развитие событий характерно лишь для России. Если изучить генеалогические древа самых обеспеченных семей Америки, то у корней обязательно отыщется дедушка, разбойничавший с кистенем на большой дороге. Сергей начал осторожно скупать магазины. Знакомство с Игорем Сизовым натолкнуло парня на мысль заняться абсолютно незнакомым ему делом — модельным бизнесом.

Завальнюк отстегнул денежки, Игорь превратился в Гарика, Дом моды заработал. Для всех окружающих хозяином дела являлся Сизов. То, что в действительности предприятие принадлежит Завальнюку, не знал никто. Дом моделей оказался идеальным местом для «отмывания» криминальных долларов. Гарик и впрямь был талантлив, он быстро стал модным модельером, заказы полились рекой. Цены взлетели в заоблачные выси. Давая интервью, многие звезды эстрады не забывали с фальшивым вздохом заметить:

— Мои костюмы сшиты у Сизова. Ах, он так дорого берет! Вот этот стоил десять тысяч долларов! Мне практически ничего не остается на жизнь, потому что я люблю своих зрителей и хочу показать им яркое шоу!

Но кумиры лукавили. Да, роскошный наряд и впрямь имел ценник со множеством нулей, только чаще всего он доставался певичкам в пять-шесть раз дешевле — именитым людям часто идут навстречу, сбавляя цену, чтобы потом говорить: «У нас одеваются звезды». Кстати, реальная стоимость прикида, если рассчитывать ее так, как учат учебники, то есть сложить вместе все затраты на ткань, фурнитуру, вспомнить о зарплате для работников, включить сюда счет за воду и электричество, составляет не больше тысячи. Но так уж устроен модельный бизнес. Большую часть денег вы платите не за качество вещи, а за крохотный ярлычок, пришитый с изнанки.

Ну да это никому не интересно. Важно другое: бизнес вертелся, деньги лились дождем, Завальнюк потирал руки. Единственным недовольным оказался Гарик. По условиям контракта, подписанного между ним и Сергеем, львиная часть дохода оседала в карманах последнего. Имя Сизова гремело по Москве, но он был гол как сокол. Нет, внешне все выглядело более чем пристойно. Гарик приобрел апартаменты в центре столицы, разъезжал на роскошном белом «Мерседесе» и носил эксклюзивный «Ролекс».

Но опять же никто не знал, что деньги на квартиру и машину ему дал Сергей, а Сизов до сих пор выплачивает долг частями. Вот «Ролекс» он купил себе сам, в Тайване, за тридцать долларов. Дешевая подделка выглядела, как часы настоящего швейцарского производства, и потом, никому и в голову не могло прийти, что у Гарика на запястье болтается «самопал».

Возникала парадоксальная ситуация. Имя Сизова, его талант кутюрье привлекали в Дом моды все новых и новых клиентов, бизнес расширялся, но сам Гарик оставался нищим, и, если бы Сергею пришла в голову идея выгнать Сизова и позвать на его место кого-нибудь из молодых, подающих надежды портняжек, Игорь оказался бы на бобах.

Подобное положение вещей не устраивало Сизова, и он задумал открыть собственное дело, без грабителя Завальнюка. Однако сделать это было практически невозможно: требовались большие средства.

И тогда Гарик начал мухлевать. Кое-кому из богатых людей он предложил солидную скидку при условии, что те оформят заказ на дому, не появляясь в Доме моды. Естественно, такую аферу нельзя провернуть в одиночку, поэтому в дело были втянуты Олег Гладышев и Майя Хвостова. Этим людям Гарик доверял, как себе, и всех их пообещал взять с собой в новый дом.

— Поймите, — объяснял Сизов, — у меня брэнд, когда уйду и открою собственное дело, вся клиентура переметнется следом.

Далекая от криминального бизнеса Маечка не

подумала о том, что может сделать с ними Завальнюк, когда узнает, что курочки, до сих пор безропотно несущие золотые яйца, переметнулись в
другой сарай. Сизов все же слегка побаивался
своего хозяина, потому что лично с клиентами не
общался, все делали Олег и Майя. Она снимала
мерки, Олег возил костюмы для примерки, он же
доставлял и деньги, полученные за заказы.

Парочка исправно трудилась около двух лет,
пока в декабре позапрошлого года Гарик не сказал:

— У нас есть полмиллиона долларов, можно
рискнуть завести собственное дело.

Разговор шел в непрезентабельном кафе на ок-
раине Москвы. Местечко это троица выбрала не
случайно. Встретить в душном, грязном зале с
пластиковыми столами кого-нибудь из знакомых
было просто невозможно.

— Как объяснить Завальнюку, откуда деньги? — изумился Олег. — Извини, но мне кажется,
что он так просто тебя не отпустит. Проведет расследование, узнает о «левых» заработках — и пиф-
паф, нету Гарика. Заодно и нам с Майкой достанется.

Хвостова испугалась, но Сизов улыбнулся:

— Ребята, все под контролем! У моей матери
была родная сестра. Во время Отечественной
войны она оказалась на оккупированной территории, вышла замуж за немца и укатила прочь. Долгое время это являлось самой страшной семейной
тайной. С теткой я, естественно, никогда не ви-
делся, не знаю, жива ли она. Вот фамилию ее по
мужу помню — Неуманн, Катерина Неуманн.

— И при чем тут она? — осторожно спросила Майя.

— А при том, — хитро прищурился Гарик, — что в банке уже лежит полмиллиона долларов, которые завещала мне любящая тетя. Причем если Сергей начнет копать, то ничего не нароет. Бабки переведены из Германии в соответствии с завещанием, налоги уплачены, средства были сняты со счета фрау Катерины Неуманн. Вот так!

Олег и Майя на секунду лишились дара речи, потом Гладышев поинтересовался:

— Как ты все это проделал?

Гарик засмеялся:

— Не важен процесс, интересен результат. Есть только одна сложность.

— Какая? — хором воскликнули партнеры.

— Я не сумею снять деньги со счета, пока мой приятель в Германии не получит полмиллиона баксов, — пояснил Гарик, — их надо туда переправить.

— Ничего себе задача, — опять испугалась Маечка.

— Не бери в голову, — отмахнулся Сизов, — тебя эта проблема не касается. Олег, через неделю в три часа дня передашь кейс с деньгами по этому адресу.

Гладышев повертел в руках бумажку.

— Господин Клаус Рихт. Он кто?

— Мой добрый знакомый, — пояснил Гарик, — обладатель дипломатического паспорта. Не волнуйтесь, все схвачено. Значит, в пятнадцать ноль-ноль, смотри не опаздывай. Доллары получишь тридцать первого декабря, я отпущу всех ради Нового года пораньше, народ разъедется, а ты повезешь баксы Рихту.

— Рыльская улица, — пробормотал Олег, — дом семь, это где?

— В самом центре, — пояснил Гарик, — по атласу посмотри.

Глава 12

Когда я вышла от Майи, на улице разыгралась непогода. Холодный ветер пригоршнями бросал в лицо колкую крупу, под ногами мела поземка. Прохожие неслись, словно испуганные тараканы, большинство прятали лица в воротники и шарфы. Я вскочила в «Пежо», включила мотор и затряслась в заледеневшем автомобиле. Через пару секунд в салоне стало тепло, у «Пежо» отличная печка, но меня продолжал бить озноб. Колотило не от холода, дрожь вызывала информация, полученная у Хвостовой.

31 декабря Гарик отдал Олегу деньги. Гладышев благополучно доехал до места. Нервничавший Сизов пару раз звонил приятелю на мобильный, и бывший танцор спокойно отвечал:

— Пробок нет, приеду даже раньше, небось народ уже празднует.

Последний раз Гарик побеседовал с Олегом в половине третьего.

— Я уже на Рыльской улице, — объявил Гладышев, — сейчас покурю и двину. Ага, вот и нужный дом.

— Позвони, когда выйдешь от Рихта, — велел Сизов.

— Непременно, — пообещал Олег и отсоединился.

Больше его никто не видел. Примерно в полчетвертого Рихт позвонил Сизову и недовольно заявил:

— Игорь, больше не могу ждать, опоздаю на самолет. Где твой друг?

— Он не пришел? — испугался модельер.

— Нет, — ответил Клаус, — извини, но мне пора.

Гарик принялся вызывать Олега, но тот сначала не брал трубку, а потом вежливый женский голос завел:

— Аппарат абонента отключен или находится вне зоны действия сети.

Все. Олег испарился, а вместе с ним бесследно исчезли и полмиллиона долларов.

— Он обокрал Гарика, — ожесточенно говорила Майя, — увез деньги, подлец! Не ищите его, это бесполезно! Он давно за границей! И деньги Лене не он прислал!

Я курила, глядя в окно. За стеклом плясал рой снежинок, начиналась метель. Очень не хочется думать, что Олег вульгарный вор, укравший у приятеля огромную сумму. Сизов побоялся рассказать следователю о деньгах, и понятно почему. Сведения об этом могли достичь ушей Завальнюка, и тогда лично я за жизнь Гарика не дам и медной копейки. Повторюсь, очень не хочется считать Олега подлецом. Неужели он решил присвоить себе деньги, ни слова не сказал жене, оставил дома все, кроме паспорта, доехал до Рыльской улицы и сбежал? Стоп, а зачем он тогда покатил в центр? Отчего оставил там на виду машину? Нелогично получается. Куда разумнее отправиться подальше, небось Гладышев успел подготовить берлогу, в которой намеревался отсидеться. Это сейчас так просто: купи «Из рук в руки» и через час осматривай квартирку где-нибудь в многоэтажном блочном доме. Если Олег заплатил бы за полгода вперед, то никто из хозяев особо не стал бы проверять паспорт, а в милицию вообще не пойдут. Прописка у Олега московская, наврал небось, что с женой разводится.

Как бы я поступила на месте Олега, приди мне в голову дикая мысль обокрасть Сизова?

Во-первых, ни за что не поехала бы в центр и не оставила там на самом виду «Жигули». Это сейчас я знаю, что на автомобиль, объявленный в розыск, если он, конечно, не припаркован у входа в Мавзолей, никто не обратит внимания, а до происшествия с Олегом наивно полагала: если номерной знак сообщили постам, найти машину — дело несложное.

Я бы просто выбросила «Жигули». В Подмосковье полно рек, озер и прочих водоемов. Заехать в лесок и утопить машину, чего проще?

Избавившись от «коня», я бы преспокойно взяла такси и отправилась на подготовленную квартиру...

Неужели Олег пожалел автомобиль? Имея полмиллиона в кармане?

Нет! Все обстояло не так! Гладышев никогда не был вором. Он на самом деле прибыл по указанному адресу и понес кейс этому Клаусу. Более того, отдал деньги немцу. Рихт, зная, что должен получить огромную сумму, продумал преступление: доллары взял, Олега похитил, спрятал и уехал, наврав Сизову, что его посланец не явился.

Ага! Куда же делся Олег? А может... От неожиданной мысли я мигом вспотела. Может, Олег и

Клаус сообщники? Конечно, почему такое раньше не пришло мне в голову? Естественно, они договорились, вместе улетели в Германию, небось Рихт приготовил для Гладышева документы на другое имя. Меня опять заколотило. Дрожащей ногой я нащупала педаль газа и с немыслимой скоростью понеслась к Гарику Сизову.

Обильный снегопад сильно затруднял движение, из-под колес впереди идущих машин разбрызгивалась жидкая грязь, но непогода меня не пугала, только бы Гарик не ушел. Модельер оказался на месте и очень удивился:

— Это вы? Заказали вчера костюм?

— Целых пять, — бодро соврала я, — угостите выгодную клиентку кофе.

Сизов улыбнулся и стал насыпать в кофеварку порошок из ярко-желтой банки.

— Примерки еще хуже. Те, кто считают, что работа модели сущая ерунда, глубоко ошибаются. Попробуйте-ка пять-шесть часов постоять перед фотографом, безропотно выполняя все его указания. А бесконечные дефиле? Сплошные нервы. Думаете, случайно во всем мире моды стоит острая проблема наркомании и пьянства? Модельные девочки не выдерживают гигантских нагрузок и прибегают к помощи стимуляторов.

— Ужасно, — вздохнула я, — а издали, из зрительного зала, все так красиво выглядит: шикарные наряды, макияж, изумительное белье...

— Балет из партера тоже волшебное действо, — улыбнулся Сизов, наливая кофе, — а вы видели когда-нибудь вблизи ступни балерины? Честно говоря, зрелище не для слабонервных: жуткие мозоли, изуродованные пальцы.

— Кстати, о балете, — мило улыбнулась я, — вам передавал огромный привет Клаус Рихт. Хотя лично мне кажется, что, украв ваши полмиллиона долларов, ему не стоит лезть к вам с поцелуями. Очень нечестный господин оказался! Зря вы ему доверились. Правда, если учесть, что переправить такую сумму легальным путем в Германию у вас не было шансов, понятно, отчего вы решили рискнуть.

Гарик резко повернулся и выронил крохотную чашечку, на шикарном светло-зеленом ковре мигом растеклась темно-коричневая уродливая лужа.

— Никогда бы не подумала, что подобное сочетание цветов выглядит столь пакостно, — протянула я.

— Не понимаю, о чем вы, — промямлил Гарик.

Я ткнула пальцем вниз:

— О ковре! Отвратительно вышло, хотя вроде сочетание коричневого с зеленым принято считать классическим.

— К черту палас! — прошипел Гарик. — При чем тут балет и Клаус?

— Значит, сочетание «полмиллиона долларов плюс Рихт» вас не удивляет? — захихикала я. — Вы недоумеваете лишь, какое отношение немец имеет к танцам? Ну да это просто! Они с Гладышевым сейчас припеваючи живут на ваши денежки, а Олег, насколько вы помните, ранее танцевал в ансамбле, да и училище при Большом театре окончил...

— Вы кто? — отрывисто спросил Сизов, садясь за стол.

— Выгодная клиентка, — хмыкнула я.

— А если без кривляний?

— Дорогой мой, — паясничала я, — нельзя ли

повежливей? Будете хамить, отправлюсь к Сергею Завальнюку, а думается...

— Сколько вы хотите за молчание? — побелел Гарик. — И откуда вы столь детально знаете о моих делах?

Я демонстративно открыла сумочку, вытащила зеркальце, помаду и стала подкрашивать губы. Сизов из бледного медленно превратился сначала в серого, потом в синего... Может, Гарик и впрямь гениальный портной, не знаю, мне трудно судить о его профессиональных качествах, но вот с нервами у парня просто швах. И потом, он, скорей всего, не умеет играть в покер и не обучен блефовать. Мне же бабушка, страстная картежница, объяснила правила этой замечательной игры в пять лет, и с тех пор я редко проигрываю, даже не имея на руках простенькой пары.

А все потому, что покер — это такая игра, в которой, имея наихудшую комбинацию карт на руках, следует недрогнувшим голосом заявить:

— Повышаю ставку втрое.

Партнеры пугаются, полагают, что у вас каре-рояль[1], и вопят:

— Пас!

Тут вы и загребаете банк, победив нахальством. Блеф — великое дело!

Гарик должен был с невозмутимым видом сказать: «Что за чушь! Знать не знаю никакого Рихта».

Но он испугался, раскис, стал предлагать мне деньги. Да будь я на самом деле шантажистка, тут же бы увеличила вдвое сумму своего гонорара. Разве можно так глупо себя вести?

---

[1] Каре-рояль — определенный набор карт в покере, как правило, с ним выигрывают.

— Игорек, — проникновенно произнесла я, — вы разлили мой кофе, сделайте новый.

Он покорно схватил банку.

— Вам не следует бояться меня, — начала я.

— Сколько? — отрывисто спросил Сизов. — Говорите быстрей!

— Дело не в деньгах.

Модельер вновь уронил чашку на ковер. На этот раз уродливое пятно расплылось в другом месте, ближе к окну.

Я поцокала языком:

— Эх, пропала вещь. Хотя положение еще можно исправить.

— Как?

— Сварите третью порцию кофе и вылейте у двери, потом говорите всем, что пятна — дизайнерская находка. На что угодно спорю, через месяц почти все ваши клиенты обзаведутся «кофейными» ковриками, введете новую моду!

— Вы пришли надо мной издеваться? — прошипел Гарик.

— Помилуй бог, конечно, нет!

— Тогда чего вы хотите?

— Адрес Клауса Рихта и кое-какие сведения о нем.

Сизов уставился в окно, его лицо начало обретать естественный цвет.

— Откуда вы знаете про Клауса и деньги?

— Неважно, все равно не расскажу.

— А если я не дам адрес?

Я вздохнула:

— Мы топчемся на одном месте. Естественно, я пойду к Завальнюку. Что-то никак не пойму, вы не настроены получить назад деньги? Полмиллиона милых сердцу зеленых купюр?

— Хотите мне их вернуть? — оторопел моделье.

— Конечно.

— Кто вы?

— Частный детектив, которого наняли, чтобы отыскать Олега Гладышева.

— Он мертв.

— Вот тут вы ошибаетесь, — улыбнулась я и рассказала о конверте с долларами, найденном в почтовом ящике.

Гарик вновь побежал к кофеварке. Мне стало интересно, где он теперь уронит чашку. Но моделье ухитрился донести ее до стола и мигом выпил сам.

— Однако! — возмутилась я. — Хорошенькое гостеприимство! Глотаете уже третью чашку кофе, а гостье не предлагаете!

— Клаус не мог взять деньги, — внезапно заявил Гарик, — это совершенно невозможно.

— Почему?

— Я доверяю ему, как себе.

— Очень опрометчиво. Огромные суммы способны изменять людей.

— Согласен, но не в этом случае.

Настал мой черед удивляться:

— Почему?

— Рихт мой двоюродный брат, — пояснил Гарик, — сын сестры матери.

— Катерины Неуманн?

— Именно.

— Но у них разные фамилии.

— И что тут странного? Первый супруг Катерины умер, она вышла замуж за Франца Рихта и родила Клауса, а свою фамилию от первого брака менять не стала.

— Знаете, — протянула я, — у меня много друзей- иностранцев, в Европе не принято жить с мужчиной, нося фамилию его предшественника.

— Ага, — кивнул Гарик, — только не в случае моей тетки. Она была известной актрисой, и сочетание «Катерина Неуманн» являлось брэндом, понимаете?

Я кивнула. Хоть что-то стало ясно.

Глава 13

— Клаус — дипломат, — рассказывал Сизов, — его впервые прислали в Россию очень давно, сразу после окончания университета.

Несмотря на то что большая часть сознательной жизни Катерины прошла в Германии, она считала себя русской и дома с маленьким сыном разговаривала только на родном языке. Именно хорошее знание русского и явилось решающим фактором в карьере Клауса. В Москве он оказался еще до перестройки и в отличие от Гарика хорошо знал, что где-то на необъятных просторах СССР обитают его ближайшие родственники.

Проведя в Советском Союзе около года, Клаус понял, что, объявись он открыто сейчас у своей тетки и двоюродного брата, неприятностей им не миновать. Поэтому Рихт обставил свидание тайно. Братья встретились, подружились, а после восемьдесят пятого года стали свободно переписываться.

— Я пожаловался ему на то, что Завальнюк просто грабит меня, — объяснял Сизов, — и Клаус придумал весь этот ход с завещанием. Нет, он не мог взять деньги. И Олег тоже! Кто-то ограбил и убил Гладышева!

— Все равно дайте адрес брата, — попросила я, — в жизни случается всякое, вдруг я найду в Германии Гладышева. Вы тогда получите назад хоть часть своих средств.

Гарик вытащил записную книжку.

— Пишите. Бонн...

— Почему вы ничего не сказали милиции о долларах? — поинтересовалась я, пряча бумажку.

— Издеваетесь, да? — подскочил Гарик. — А Завальнюк? Как я ему объясню, где взял деньги?

— Вам не пришло в голову сказать, что Клаус просто одолжил вам полмиллиона?

— Сергей не лыком шит, — вздохнул Гарик, — тут же проверит информацию. У Рихта подобных средств нет, а у Катерины были.

— И она оставила их вам, а не ему?

Сизов мрачно улыбнулся:

— Госпожа Неуманн терпеть не могла родного сына, это долгая история, никакого отношения к делу она не имеет. Все свои средства Катерина распределила между разными людьми, старательно заботясь, чтобы Клаусу не досталось ни копейки. Вас удивляет такое поведение матери?

— Да нет, — пожала я плечами, — всякое случается, кое-кто ненавидит своих детей.

Выскочив от Гарика, я понеслась в авиакассу. Имея в кармане паспорт гражданки Французской Республики, я не нуждаюсь во въездной визе в Германию. Естественно, мне не хотелось рассказывать дома о предпринятом расследовании, поэтому, оказавшись у окошечка, я потребовала:

— Мне нужен такой рейс, который прибудет в

Бонн где-то в десять-одиннадцать утра по местному времени и в тот же день, в районе шести-семи вечера, вылетит назад.

— Такого нет, — удивленно ответила кассирша.

— Тогда придумайте что-нибудь, — не сдалась я и протянула ей пятьдесят долларов.

Получив мзду, девица крайне оживилась и стала изучать расписание. Минут через десять она разработала маршрут, надо сказать, очень удобный. Я заявлюсь в Бонн около одиннадцати, а улечу в восемь. Не устраивало меня лишь одно обстоятельство: лететь нужно было рейсами «Панкратовские авиалинии», все варианты с иностранными компаниями не проходили по времени.

— Может, посмотрите еще разок? — без надежды попросила я. — «Эр Франс», «Люфтганза»... любая подойдет.

— Нет, — покачала головой девушка, — только наши. Туда рейсом Москва — Вашингтон с посадкой в Бонне, обратно — Канада — Москва, он в Германии заправляется. Кстати, это обойдется дешевле.

Я полезла за кредитной карточкой, не в деньгах дело, панически боюсь самолетов и абсолютно не доверяю российским авиакомпаниям. Скорее всего, лететь придется на допотопной машине, давно исчерпавшей свой ресурс и пару раз отремонтированной. Нет никакой гарантии, что техперсонал на авиапредприятии не будет с похмелья. Забудут завинтить крохотную деталь — и прощай, Дашутка! Но альтернативы-то нет.

— Выписывайте, — с тяжелым вздохом согласилась я.

Метель прошла, на небе засияло солнце. Я подкатила к развороту на Ленинградском проспекте и машинально глянула на будку. Стоит «пончик» на посту или можно нарушить правила? Хотя он вроде предупредил, что сменил место дислокации. Черт с ним, поверну тут. Впереди, на «правильном» развороте, тьма машин, мне ни за что не вписаться в нужный ряд, в крайнем случае заплачу опять пятьдесят рублей, здоровье дороже.

Наплевав на знак, я повернула налево и тут же наткнулась взглядом на «пончика». Но постовой не обратил на меня никакого внимания, потому что уже поймал жертву. Нужно быстренько удирать, пока мент меня не заметил, но тут я увидела, что за автомобиль он притормозил, и моментально подрулила к обочине.

— Вам чего? — недовольным тоном осведомился «пончик». — Дорогу потеряли?

— Здрасьте, — улыбнулась я, — мы хорошо знакомы, я часто тут правила нарушаю.

Постовой поднял глаза:

— А... Сейчас чего?

Я ткнула пальцем в потного Дегтярева, мающегося возле черного «Запорожца»:

— Отпустите этого беднягу.

Постовой вытаращил глаза:

— Это с какой стати? Правила нарушает, под запрещающий знак повернул и покатил!

Красный Дегтярев сердито посмотрел на меня и буркнул:

— Вот уж неожиданная встреча! Убедительная просьба, не вмешивайся! Сам разберусь!

Понимая, что он сейчас совершит непоправимую ошибку, я быстро сказала:

— Не делай этого! На дороге постовой главный, а у тебя номерной знак самый простой!

Но Александр Михайлович, как все мужчины, считает, что совет женщины нужно выслушать лишь в одном случае — чтобы поступить наоборот. Поэтому он вытащил свое служебное удостоверение, ткнул в нос «пончику» и заявил:

— Оперативная необходимость вынудила меня нарушить правила.

Я тяжело вздохнула. Дегтярев отличный профессионал, один из тех сотрудников ментовки, которые готовы за маленький оклад стойко бороться с криминальным миром. Но, последовательно прошагав по карьерной лестнице от сержанта до полковника, мой приятель сохранил детскую наивность. Одно дело, когда ты, сидя в служебном кабинете, отдаешь приказ: «Всем постам перекрыть движение».

Другое, когда на стареньком «Запорожце» нарушаешь правила. И еще, надо четко понимать, с кем имеешь дело. Может, молоденький сотрудник, стой он сейчас на перекрестке, и испугался бы старшего по званию. Но «пончик», который по виду был одногодком Дегтярева, однако, в отличие от Александра Михайловича, имел на плечах погоны сержанта, сейчас покажет полковнику, кто в доме хозяин. Красная книжечка не произвела на «пончика» никакого впечатления.

— Правила писаны для всех, — фыркнул он, — а что касается оперативной необходимости... Чегой-то у вас на заднем сиденье торт стоит? Никак решили преступников чайком побаловать? Ну-ка, документики.

Дегтярев покорно дал права.

— Ага, — удовлетворенно кивнул мент, — выданы неделю назад. Понятненько!

— И что вам понятно? — снова начал багроветь полковник.

«Пончик» скривился и ткнул в мою сторону жезлом:

— Вот она честно говорит, когда ее здесь ловлю: «Извините, в нужном месте повернуть не могу, плохо вожу», а вы служебным положением злоупотребляете. Некрасиво это, а главное, вам не поможет!

Поняв, что меня поставили ему в пример, Александр Михайлович разозлился окончательно и прошипел:

— Ну, долго мораль читать будешь? Пока здесь топчешься, через тот поворот армия машин проехала! Бери штраф, и хватит!

— Вы, полковник, мне не тыкайте! — разъярился сержант. — Машину по компьютеру проверим...

— Зачем? — взвыл Дегтярев.

— Как это? — изобразил удивление мент. — А вдруг она в угоне?

Я старалась не расхохотаться. Ну все, постовой обозлился по полной программе. Сейчас вызовет по рации своих коллег, шепнет им, в чем дело, и продержат моего глупого полковника несколько часов. Надо выручать толстяка, пока не наломал дров.

Но не успела я раскрыть рот, как Александр Михайлович совершил последнюю трагическую ошибку. Поняв, что постовой вышел на тропу войны, Дегтярев достал кошелек, вынул пятьдесят рублей и со вздохом сказал:

— На!

— Это что? — округлил глаза «кабан».

— Забирай и отпускай!

— Вы мне суете взятку?!

— Штраф плачу!

— А еще полковник, в органах работаете! Неужели не знаете, что сотрудникам дорожно-постовой службы запрещено производить на месте денежные расчеты? Так-так, сейчас...

Я решила вмешаться и подергала «пончика» за рукав:

— Миленький, отпустите его!

— С какой стати?

— Понимаете, это мой папа.

Дегтярев всхлипнул и оперся о «Запорожец». Постовой с удивлением посмотрел на него:

— Ваш отец?

— Ага, — кивнула я, — родил меня еще школьником, четырнадцати ему не исполнилось. Очень безответственный поступок! Впрочем, папенька никогда не отличался благоразумием.

— Ты чего... — обалдел приятель.

Я быстро наступила ему на ногу и затарахтела:

— Уж не обижайтесь на него, сами понимаете — полковник, они все такие, больные. Он и дома нас строит, удостоверением играет, ни одна жена рядом с ним не удержалась, семеро сбежало. Только я, дочь, у него осталась. Вздорный старикашка! Кстати, прошу прощения, я тоже нарушила правила, вот!

Постовой бросил взгляд на бумажку в пятьсот рублей и протянул:

— Сдачи нет, я только вышел.

— А и не надо, — обрадовалась я, — завтра опять тут поеду, считайте, что вперед заплатила!

«Пончик» снял шапку, вытер вспотевшую лысину и пробурчал:

— У меня от вас голова закружилась, ехайте со своим отцом побыстрей отсюдова.

Помахивая жезлом, он пошел вперед. Я проводила его глазами и усмехнулась. Ага, вот где дядька теперь прячется — на парковке

— Ты с ума сошла! — накинулся на меня Дегтярев. — Совсем обалдела, да? Неужели я похож на твоего папеньку? Между прочим, я молодо выгляжу, никто больше сорока не дает!

Я окинула взглядом полную фигуру приятеля, его лысину и со вздохом ответила:

— Дорогой, ты и впрямь изумительно смотришься, просто Ален Делон, но надо же было отбить тебя от постового. Или ты хотел просидеть в отделении до полуночи? Имей в виду, сотрудники дорожно-постовой службы — мстительные люди.

Александр Михайлович, ничего не ответив, пошел к «Запорожцу».

— Ты без Женьки? — запоздало удивилась я. — Не боишься? Ведь всего пару уроков взял?

По-прежнему молча полковник влез за руль. Я пошла к «Пежо», но по дороге обернулась. Черный «Запорожец», пару раз дернувшись, медленно пополз в правом ряду. Я усмехнулась. Ох уж эти мужчины! Сколько бы Дегтярев ни хорохорился и ни пытался изображать из себя Шумахера, сразу понятно, что он в паническом ужасе вцепился в руль.

Глава 14

Следующий день начался неудачно. Когда я рано утром очень осторожно, чтобы ненароком не разбудить домашних, которые любят поспать в субботу подольше, спустилась в холл, то там уже стояла Зайка, одетая, причесанная и намакияженная.

— Ты куда? — с подозрением спросила она.

— А ты? — не растерялась я.

— В Шереметьево, — ответила Зайка.

— Зачем? — попятилась я.

— Интересное дело, — обиделась она, — в командировку лечу! Всю неделю об этом говорила! Хотя ты ведь никогда никого не слушаешь!

— Надеюсь, не в Вашингтон и не в Бонн? — осторожно осведомилась я.

— Нет, а что?

«Совсем ничего, просто мне вовсе не хочется оказаться в одном с тобой самолете», — чуть было не ляпнула я, но вслух произнесла совсем другое:

— Говорят, там ураган!

Зайка фыркнула и, подхватив сумку, пошла в гараж. Я посмотрела на разбросанные вокруг мешки с серой смесью и возмутилась. Ну ничего себе! Втравила нас в ремонт, а сама сбежала!

До аэродрома я добиралась, судорожно вздрагивая при виде любой красной иномарки, проносящейся мимо. А оказавшись в Шереметьеве, почувствовала себя преступницей, за которой гонится вся полиция мира. Боясь налететь на Ольгу, я не пошла пить кофе, не заглянула в дьюти-фри... До посадки в самолет я сидела в самом темном углу зала, закрываясь газетой. Расслабилась я только в лайнере, заняв свое место. Огляделась по сторонам и опять испугалась. Салон выглядел жутко старым, крышка багажного отделения, когда я попыталась открыть ее, тут же оторвалась и осталась у меня в руках, потом отвалился столик, прикрепленный на спинке впереди стоящего кресла, и, естественно, мое сиденье не захотело менять положение, сколько я ни дергала за ручки. В самом мрачном расположении духа я ткнула пальцем в кнопку и попросила стюардессу:

— Коньяк, пожалуйста.

Сейчас выпью пятьдесят граммов и засну. Если начнем падать, я ничего не почувствую.

Девушка весьма резко ответила:

— Спиртные напитки подаются только в полете.

— А мы где?

— Пока на земле! — рявкнула стюардесса и исчезла.

Я тяжело вздохнула: вот он, родной, ненавязчивый сервис. Любая другая авиакомпания мира, уж поверьте мне, лелеет своего пассажира до того, что это даже надоедает. Любая, но не «Панкратовские авиалинии».

Наконец все пассажиры были рассажены, сосчитаны, самолет затрясся, побежал по взлетной полосе, подпрыгивая на кочках и неровностях. Вокруг что-то задребезжало, затренькало, засвистело, я вжалась в кресло, проклиная всех: Ленку, Олега, Клауса Рихта, а главное, собственное любопытство, приведшее меня в салон этого допотопного чуда авиационной промышленности.

Но потом жуткие звуки исчезли, понесся ровный гул, раздался хлопок, очевидно, убралось шасси. Слегка придя в себя, я решила вновь попросить коньяк, но тут дверь кабины пилота распахнулась, и появился мужик лет сорока, в форменной рубашке и брюках. В руках он держал топор, самый настоящий, каким в деревнях рубят дрова.

— Значитца, так! Я летчик первого класса, командир корабля Мозжухин Георгий Сергеевич.

Пассажиры замерли в недоумении.

— Летим мы, как вам известно, в Вашингтон, — вещал пилот, нежно поглаживая орудие лесоруба, — хочу предостеречь вас, господа. Видите топор?

Сжав рукоятку огромной ладонью, Мозжухин поднял орудие средневекового палача над головой.

— Он очень острый, им бриться можно, понятно?

— Нет, — пискнула я в полном ужасе.

Оказывается, старая раздолбайка, дребезжащая всеми частями измученного железного тела, — не самое страшное, что поджидает бедных пассажиров. У «Панкратовских авиалиний» еще имеются в запасе пилоты-психи. Господи, куда же деваться?! И ведь не выскочишь на ходу, как из поезда или машины.

— Имейте в виду, — снова потряс топором командир, — ежели кто попрется в кабину с желанием захватить лайнер, зарублю на фиг. Мы все вооружены до зубов, а штурман ножи метает... мечет... В общем, Серега ножик так кидает, что с двухсот метров в глаз попадет. Лучше вам, господа террористы, поостеречься. Ясно?

Гробовое молчание послужило ему ответом. У меня от потрясения просто парализовало язык, наверное, у остальных тоже.

— Ясно? — повысил голос летчик.

— Да, — раздался неровный гул.

— Прекрасно, — кивнул командир, — тогда желаю хорошего полета, мы тут для того, чтобы

вам угодить. Кстати, имейте в виду, в Шереметьеве отличный контроль, вас детально изучили, и
нам точно известно, что ни оружия, ни взрывчат-
ки ни у кого нет. И помните: у меня топор, у Се-
реги ножик, а у Ивана Павловича всего-навсего
кулаки, но мало никому не покажется, потому что
он почти двести кило тянет, ему кресло по спецза-
казу делали.

После этого заявления он с чувством выпол-
ненного долга исчез за дверью кабины пилотов, а
я не рискнула попросить коньяку и весь полет,
тихо вздрагивая, просидела в кресле. Надеюсь, на
обратном пути командир корабля будет вменяе-
мым и не станет носиться по салону, размахивая
ледорубом или монтировкой.

Между Бонном и Москвой разница во времени
составляет два часа, была суббота, а Клаус Рихт,
как я и рассчитывала, мирно вкушал кофеек в гостиной, украшенной старомодными бюргерскими
кружевными занавесками. Услыхав, что я от Гарика, Клаус мигом расплылся в улыбке, усадил меня
за стол.

— О, какой приятный сюрприз, — засуетился
он, — друзья Игорька — мои друзья. Как он там?
Давно не звонил.

Поскольку мое пребывание в Германии было
сильно ограничено, я решила не вести подготови-
тельный разговор и сразу ляпнула:

— Плохо.

— Что случилось? — испугался Клаус. — Он
здоров?

— Физически да.

Рихт с облегчением вздохнул:

— Знаете, моя мать и Елена, матушка Игоря,

скончались от рака. Правда, говорят, что онкология не передается по наследству, но все равно страшно. Игорь такой беспечный! Сколько раз я твердил ему: «Сходи к врачу». Нет, только отмахивается! Времени, говорит, нет, ну как можно так наплевательски к себе относиться!

Я молча слушала Клауса. Русский человек, выросший в Германии, — это уже немец. Да никому из россиян не придет в голову отправиться к доктору до того, как болезнь наступит сапогом на горло. Во всяком случае, среди моих знакомых москвичей нет людей, регулярно бегающих на профилактические осмотры, чтобы услышать: «Вы практически здоровы».

Вот французы раз в полгода посещают врачей. Западные люди, приученные считать свои деньги, хорошо знают: дешевле выйдет задушить недуг в зародыше, чем потом лечиться от хронического заболевания, отдавая большую часть зарплаты на лекарства.

— Слава богу, — тарахтел Клаус, пододвигая ко мне корзиночку с бисквитами, — он здоров.

Я осторожно взяла маленькую, невесомую булочку и сунула ее в рот, нет, российский хлеб намного вкусней, немецкий, как, впрочем, и французский, сильно смахивает на мыло. Откусываешь кусок, жуешь и понимаешь, что аппетитная сайка растворилась, глотать-то нечего.

— Гарик нервничает из-за денег, — спокойно сообщила я, — полмиллиона долларов — огромная сумма. К тому же, сами знаете, он заработал ее своим трудом, а не приобрел, воруя нефть или газ у народа.

Клаус поперхнулся:

— Брат рассказал вам о... о завещании?

Я улыбнулась:

— Ей-богу, не стоит сейчас кривляться. Собственно говоря, я приехала к вам с одной целью.

— С какой? — пробормотал Клаус.

— Хочу узнать адрес Олега Гладышева.

Рихт, не моргая, уставился на меня:

— Не понял.

Я улыбнулась и схватила еще одну «растворимую» булочку. Есть хотелось ужасно. В самолете нам предложили перекусить, но меня колотило от страха, и кусок не лез в горло. Сейчас же аппетит настойчиво заявлял о себе, и руки сами тянулись к еде.

— Что же тут непонятного? Олег Гладышев — это тот человек, который должен был передать вам бабки.

— При чем тут пожилые женщины? — искренне удивился Клаус.

Вот всегда с эмигрантами так! Языком многие из них владеют безупречно, но кое-какие слова им просто не знакомы.

— Я имела в виду деньги, ведь это Олег вез их вам?

— Подождите, — неожиданно произнес Клаус и вышел.

Я осталась одна у стола и отвела душу, набивая желудок очень вредными тостами с маслом и апельсиновым джемом. Естественно, после еды мне захотелось курить, но пепельницы нигде не было видно, а стряхивать пепел в пустую кофейную чашку я постеснялась и осталась сидеть, вертя в руках пачку сигарет.

Наконец Рихт вернулся. Лицо его было мрачным, если не сказать суровым.

— Только что я разговаривал с Игорем, — сказал он, — вы, оказывается, сыщик?

— Не совсем так, я частный детектив.

— Никакой разницы, — нервно отмахнулся Клаус, — я не знаю, где Олег. Честно говоря, я полагал, что тот мужчина украл доллары и теперь скрывается. Этот непорядочный человек понимал, что Игорь никогда не сможет рассказать в правоохранительных органах о пропавших деньгах, и воспользовался ситуацией. Со своей стороны я попытался предпринять кое-какие шаги, но поступил глупо.

— Почему?

Рихт посмотрел на мои сигареты.

— Извините, но здесь не курят. Если желаете, можете пройти в сад.

Я почувствовала себя как дома и покорно спрятала пачку сигарет в сумку.

— Так почему вы поступили глупо?

Клаус мрачно ответил:

— Улетая тридцать первого декабря из Москвы, я не думал ни о чем плохом, полагал, что курьер, этот Олег Гладышев, попросту не рассчитал время, застрял в пробке и сейчас нервничает где-нибудь на дороге. Если бы не билет на самолет, я бы подождал его дома, но времени-то у меня не было. Уходя, я даже предупредил консьержку: «Если сейчас прибежит запыхавшийся молодой человек по имени Олег Гладышев, пусть немедленно катит в Шереметьево, я буду стоять в зале отлета, под табло с расписанием».

Брат Гарика честно промаялся в указанном месте до того момента, пока радио не заорало:

«Господина Рихта, следующего рейсом Москва — Бонн, просят срочно пройти на посадку».

Клаус побежал на паспортный контроль, но по дороге успел позвонить брату и сказать:

— Твой Олег так и не приехал!

— Ума не приложу, что случилось, — звенящим голосом ответил Гарик.

— Ладно, не переживай, — попробовал успокоить его Клаус, — вернусь в Москву двенадцатого января, к этому времени Гладышев уж точно объявится. Значит, провернем дело чуть позже.

В указанный день Рихт прилетел в столицу России, уже зная, что Олег пропал. Клаус решил предпринять собственное расследование, нанял парочку детективов и пустил их по следу.

Но ищейки вернулись ни с чем.

— Они опросили почти всех людей, которые живут или работают на Рыльской улице, но никто ничего особенного не заметил. В доме, где расположена моя квартира, находится поликлиника, поэтому народ клубится постоянно, а торговцы разглядывают лишь своих покупателей, за улицей не наблюдает никто. Было глупо выбрасывать деньги на наем детективов.

Да уж, исчезни Олег в деревне, вот там сразу бы доложили, кто, когда и зачем шел по дороге, а на Рыльской улице никто ни на кого не обратил внимания.

— Нам с Игорем стало понятно, что Олег украл деньги и бежал, — закончил Клаус, — хотя не хочется плохо думать о людях, но это факт.

— Может, кто-нибудь, узнав, что Гладышев имеет при себе огромную сумму, подговорил парня разделить ее пополам? — тихо спросила я. —

Пообещал вывезти его за границу, в Германию, к примеру!

Рихт выпятил нижнюю губу, потом с гневом воскликнул:

— На что вы намекаете? Явились сюда, чтобы узнать адрес Олега... Полагаете, это я украл доллары? Полмиллиона? Забрал у Игоря?

— Ну не все, — я постаралась проявить деликатность, — только половину, другая, скорей всего, досталась Олегу. Знаете, мне безразлично, вор вы или нет, просто нужен адрес Гладышева. Очень хочется, глядя ему в глаза, рассказать о том, как мы вместе с его женой, вооружившись саперной лопаткой, мотались по Подмосковью, пытаясь найти его тело. С Гариком разбирайтесь сами, а мне, пожалуйста, сообщите координаты Олега.

— Вы полагаете, что я обокрал брата?

— Да, — кивнула я.

— Родного человека? — не унимался Рихт.

— К сожалению, это случается достаточно часто.

— Но не со мной, — возмутился Клаус, — я абсолютно не способен на такой поступок.

— Олегу тоже казалось, что он любит жену и сына, а увидел чемодан зеленых бумажек и про все забыл!

Рихт медленно встал и начал расстегивать брюки.

— Что вы делаете? — удивилась я.

— Раздеваюсь.

— Зачем?

Клаус молча задрал рубашку и приспустил джинсы.

— Видите на моей спине шрам?

— Да, но при чем тут он?

— Несколько лет назад, — ответил Рихт, одеваясь, — у меня начались серьезные неполадки с почками. Если говорить честно, я просто умирал, речь зашла о пересадке.

Клауса положили в больницу и стали подыскивать донора, но, как назло, ни один из органов, оказывавшихся в руках хирургов, Рихту не подходил. Врачи терпеливо объясняли нервничающему больному, отчего это происходит, говорили о редкой группе крови с отрицательным резусом. Но Рихт не собирался вникать в подробности, ему стало ясно: он, скорее всего, в ближайшее время умрет.

Но потом случилось чудо. Почка нашлась, операция прошла успешно. Спустя недели три после нее великолепно чувствующий себя Рихт попросил:

— Нельзя ли мне узнать имя донора? Я понимаю, конечно, что его нет в живых, скорее всего, он погиб в автокатастрофе, но хочется сходить на могилу, возложить цветы.

Хирург неожиданно замялся, но потом все же сказал:

— Да, вы правы, к сожалению, в подавляющем большинстве доноры — жертвы катастроф или других чрезвычайных обстоятельств, но иногда на помощь приходят родственники, в вашем случае было именно так.

Клаус безмерно удивился:

— Но у меня же никого нет, кроме матери, и я сильно сомневаюсь, что Катерина могла отдать мне почку.

— Госпожа Неуманн — женщина в возрасте, —

пояснил врач, — даже если бы она и изъявила подобное желание, оно неосуществимо. Вас спас брат, господин Сизов, он прилетел из России и лег на операционный стол. Кстати, он просил ничего не сообщать вам, но я счел нужным поставить вас в известность.

— Игорь подарил мне жизнь, — тихо закончил Клаус, — я в неоплатном долгу перед ним и с тех пор изо всех сил стараюсь ему помочь. К сожалению, видите сами, живу я более чем скромно и дать брату денег на открытие собственного бизнеса не мог. Когда умерла моя мать, я думал, что она все же оставит мне часть своего огромного состояния, но Катерина предпочла отдать деньги на благотворительность, она ненавидела меня с детства. И тогда я предложил Игорю вариант с наследством. Я же и подготовил все: необходимые бумаги, перевозку огромной суммы... Игорь лишь должен был передать мне доллары.

— Отчего же он поручил такое важное дело Олегу? Почему сам не понес чемоданчик с долларами? — удивилась я.

Клаус налил в свою чашку остывший кофе и грустно сказал:

— Игорь очень наивен, я бы сказал, что у него характер скорее женский, чем мужской. Эмоциональный, ранимый, нервный, сентиментальный, может заплакать от горя или радости, восторженный. Брату свойственно идеализировать людей, он влюбляется моментально, причем, поймите меня правильно, я сейчас говорю не о сексе. Нет, Игорь мог проникнуться мгновенной симпатией к абсолютно постороннему человеку, сделать тому много хорошего и страшно удивиться, поняв, что «друг» его просто использует. Сколько раз он разочаровывался в людях, и не сосчитать. Я предупреждал его: не следует доверять перевозку денег постороннему человеку. Нет, он уперся, твердил: «Олег — мой компаньон». И потом, Игорь очень боится Завальнюка, считает, что тот за ним следит...

Клаус залпом проглотил кофе и тихо закончил:

— Ну и что получилось? Где теперь сей порядочный гражданин? В Швейцарии? Лондоне? Вашингтоне? Мир велик!

Он замолчал, было слышно, как громко тикают старинные настенные часы и кричат во дворе дети.

Глава 15

— Вы можете поднапрячься и вспомнить, хотя прошло больше года, но вдруг что-то запало в память.

Клаус глубоко вздохнул:

— Я очень часто прокручиваю ленту событий назад, но не нахожу абсолютно никаких зацепок. До часу я пробегал по городу, заканчивал дела перед отпуском. В полвторого явился домой и стал ждать Олега, одновременно складывая чемодан.

Изредка Клаус подходил к окну и выглядывал на улицу. У него просто есть такая привычка: ходит, ходит по комнатам, а потом смотрит в окно без всякой причины. Вот и тридцать первого декабря он не изменил своему пристрастию, но ничего интересного или настораживающего не заметил.

По тротуару тек людской поток, по проезжей

части неслись машины. Впрочем, последних было не так много. Большинство водителей предпочитает пользоваться более широкой магистралью, боятся застрять в пробке на узкой Рыльской улице.

— Совсем ничего особенного? — цеплялась я за последнюю надежду. — Ну вдруг драка или, скажем...

— Нет, — покачал головой Клаус, — никаких чрезвычайных происшествий и никаких неприятных предчувствий. Знаете, некоторые люди утверждают, будто они ощущают приближение беды. Так вот, я оказался не из их числа. У меня в тот день было прекрасное настроение, все радовало: люди, машины.

— Что же веселого вы увидели на московской улице?

— Да нет, ничего, просто люди бежали в разные стороны, словно бодрые тараканы, у каждого в руках были пакеты с покупками, кое-кто тащил елки. Наверное, я просто заразился общим праздничным настроением.

— А в машинах что веселого? — Я никак не могла успокоиться.

— Тоже особо ничего, — покачал головой Рихт, — ваши люди частенько лепят на стекло забавные наклейки, например, улитку невероятного ярко-красного цвета и слова: «Еду, как могу». В Германии дорожная служба не разрешает украшать таким образом автомобиль, считается, что это опасно. Другие водители начнут читать надписи и не заметят пешехода.

Я кивнула. Во Франции вас тоже незамедлительно оштрафуют, если полицейский углядит на стекле веселенькую наклеечку, кстати, кажется, и у нас подобное украшательство не приветствуется, но русские люди — это не законопослушные европейцы.

— Чего только не увидишь, — покачал головой Клаус, — как вам такой вариант: «Трезвый Шумахер»? При этом учтите, что надпись красовалась рядом с изображением толстомордого мужика, сидящего на пивной бочке!

Я почувствовала дрожь в пальцах:

— А где вы видели эту картинку?

— На машине, — спокойно пояснил Клаус, — припарковалась прямо под моими окнами.

— У вас такое острое зрение? Увидели с высоты мелкие буквы!

Клаус рассмеялся:

— Вы хороший профессионал, вопрос не в бровь, а в глаз. Моя квартира, к сожалению, на первом этаже. Несколько лет я безуспешно просил, чтобы меня переселили в другую, но немцы такие бюрократы! Вопрос о квартире для дипломата решается не в посольстве, а в министерстве иностранных дел. Пока прошение дойдет до нужного человека, пока вернется назад... А потом еще и откажут, напишут: «Смена адреса не приветствуется». Без всяких объяснений. Кошмарные люди, ей-богу, в России проще.

Э, нет, дружок, тебе просто не требовалось, допустим, посетить ОВИР или пересчитать пенсию в собесе. Сразу бы запел иные песни. Но мне сейчас недосуг обсуждать чиновников, тем более что во всем мире они одинаковые. Наклейку «Трезвый Шумахер» подарил Олегу Аркашка. Гладышев пришел в полный восторг и тут же налепил дурацкий прикол на заднее стекло.

— Да еще начала развиваться дальнозоркость, — продолжал не заметивший моего волнения Клаус, — вблизи плохо вижу, а вдаль... Просто горный орел. Так что надпись я разглядел. Знаете, что было самое смешное?

— Ну? — нервно спросила я. — Говорите скорей.

— Только этот «Шумахер» припарковался, — улыбнулся Клаус, — как в зад его «Жигулей» въехала машина «Волга», большой такой фургон, «Скорая помощь». В соседнем доме больница, вот, наверное, автомобиль оттуда и торопился.

— Что же в этом смешного? — настороженно спросила я.

— Так шофер из «Волги» выскочил, подбежал к «Жигулям», распахнул дверцу и крикнул: «Он пьяный! Совсем ужрался, небось Новый год празднует с утра!»

«Повезло тебе, — ответил пассажир «Волги», подходя к «Жигулям». — Эх, как его развезло! Вот что, надо парня в приемный покой занести и где-нибудь пристроить!»

«Охота была с алкоголиком возиться, — нахмурился водитель, — оставь его».

«Не, нехорошо получается, — покачал головой пассажир. — Ты ему вон бампер погнул».

«И хрен с ним», — не сдавался шофер.

«Замерзнет еще в машине, давай отвезем в больницу».

«Ладно, — сдался водитель, — давай носилки».

Из салона «Скорой» вытащили переноску — две палки с брезентом.

Клаус замолчал.

— А дальше? — поторопила я.

Рихт пожал плечами:

— Я пошел кофе варить.

— Что смешного-то?

— Ну, мне показалось это забавным, — улыбнулся собеседник, — на заднем стекле наклейка «Трезвый Шумахер», а внутри абсолютно пьяный человек.

— Вы его видели?

— Кого?

— Ну «Шумахера» этого.

— Нет, пошел кофе пить.

— Так отчего вы решили, что он в состоянии алкогольного опьянения?

Клаус пожал плечами:

— Из разговора! И потом, очень странно все-таки, вас ударяет на парковке машина, а вы не возмущаетесь, сидите тихо и даже не высовываетесь наружу, неужели вы бы так поступили? Лично я бы моментально выскочил и затеял выяснение отношений. Нет, парень сидел потому, что не мог выйти, совсем пьяный был! Или оттого, что ему стало плохо с сердцем. Инфаркт, инсульт, мало ли что могло произойти.

— Ну-ка еще раз, — решительно потребовала я, — с самого начала. Можете описать машину «Скорой помощи»?

— Зачем? — изумился Клаус.

— В «Жигулях» сидел Гладышев, — тихо ответила я, — приехав на Рыльскую улицу, он позвонил Гарику и сообщил, что прибыл на место. Олег уходил из Дома моделей абсолютно трезвым, да и у Сизова после разговора с ним не создалось впечатления, что он общался с пьяным. Кстати, Олег практически не употреблял спиртное, так, ерунду какую-нибудь: бокал вина, граммов пятьдесят коньяка...

Клаус раскрыл рот, потом потрясенно сказал:

— Вы уверены?

— В чем?

— В том, что это была его машина?

— Очень похоже на то. Кстати, где был припаркован автомобиль?

— Под моими окнами.

— Я же не была у вас в гостях и не знаю, куда они выходят.

— Действительно. Дом семь, такой серый, совершенно неприметный, мой подъезд посередине, слева магазин «Компьютеры», поликлиника, в следующем здании больница.

Я подскочила на стуле.

— Это точно были «Жигули» Олега.

— Но почему?

— Их нашли спустя примерно месяц на том же месте. Автомобиль был припаркован недалеко от магазина «Компьютеры», напротив находится банк.

— Точно, — кивнул Клаус.

В комнате вновь наступила тишина, потом хозяин внезапно вскрикнул:

— Минуточку, а где же деньги? Если Олега унесли в больницу, куда пропал кейс?

— Вот поэтому я и прошу напрячься и вспомнить, как выглядела машина «Скорой помощи» и люди, приехавшие на ней. Знаете, все могло быть очень и очень просто.

— Как?

— Я не верю в то, что Олег был пьян. Скорее всего, он внезапно заболел, а с виду походил на потерявшего ориентацию алкоголика. Шофер с приятелем начали вытаскивать парня, увидели чемоданчик... Или, может, уронили его... А там огромная сумма. Доллары они взяли, а Олега увезли и убили. Впрочем, может, и убивать не понадобилось. Скорей всего, Гладышев сам скончался. Тело его сбросили в какое-нибудь болото...

— Зимой?

— Ну вышвырнули в овраг. Денежки поделили и живут сейчас припеваючи, радуясь материальному достатку.

— Какой ужас, — прошептал Клаус, — значит, все происходило буквально на моих глазах, но мне и в голову не пришло...

— Вспомнили машину?

Клаус вздернул брови:

— Ничего в ней особенного не было, только старая очень.

— В каком смысле?

— В прямом. Такой рыдван со стеклами, закрашенными белой краской. Насколько знаю, теперь в Москве более современные медицинские автомобили. Тот выглядел совсем допотопным, «Волга»-фургон. Номера не помню, кажется, я его вообще не видел.

— А шофер?

Клаус развел руками:

— Мужчина как мужчина, в куртке.

— Пожилой?

— А кого вы называете пожилым? — ухмыльнулся Рихт. — Водителю было примерно лет сорок, пассажиру, похоже, столько же. Но никаких примет назвать не могу, я их просто не запомнил, самые обычные лица, таких мужчин много как на улицах Москвы, так и Бонна. Джинсы, куртки, ботинки... Постойте-ка! Вот как раз сапоги у шофера были примечательные! «Казаки»! С длинными узкими носами, похоже, то ли красные, то ли бордовые, с огромными заклепками. Парень еще вылез и пнул ногой помятый бампер, а я подумал: «Совершенно неподходящая обувь для водителя, ну как он с такими носами жмет на педали?»

Больше Рихт, как ни старался, вспомнить ничего не мог, и я ушла от него с тяжелым сердцем. Хороши приметы, по которым придется искать негодяев! Старая машина «Скорой помощи» и ботинки с узкими носами.

До отлета у меня еще оставалось немного времени, и я пошаталась по магазинам. В одном приобрела очень симпатичную сумку для Маши, в другом купила очаровательную собачку-копилку для Зайки. Конечно, я не собираюсь никому рассказывать, что провела день в Бонне, но ведь в Москве сейчас можно найти на прилавках все, что угодно!

Обратно я летела, слава богу, рейсом Аэрофлота. Конечно, это не «Эр Франс» и не «Люфтганза», но все равно лучше, чем «Панкратовские авиалинии». Надеюсь, пилот тут окажется нормальным! Но, видно, сегодня был не мой день! Не успела я запихнуть пакет с покупками в багажное отделение, как его крышка отлетела и пребольно стукнула меня по макушке. Сами понимаете, что такое начало не предвещало ничего хорошего, и я затаилась в кресле, но от судьбы под одеялом не спрячешься. Неудачи сыпались на мою голову, как спелые яблоки с ветвей. Сначала мне не досталось пледа, их успели разобрать другие замерзшие пассажиры, потом заело такую беленькую штучку на потолке, из которой дует свежий воздух, затем так же, как утром, отвалился столик для еды. Очередную оплеуху мадам Неудача отвесила мне во время обеда. Стюардесса, приветливо спрашивавшая у сидящих вокруг меня пассажиров, что они предпочитают: мясо или рыбу, грохнула передо мной без всяких предварительных церемоний поднос с фольговыми лотками.

— Мне рыбу, — робко попросила я.

— Кончилась, — без всякой улыбки заявила девушка.

— Извините, я не ем мясо.

— Ну и где я возьму рыбу? Русским языком же сказала: кончилась!

Я тяжело вздохнула.

— Так будете есть?

Я кивнула.

— И чего тогда кривлялась, — бормотнула себе под нос девица и ушла.

Я съела невкусную, жесткую булочку, намазав ее маслом и джемом, уничтожила кусочек сыра и поковыряла вилкой гарнир. Чай дали индийский, а я предпочитаю цейлонский. Да еще всем подали аппетитные эклеры, а мне досталась песочная полоска с кислым джемом.

Чувствуя себя совершенно несчастной, я вытащила из сумочки детектив и попыталась читать. Но не тут-то было. По проходу начали с диким визгом носиться разновозрастные дети. Одна из девочек, толстушка лет семи, столкнула локтем мой стаканчик с чаем. На моих брюках расплылось пятно. Я возмущенно сказала:

— Хорошо еще, что он остыл, так и обжечься можно!

— Подумаешь, — мигом пошла в атаку мать безобразницы, — это же ребенок, ему скучно!

— Вы бы хоть сделали девочке замечание, — вздохнула я, видя, как шалунья с хохотом швыряется корками от мандаринов.

— С какой это стати мне ругать из-за тебя своего ребенка? — заявила мамаша и, пнув локтем дремавшего рядом муженька, велела: — Папочка, разберись!

Парень приоткрыл мутные глаза и процедил:

— Пошла на ..., сейчас в лобешник получишь!

— Вот, — торжествующе заявила хамка, — мой муж вам покажет!

— Это я тебе говорю, — рявкнул на нее мужик, — сиди молчи, не тарахти, пока не убил, надоела, блин горелый! Не баба, а погремушка! Сколько раз тебе говорить, кончай звать меня папочкой, сука драная!

Мамаша визгливо зарыдала, ее дочка испугалась и тоже принялась хныкать.

— Уроды, — процедил любящий муж и отец.

Потом он встал и пошел в хвост самолета. Мне стало неловко, и я отвернулась. Дети продолжали носиться и орать. Мои глаза закрылись, в голову полезли невеселые мысли. Господи, все очень плохо! Как найти Олега? Интересно, сколько людей в Москве носит сапоги-«казаки» красного цвета с металлическими заклепками? И сколько потрепанных машин с красным крестом шныряет по улицам Москвы? Похоже, мне придется потратить полжизни, чтобы найти всех шоферов.

— Господа пассажиры, — внезапно ожило радио, — наш самолет попал в зону турбулентности, просим всех незамедлительно занять свои места и пристегнуться ремнями.

Тут же вспыхнуло красным светом табло.

— Просим не передвигаться по салону без крайней надобности, — не успокаивался динамик, — так как это мешает устойчивости самолета.

Мамаши мигом схватили своих чадушек и пристегнули их к сиденьям. Я испугалась почти до слез и тихо спросила у соседа, мужчины лет двадцати пяти, мирно читающего «Биржевые новости»:

— Что такое зона турбулентности? Это очень опасно?

— Фигня, — отмахнулся тот, — просто экипажу надоел шум в салоне, и пилоты решили припугнуть пассажиров.

Я слегка успокоилась и откинулась в кресле. Что ж! Реакция людей, управляющих самолетом, понятна, им совсем неохота слушать вопли разбушевавшихся детей. Не успела я прийти в себя, как в проходе появилась стюардесса, та самая не слишком любезная девица. Сейчас на ее лице явственно читалась тревога. Она пошла между рядами кресел, опустив голову. Я насторожилась: с чего у стюардессы такой похоронный вид?

Девица добралась до моего места, опустилась на корточки, пошарила по полу руками, отогнула ковровую дорожку и внезапно вскрикнула:

— Боже, это ужасно!

Пальцы ее мелко затряслись.

Я перепугалась окончательно. Все понятно! Произошла поломка!

— Что случилось? — поинтересовалась мать капризной девочки.

Стюардесса подняла на нее полные слез глаза.

— Ничего.

— Как это ничего? — ожил муж тетки. — Чего тогда ревешь?

— Вас не касается, — шмыгнула носом девица и, резво вскочив на ноги, убежала.

— Странно, однако, — пробормотал сидевший около меня парень, — что ее так напугало?

Пассажиры перестали разговаривать, в салоне воцарилась тревожная тишина. Я сидела ни жива ни мертва. Господи, сделай так, чтобы мы благополучно сели, мне совсем не хочется умирать. И потом, здесь полно детей, отчего их жизнь должна прерваться, едва начавшись?

Внезапно в проходе появилась другая стюардесса, крупная шатенка. Минут пятнадцать назад она с приветливой улыбкой подавала воду и сок тем, кто сидел через пару рядов от меня, но сейчас всю любезность с нее как ветром сдуло.

Быстрым шагом она подошла ко мне и крикнула:

— Возле места 18С?

Ответа не последовало. Стюардесса присела, пошарила по полу руками, тяжело вздохнула и пробормотала:

— Видать, дело гиблое.

Затем она почти бегом скрылась в кабине пилотов.

— Вы слышали? — запаниковала мать шалуньи. — Она же сказала: «Сейчас погибнем».

— Нет, — пролепетала я, — вроде фраза звучала: «Дело гиблое».

— Боже! — взвизгнула дама, сидевшая за мной. — Мы падаем! Кошмар! А-а-а...

Вопль полетел по салону, через секунду орали почти все: и мужчины, и женщины, и дети. Но у меня язык словно к нёбу прилип, а лицевые мышцы парализовало. Руки вцепились в подлокотники. Вот ужас, мы и впрямь летели вниз с высоты десять тысяч метров. Сколько времени продлится падение? Минуту? Две? Пять? А потом? Я больше никогда не увижу своих детей, собак...

— Господа пассажиры, успокойтесь, — заверещала шатенка, выскакивая из-за занавески, — наш полет проходит нормально, через полчаса осуществится посадка в аэропорту Шереметьево.

Кое-кто из перепуганных пассажиров замолчал. Почувствовав, что железная рука, сдавившая горло, разжалась, я осторожно вздохнула. По спине тек пот, во рту пересохло, и лицо у меня, наверное, бледное с синевой, словно черничный йогурт российского производства.

Внезапно мать капризной девочки вскочила на ноги.

— Не верьте этим сукам! Они хотят, чтобы мы падали молча, без скандала!

Стюардесса покраснела:

— Успокойтесь, пожалуйста. Лена, принеси даме валокордин!

Тут же появилась другая девушка, и меня вновь охватила тревога. Выглядела бортпроводница не лучшим образом: на щеках черные дорожки размазанной туши, нос похож на сливу, помады на губах нет.

— За каким... мне ваши капли, — взвизгнула истеричка, — а ну отдавайте свои парашюты!

— У экипажа их нет, — попыталась вразумить психопатку шатенка, — успокойтесь, мы не имеем права покидать самолет и в случае чего должны погибнуть вместе с вами. Да успокойтесь же! Слышите? Моторы работают ровно, все под контролем. И потом, ну подумайте сами! Я с вами уже больше пяти минут разговариваю, так долго не падают!

Спокойный, выдержанный тон девушки внушал уверенность. В полном изнеможении я откинула кресло. Ну и денек! Никаких сил не осталось! Очевидно, другие пассажиры тоже начали приходить в себя, потому что в салоне послышались тихие голоса и робкие просьбы:

— Принесите воды!

Но скандалистка не успокаивалась.

— Брешешь, — визжала она, — нас тут отвлекаешь, а пилоты в это время из окон прыгают.

— Да с чего вы взяли, что у них есть парашюты?

— А-а-а! В рекламе показывают. Летчики ириски людям раздают, а сами на выход!

Шатенка, растеряв все остатки профессиональной вежливости, шагнула к креслу, ухватила нарушительницу покоя за плечи, резко встряхнула и прошипела:

— Идиотка! Хватит орать! Садись, иначе велю к трапу милицию вызвать! Совсем обалдела! Ты что, веришь всему, что в телике показывают? Встречала на улицах монстра, который жует жвачку? Или тебе попадались кенгуру, спешащие в аптеку?

Пассажиры захихикали.

— Эта реклама, — заключила шатенка, — на мой взгляд, бездарная! И вообще, с чего вы трамтарарам подняли?

Скандалившая женщина залилась слезами:

— Вы сами тут по проходу бегали, по полу руками шарили, рыдали, говорили: «Дело гиблое!»

Шатенка покраснела:

— Это к вам не относилось.

— А что случилось? — поинтересовался сидевший около меня парень.

— Да, — подхватил хор голосов, — всем интересно!

Старшая бортпроводница поколебалась и ответила:

— Лена кольцо потеряла, очень дорогое, подарок свекрови, фамильную драгоценность!

Я разинула рот. Ну ничего себе! Я чуть не умерла от страха, а все дело в дурацком куске золота!

Шатенка внезапно посмотрела на меня и зло добавила:

— Пассажиры у нас капризные очень. Сказано было любезно: рыба закончилась. Нет, начинают требовать, скандалить, вот Лена и занервничала, а кольцо с пальца и упало.

Моя челюсть отвалилась почти до пояса. Ничего себе! Но я вовсе не буянила, просто попросила подать другой ужин. И потом, каким же это образом палец мог стать тоньше от того, что девица на меня обозлилась? Бред, да и только!

Глава 16

На следующее утро я приехала на Рыльскую улицу, вошла в приемное отделение больницы и спросила у дежурного врача:

— Где у вас гараж?

— Какой? — удивился тот.

— В котором машины «Скорой помощи» стоят.

Доктор отложил ручку.

— У нас такого нет.

— Неужели? — удивилась я. — Как же к вам людей доставляют?

— Зачем вам автомобиль? — поинтересовался врач. — Хотите больного перевезти?

Я покачала головой:

— Понимаете, не так давно я сопровождала в вашу больницу своего соседа, он одинокий человек, и потеряла в «Скорой помощи» кольцо, фамильную драгоценность, подарок свекрови...

Врач улыбнулся:

— Очень жаль, но, думается, вы его не найдете, в особенности если вещь дорогая. Во всяком случае, мне никто ничего не передавал. Давно колечко посеяли?

Я хотела было сказать: «Год тому назад», но потом прищемила язык и задала, в свою очередь, вопрос:

— Но почему у вас нет гаража?

Доктор развел руками:

— Спецтранспорт отсутствует. Была раньше машина, возила нашего главврача, но потом денег не стало, теперь Иван Георгиевич метро пользуется, нашу клинику давно уже закрывать собираются. Здание ветхое, мест мало.

— Но как же больные к вам добираются?

— В «ноль-три» звонят, с подстанции машину присылают.

Я задумалась на секунду, потом спросила:

— И где она находится?

— Наша на Козлова, тут недалеко, — ответил врач и уставился на журнал, лежащий перед ним на столе.

Я тоже машинально глянула на яркое издание — «Женское здоровье». В голову мне пришла замечательная мысль.

Сев в «Пежо», я начала терзать информационную службу своей сотовой сети и через пару минут стала обладательницей нужного телефона. Закурив сигарету, набрала номер в полной уверенности, что сейчас услышу короткие гудки. Наверняка дозваниваться придется целый час. Но трубку сняли мгновенно.

— Слушаю, — произнес приветливый голос.

— Здравствуйте, вас беспокоит журнал «Женское здоровье», корреспондент Дарья Васильева. Хотим сделать материал о вашей подстанции...

— Минуточку, сейчас соединю вас с Андреем Львовичем, — ответила секретарша.

Нет, все-таки наши люди очень беспечны. Ну отчего эта приветливая девушка сразу поверила мне? Ведь сказать можно все, что угодно!

Впрочем, Андрей Львович при встрече тоже не попросил у меня никаких документов. Он радушно угостил меня кофе и весьма откровенно рассказал о своих проблемах. Текучесть кадров, маленькие зарплаты, старый автопарк... Когда он заговорил о машинах, я быстро сказала:

— Знаю-знаю, у вас еще имеются такие допотопные «Волги»-фургоны.

— Ну все-таки дело обстоит не так плохо, — улыбнулся начальник, — мы оснащены микроавтобусами, к сожалению, они...

— А «Волг» нет?

— Давно уже.

— Ни одной?

— Нет, их списали. Кстати, «Волги» оказались не слишком приспособленными для...

— Интересное дело, — бесцеремонно прервала я Андрея Львовича, — год назад одна моя подруга вызвала «Скорую», и с вашей подстанции прибыла такая «Волга».

— Это невозможно.

— Но ее привезли в больницу на Рыльской улице.

— И что?

— Так вроде вы обслуживаете эту клинику.

Андрей Львович улыбнулся:

— С одной стороны, верно, с другой — нет.

— Это как?

— В клинику могут доставить на любом автомобиле. Сейчас можно вызывать машины из платных станций.

— У них есть «Волги»?

Андрей Львович вздохнул:

— Сильно сомневаюсь. У частников великолепный автопарк, правда, стоят их услуги ого-го! А мы возим бесплатно. — Потом он замялся и добавил: — Случается, правда, что берут наши ребята «на лапу», но мы стараемся искоренять это явление. Кстати, если вас интересуют «Волги», они могут быть при поликлиниках, лабораториях, НИИ...

— Машины с красным крестом?

— Конечно, — спокойно подтвердил Андрей Львович, — а еще существуют медсанчасти и санитарные посты на различных предприятиях. Времена сейчас суровые, денег на медицину выделяют мало, вполне вероятно, что подобный автомобиль еще на ходу. Если он в хороших руках находится, может весьма бойко бегать. А почему вас так взволновала «Волга»?

— Да следующий материал мне заказали про автозавод, — отмахнулась я, — не берите в голову.

Андрей Львович начал рассказывать о ветеранах подстанции, а я погрузилась в свои мысли. Поликлиники, медчасти, санитарные посты... А еще к этому списку смело можно добавить всякие НИИ, имеющие лаборатории... И потом, вдруг та допотопная машина была из Подмосковья? В области предприятия бедные, вот и используют «старушку». Короче говоря, дело, похоже, безнадежное!

В полном отчаянии я покатила в Ложкино. Может, начать с другого конца? Но с какого? Гарик Сизов абсолютно твердо заявил, что никому ни слова не проронил о деньгах. В курсе были только Олег и Майя.

Майя на мой вопрос, говорила ли она кому-нибудь о планах Сизова и о долларах, спокойно ответила, что не имеет привычки трепаться о своих делах, даже мужу не сообщила, он ревнив до болезненности и мог подумать всякую ерунду. Конечно, если бы план удался и они с Олегом и Гариком стали совладельцами собственного предприятия, Майя объяснила бы супругу кое-какие детали, но не раньше.

Ленку тоже не посвятили в суть дела. Уж не знаю, чем руководствовался Олег, отчего не рассказал любимой жене про полмиллиона долларов, но факт остается фактом: она ничего не знала. Когда милиция занялась пропажей Олега, Ленка только плакала и твердила:

— Не понимаю, куда он мог подеваться!

Ей был задан прямой вопрос:

— У вашего супруга в тот день имелась на руках крупная сумма?

Она ответила:

— Да нет, тогда было всего двести рублей. Олег никогда не носил большие суммы, если не собирался за покупками.

Конечно, она могла соврать, но мне в это верится с трудом. Если бы сотрудники правоохранительных органов сразу узнали про полмиллиона долларов, следствие пошло бы по правильному пути, а любой, даже никак не связанный с милицейскими структурами человек знает: преступление легче раскрывать по горячим следам. Ленка очень хотела найти мужа, моталась по гадалкам и экстрасенсам — и молчала про деньги? Нелогично получается.

Может, Олег все же разболтал об афере? Но кому?

Из раздумий меня вывел резкий голос:

— «Пежо», номерной знак 337, немедленно остановитесь.

Я послушно припарковалась, вылезла наружу и увидела парня в форме сотрудника ГИБДД, идущего ко мне от патрульной машины.

— Пьяная? — спросил он.

Я возмутилась:

— Я вообще не пью! Что я сделала не так?

Паренек ткнул жезлом влево:

— Вон на том перекрестке постовой велел вам притормозить, отчего не послушались?

— Извините, я задумалась и не заметила.

— На дороге нельзя мечтать, — протянул постовой и начал изучать мои документы.

— А как вы узнали, что я не остановилась на перекрестке?

Патрульный хмыкнул:

— Так по рации ваш номер передали, подумали, водитель пьян или скрыться хочет. Хотя это глупо...

— Пить?

— И пить тоже, и пытаться скрыться от наших сотрудников.

— Ну да?

— Конечно, номер записан, пробьем через компьютер и получим адрес. Всегда лучше остановиться, а не усугублять свою вину бегством. Машины-то все в ГИБДД зарегистрированы!

Внезапно меня осенило, я схватила постового за крагу.

— Все-все?

— Конечно.

— Любые?

— Естественно. Номерной знак есть — значит, на учете.

— Только личные?

— Чего?

— Регистрируют только частных автомобилевладельцев?

— Нет, служебный транспорт тоже.

— А «Скорую помощь»?

— И пожарные, и Мосгаз, и Мосводопровод, да в чем дело? — удивился он.

Я чуть было не кинулась ему на шею, но удержалась и пробормотала:

— Большое спасибо, дружок, ты мне страшно помог.

Юноша вернул мне документы:

— Проезжайте.

Чуть переваливаясь, он пошел к бело-синему «Форду». Я плюхнулась на сиденье и закурила. Вот ведь как случается в жизни, на самые сложные вопросы есть очень простые ответы. Значит, «Волга» зарегистрирована, на нее имеется карточка с фамилией, именем и адресом владельца. Осталась сущая ерунда — подобраться к нужной информации.

Я сунула окурок в пепельницу. Конечно, самое простое — это обратиться к Дегтяреву. Полковник мигом узнает, сколько таких «Волг» осталось в столице. Но Александр Михайлович ни за что не станет делать этого, более того, он мигом насторожится и начнет задавать нелепые вопросы, пытаясь вызнать, зачем мне список машин. Ох, нет, нужно действовать по-иному... Так и не придумав ничего хорошего, я вернулась в Ложкино и налетела на Диму, мрачно разглядывавшего огромные мешки.

— Здрассти, — сказал прораб.

— Привет, что там упаковано? Надеюсь, не парочка трупов?

Дима покраснел:

— Нет, конечно, мусор выносим.

В ту же секунду хлопнула входная дверь, появились двое парней в спецовках, за ними вошел Снап. Наш ротвейлер очень любопытен, хотя эта черта характера больше присуща кошкам. Но Фифина и Клеопатра большую часть времени проводят в сладкой полудреме, а Снап никогда не упустит возможности повертеться под ногами.

— Бери, Пашка, за дно, — велел один из парней.

Второй молча повиновался, рванул мешок вверх. Раздался грохот, взметнулся столб пыли.

— Вот... — сказал рабочий, — разорвался, гад, теперь придется собирать!

Я чихнула и пошла наверх. Зайка, затеявшая ремонт, чтобы выжить из дома незваных гостей, благополучно отбыла в командировку, оставив нас в полнейшем разгроме. Кстати, интересно, сколько времени продлится это безобразие?

Я притормозила на лестнице и крикнула:

— Дима!

Прораб, собиравший вместе с рабочими мусор, выпрямился:

— Здрассти!

— Как долго продлится ремонт?

Парень беззвучно зашевелил губами:

— Ну... трудно сказать.

— Все-таки попробуй.

— Месяца три-четыре.

Я чуть не упала со ступенек.

— Почему так долго?

— Так мы по правилам все делаем! Штукатурка сохнет шестьдесят дней.

— Сколько?!

— Иначе трещины пойдут, — пустился в объяснения Дима, — не хочется халтуру гнать, вы торопитесь? Мы — нет. Тише едешь, дальше будешь.

Ага, от того места, к которому едешь. Терпеть три месяца разгром, грязь и запах! Ну, Зайка, учудила. Кстати, на Генри и Генку ремонт не произвел никакого эффекта. Мой бывший муженек целыми днями гоняет по городу и появляется в Ложкине только ночью, а Генри ищет своего гуся и не замечает ничего вокруг.

Я распахнула дверь своей спальни и ойкнула. В комнате словно Мамай прошел. Конечно, я не страдаю излишней аккуратностью и частенько бросаю вещи на кресло. Их потом аккуратно развешивает ворчащая Ирка, но я никогда не выгребала все содержимое шкафа на пол, не отодвигала его от стены и не стаскивала матрац с кровати. Внезапно меня охватил ужас. Неужели Зайка договорилась о ремонте в моей спальне? Вещи вытряхнули, мебель приготовили к выносу... Придется ночевать в каморке под лестницей!

Я выбежала на лестничную площадку и заорала:

— Дима!!!

Прораб поднял голову:

— Здрассти!

— Прекрати здороваться, — обозлилась я.

— Совсем? — оторопел парень. — Что же говорить при встрече?

— Лучше всего «до свидания», — прошипела я. — Ну-ка скажи, зачем вы расшвыряли все в моей спальне? Да будет тебе известно, некрасиво рыться в шкафах в отсутствие хозяйки.

Дима попятился:

— Мне бы и в голову такое не пришло.

— Тогда кто постарался?

— Понятия не имею.

Сообразив, что прораб тут ни при чем, я понеслась разыскивать Ирку. Домработница преспокойно вкушала кофеек на кухне. Иногда я жутко завидую ей, она невозмутима как танк, никогда не выходит из себя, на любое замечание реагирует без всяких эмоций, не обижается и не торопится выполнять работу.

Но на этот раз, когда я вполне нормальным тоном ее окликнула, последовала совершенно неожиданная реакция. Домработница, сидевшая спиной к двери, подскочила, уронила на колени чашечку с остатками «арабики» и заорала:

— Чтоб тебя разорвало!

Я удивилась до крайности. Ирка никогда не грубит. Максимум, на что она способна, это поджать губы и вздернуть брови. До сих пор никому из домашних не удавалось вывести ее из себя. И вдруг такая реакция!

— Извини, пожалуйста, — растерянно пробормотала я, — не хотела тебя напугать.

Ирка поставила на стол пустую чашку и вздохнула:

— Пропала юбка, кофе не отстирается. Это вы меня простите. Думала, опять гусь подкрался, прямо до обморока довел.

— Гусь? — удивилась я. — Какой?

— Оранжевый, — мрачно ответила Ирка.

— Так он и впрямь живет у нас?

— Объясни человеку нормально, — подала голос из кладовки повариха.

— Слов у меня нет! — выпалила Ирка. — Все

кончились, а те, которые остались, лучше не произносить!

— Давайте расскажу, — предложила Катерина, выходя из чуланчика в кухню.

Глава 17

Оказывается, весь сегодняшний день Генри носился по нашему дому, сжимая в руках ноутбук и длинную палку с коробочкой на конце. Сначала он с воплем влетел на кухню и бросился вынимать из шкафов многочисленную утварь. Маруська, собиравшаяся на занятия в Ветеринарную академию, удивленно спросила:

— Вы что-то потеряли?

— Тут он, — сообщил орнитолог, размахивая компьютером.

— Кто?

— Гусь!!!

Маня сначала потеряла дар речи, чего с ней практически никогда не происходит, но потом все же поинтересовалась:

— Вы предполагаете, что птица свила гнездо в кастрюлях?

Генри на секунду замер, потом сказал:

— Я компьютерную программу получил, новую, очень точную. Гусь сейчас находится на кухне. Вот эта светящаяся точка на экране — его положение в доме, ясно?

Маня кивнула. Генри с удвоенным энтузиазмом продолжил разгром пищеблока. Маруська повертела пальцем у виска и убежала. Через пару минут орнитолог издал вопль:

— Он улетел!

Спотыкаясь о разбросанные сковородки и кастрюли, ненормальный мужик понесся куда-то на второй этаж, а Ирка и Катерина остались среди хаоса. Не успели они поставить горшки на место, как раздался крик:

— Пусти меня!

— С ума сошел!

— Немедленно открой!

— Ни за что, Ира, помоги!!!

Домработница ринулась на второй этаж и нашла Генри, исступленно колотящегося в дверь Машиной спальни. Пытаясь сохранить спокойствие, домработница сказала:

— Ваша комната в другом конце, здесь Маруся живет.

Орнитолог перевел на домработницу безумный взгляд.

— Там гусь! Компьютер показывает!

Ирка знает, что с сумасшедшими спорить опасно, поэтому осторожно ответила:

— Да-да, конечно, сейчас девочка оденется, и вы войдете!

Генри замер под дверью, домработница на всякий случай осталась с ним. Примерно через полчаса Манюня приоткрыла дверь, боком протиснулась в коридор и предложила:

— Может, Василия вызвать?

Василий Сергеевич — наш домашний доктор. Ирка не успела отреагировать на разумное предложение, потому что Генри с боевым воплем команчей бросился в детскую и в один момент расшвырял там все. Домработница, поняв, что ей теперь придется приводить в порядок и это помещение, начала потихоньку злиться.

Но на этом Генри не остановился, он принялся носиться по комнатам и зимнему саду, оставляя после себя пейзаж, напоминавший декорации к фильму «Зачистка дома в Грозном федеральными войсками». Домработница, убрав вываленные вещи, устала, присела передохнуть, глотнуть кофейку и, услышав за спиной мой голос, перепугалась, решив, что псих вернулся, чтобы еще раз разбомбить с трудом приведенную в порядок кухню.

— И где он сейчас? — сердито спросила я.

Ирка вздрогнула.

— Такси вызвал и в город укатил, в Дегтярный переулок. Вроде этот гусь внезапно туда перелетел. Вы уверены, что Генри безопасен, а? Вдруг на нас с ножиком накинется?

— Не, такие тихие, — философски заметила Катерина, — вот у моей двоюродной сестры муж был, марки собирал. Тоже на психа походил, придут, бывало, гости, сядут чин-чинарем за стол, а Павел всем под нос альбомчик тычет. Сестра моя как рявкнет: «Отстань от людей!»

Все, он отойдет и в углу устроится. Правда, пользы от него никакой: ни денег заработать, ни в доме чего починить не умеет, только о марках и думает! Псих, одним словом. А вот...

Но Катерина не смогла продолжить дальше повествование, потому что из холла раздался грохот, разноголосый крик и отчаянный собачий визг. Не сговариваясь, мы понеслись на звук.

Посреди прихожей опять высилась гора мусора. Над ней, матерясь, стояли Паша и еще один рабочий с нездорово красным лицом. Увидев нас, пролетарии замолчали и мрачно начали собирать куски того, что еще недавно было штукатуркой. Чуть поодаль, поджав правую переднюю лапу, рыдал Снап. Остальные собаки, желая пробраться к нему, лезли через гору мусора. Я увидела, что Хучик и Жюли чуть было не наступили на парочку длинных ржавых гвоздей, торчавших из деревяшки, и приказала:

— Ира, немедленно запри стаю наверху.

Домработница принялась загонять псов на лестницу, но те нервничали и не желали уходить. Банди изловчился, перепрыгнул Эверест из битых кирпичей и начал энергично вылизывать воющего Снапа.

— Что с ротвейлером? — строго спросила я.

Дима, гладивший плачущего Снапа по голове, повернулся ко мне:

— Здрассти!

Первый раз в жизни мне захотелось взять в руки кирпич и швырнуть его в человека. С трудом удерживаясь от этого непарламентского поступка, я процедила сквозь зубы:

— Мы уже здоровались, раза четыре, не меньше. Что случилось со Снапом?

— Я не виноват, — быстро ответил Паша, — случайно вышло, лом ему на лапу уронили, видно, сломали.

В этот момент Хучик вырвался из рук Ирины и вновь храбро полез на отходы строительства. Жюли не отставала от приятеля. К тому же появились кошки. Наши Фифа и Клепа очень четко чувствуют настроение домашних. Стоит кому-нибудь занервничать, как кошки тут как тут. Вот и сейчас они слезли с теплого местечка у камина и начали нервно мяукать и трясти хвостами.

— Страсть как котов боюсь, — пробормотал красномордый строитель.

Бух! Бух! Все невольно повернулись вправо. Почти слепая и совершенно глухая пуделиха Черри пыталась пробраться к месту происшествия через мешки с цементом.

— Пуделя бери! — крикнула повариха Паше. — Сейчас бумагу прорвет.

Но малорасторопный строитель не понял.

— Кого? Берри? Это кто такая?

— Долго соображаешь! — взвизгнула Катерина.

Я только вздохнула. Верхний мешок лопнул и засыпал глухую пуделиху серым порошком. Черри у нас дама преклонного возраста. То, что она слепая и глухая, я уже говорила, но это полбеды. К сожалению, пуделиха впала в старческий маразм. Черри бесполезно ругать, она не понимает, отчего на нее сердятся, и у несчастной старухи делается такая обиженная морда, что я мигом подсовываю ей строго-настрого запрещенные конфеты. При взгляде на пуделиху у меня часто возникает мысль: а что случится со мной, если, не дай бог, я доживу до ста лет? Может, тоже начну воровать на кухне съестное и лопать в кровати у Зайки, пачкая белье!..

— Стой, — завопила Ирка, растерявшая привычное спокойствие, — Черри!

Испугавшись, пуделиха на секунду замерла, потом с визгом кинулась наверх, оставляя повсюду горки цементной пыли.

— Остановись, кретинка! — взвыла домработница и побежала за собакой.

Банди, принявший все происходящее за новую веселую игру, подскочил к мешкам и со всей дури долбанул по ним треугольной черной головой. Бах! Вверх взметнулось облако. Став в одночасье серым, питбуль погарцевал по коридору в сторону кухни. За ним, размахивая полотенцем, кинулась Катерина. Я перевела взгляд в сторону и увидела, что Хучик самозабвенно грызет кусок грязной деревяшки, а Жюли меланхолично писает на целый мешок с алебастром.

Руки просто опустились. Огромным усилием воли я взяла себя в руки и стала раздавать указания:

— Паша! Немедленно собирай мусор! Вы... э... простите...

— Коля, — представился красномордый, — можно просто по имени.

— Хорошо, вы заметайте цемент. Дима!

— Здрассти!

Руки сами собой схватили швабру, которую бросила Ирка. От смерти прораба спас возглас Паши:

— Ну и ну! Гляньте-ка!

Ожидая увидеть самое худшее, я выглянула в окно. Перед глазами предстала дивная картина. В наш двор медленно вкатывал черный «Запорожец», который тащил на тросе... «Мерседес» Аркадия. Ситуация напоминала глупый анекдот. Я вылетела на крыльцо. Мрачный сын, буркнув: «Привет», — прошел в дом.

— Что случилось? — спросила я у Дегтярева.

Страшно довольный полковник ответил:

— Все смеялись над моим автомобилем, издевались над его размером и цветом... Ну и что? Кто Аркадия приволок, когда он на повороте заглох?

Внезапно из холла донесся крик. Я вернулась в дом. Гора строительного мусора стала еще больше, и из нее торчали красивые мужские ботинки отличного качества. С другой стороны кучи битого камня причитала Ирка:

— Аркадий Константинович, вы убились!

— Мешок гнилой, — ныл Паша, — порвался, зараза, хозяин споткнулся и упал, а я на него случайно мусор высыпал, не хотел, ей-богу!

— Немедленно откопайте его! — заорала я, теряя остатки самообладания. — Коля! Вытащи Аркадия! Паша! Неси в мою машину Снапа! Дима!!!

— Здрассти! — пролепетал прораб.

Странно, но меня перестала раздражать его идиотская манера здороваться через каждые две минуты.

— Дима!!! Помоги Павлу!!! Ротвейлер не кусается! Александр Михайлович! Возьми Хуча, Жюли и Банди да запри их в своей комнате. Катерина!!! Унеси кошек!

Все бестолково начали выполнять мои указания. Когда перемазанный с головы до ног Аркадий, отплевываясь, сел на пол, я мигом ретировалась. Лучше оказаться в этот момент подальше, да и Снапа следовало срочно отвезти к врачу.

В приемной у ветеринара сидел только один мужчина с маленькой болонкой. Увидев ковыляющего на трех лапах ротвейлера, он подхватил свою любимицу и прижал к груди.

— Не волнуйтесь, — успокоила я его, — Снапун — миролюбивый пес. А что с вашей собачкой?

Хозяин тяжело вздохнул:

— Ремонт в недобрый час затеял, и случайно Марте хвост прищемили.

— Выходит, мы товарищи по несчастью, —

пробормотала я, — в такой же ситуации псу лапу повредили.

Примерно через час я вывела Снапа с загипсованной лапой во двор, открыла «Пежо» и с большим трудом запихнула каменно-тяжелое тело собаки на заднее сиденье. Ротвейлер, напуганный медицинскими процедурами, решил поменьше шевелиться, справедливо полагая, что хозяйка не оставит его тут, во дворе, а втиснет кое-как в автомобиль.

Рядом были припаркованы «Жигули» с помятым капотом. Хозяин болонки вытер руки тряпкой и в сердцах воскликнул:

— Вот дрянь какая, не заводится! Хоть в клинике ночуй!

— Вам далеко? — спросила я.

— На Карпушинскую улицу.

— Садитесь, подвезу.

— Туда же едете? — обрадовался он, вытаскивая из машины дрожащую болонку.

— Честно говоря, нет, я живу под Москвой, в Ложкине, но ведь не оставлять же вас в беде.

— Я заплачу!

— Даже не думайте, садитесь.

Мужик колебался.

— Боитесь женщины за рулем? — усмехнулась я. — Ей-богу, не стоит. «Пежо» новый, совершенно исправен, вожу я аккуратно, да и выбора у вас нет, возле клиники трудно поймать такси.

— Женщины водят осторожнее мужчин, — улыбнулся хозяин болонки, — просто мне неудобно без денег, опять же бензин потратите!

— Послушайте, — вздохнула я, — мы примерно одного возраста и еще помним, что не всегда все мерили деньгами, давайте залезайте. Ваша собачка совсем замерзла.

По дороге мы познакомились. Константин оказался веселым попутчиком. Всю дорогу он развлекал меня анекдотами и охотничьими рассказами, и я смеялась от души. Снап и болонка тоже почувствовали взаимное расположение и, прижавшись друг к другу, мирно сопели на заднем сиденье.

На Антоновской улице Константин сказал:

— Вот тут налево, так быстрей будет.

— Нельзя, там запрещающий знак.

— Поворачивайте.

— Нет-нет.

— Вы всегда так исправно следуете правилам?

— Конечно, их придумали для нашей безопасности.

— Похвальное качество, но, если мы поедем прямо, разворот будет только через три километра, давайте нарушим.

Я решила послушаться, и тут же раздался резкий свист. От досады я стукнула кулаком по рулю:

— Ну надо же! В такое время их обычно не бывает. Придется штраф платить.

— Сидите спокойно, — улыбнулся Константин.

Когда постовой нагнулся к окну, мой пассажир вынул удостоверение и сказал:

— Свои.

— Так точно, — взял под козырек сержант, — доброго здоровья, я узнал вас!

Насвистывая, патрульный пошел к своей машине.

— Вы сотрудник милиции! — догадалась я.

— Ну вроде как, — улыбнулся Константин, — начальник отдела ГИБДД. Вот, держите, моя визитка. Соберетесь техосмотр проходить, звякните, сделаем все в лучшем виде, без очереди, вы где на учете стоите?

Я чуть было не бросилась мужику на шею:

— Костя! Помогите!

— В чем дело? — изумился попутчик.

— Мне надо узнать имя и адрес владельца машины «Скорой помощи». «Волга»-фургон белого цвета.

Константин не удивился, помолчал секунду и ответил:

— Это невозможно.

— Но почему?

— «Скорая помощь» не принадлежит частному лицу, она зарегистрирована на предприятии, у автомобиля нет личного владельца.

Я растерялась:

— Значит, нельзя узнать, кто управляет такой машиной?

— Отчего же? Запросто.

— Но вы же только сказали, что у «Скорой» нет личного владельца?

— Хозяин и шофер не всегда одно лицо, — терпеливо объяснял Костя, — многие водят автомобили по доверенности. А на служебный транспорт обязательно выдается путевой лист. В нем точно указано, кто, когда и куда ездил. Ну, допустим, девятого февраля Иванов Иван Иванович отправился на Тверскую, потом в Подмосковье, из гаража выехал в восемь ноль-ноль, вернулся в двенадцать десять. Весь маршрут тщательно расписан.

— Эти листы сохраняются?

— Конечно, в бухгалтерии. Это документы строгой отчетности. Шоферу ведь выдают талоны или деньги на бензин. Он должен объяснить, сколько топлива израсходовал. Правда, на некоторых предприятиях особо не придираются, и водитель просто пишет: «Поездка по городу». Зато на других требуют до мельчайших деталей указывать путь.

Константин замолчал, а потом спросил:

— Номерной знак знаете?

— Нет.

— Зачем вам информация о «Волге»?

Я вздохнула:

— В двух словах не рассказать.

— Можно и не торопиться, — сказал он, — давайте поднимемся ко мне.

Глава 18

Квартира Константина выглядела ужасней нашего холла. Повсюду битые кирпичи, доски, пыль и строительный мусор. На кухне сиротливо стоял крохотный столик и две табуретки. Костя включил чайник.

— Сыр будешь? — перешел он на «ты».

Я кивнула, получила чай с бутербродом и начала рассказывать историю, случившуюся с Олегом Гладышевым.

Костя оказался хорошим слушателем. Когда я умолкла, он спросил:

— Хочешь мое мнение?

— Да.

— Поройся в личной жизни приятеля, думается, он кому-то трепанул про деньги. Может, любовнице.

— Олег любил Ленку.

Костя иронично улыбнулся:

— Типично женское заблуждение. Я тоже люблю жену, забочусь о ней, вот ремонт затеял, чтобы она из больницы в чистую квартиру вернулась, но это не помешает мне сходить налево. Любовница семейному счастью не помеха, здоровый левак укрепляет брак.

— Олег не такой!

— Все такие. Поговори с его женой, изучи его записную книжку, многие мужчины записывают «хитрые» телефоны на последней странице. Допустим, Иван Иванович и номерок. Позвонишь по такому, тут же выяснится, что никакого Ивана там нет, а проживает Аня или Таня.

— Ленка в больнице, — покачала я головой, — в сознание не пришла. Каждый день туда звоню.

— Почему в нее стреляли?

— Ограбить хотели. Лена часто забывала дверь запереть, вот они и воспользовались.

Костя налил себе еще чаю и покачал головой:

— Конечно, я всего лишь в дорожной инспекции работаю, но что-то в этом мне кажется странным. Зачем лезть в дом к не очень обеспеченной женщине?

— Так они зашли в первую попавшуюся квартиру!

— Она на каком этаже живет?

— На седьмом.

Костя хмыкнул:

— Однако! Далеко заехали. Обычно шерстят на первом. Да еще говоришь, лифтершу убили.

— Эти два преступления между собой не связаны. Баба Клава небось не захотела пустить в подъезд какого-нибудь отморозка.

Константин принялся насвистывать. Потом хлопнул ладонью по столу:

— Хорошо, завтра к полудню приезжай ко мне на работу, дам тебе список.

Костя был деловым человеком. На следующий день в начале первого в моих руках оказался листочек.

— В Москве осталось всего пять «Волг»-фургонов? — удивилась я.

— Их больше, — пояснил Костя, — но я тут покумекал и решил, что остальные ни при чем.

— Почему?

— Помнишь, немец сказал тебе, что шофер и пассажир вынули из машины носилки? Железные палки с брезентом? Допотопный способ переноса больных, но «Волги»-фургоны другими, современными каталками не оснастить. Следовательно, машину использовали по прямому назначению: для перевозки людей. Таких всего пять, остальные переоборудовали для других целей.

— Каких?

— Пробирки возят, белье в прачечную, питание в детские дома. Фургоны переделаны таким образом, что никакие носилки туда не лезут. Если твоего Олега и увезли с Рыльской улицы, то в одной из этих пяти машин.

Я вышла на улицу, села в «Пежо», раскрыла атлас и принялась прокладывать маршрут. Первый визит нанесла в Боткинскую больницу. Там меня ожидал сюрприз. «Волга»-фургон, несмотря на преклонный возраст, бойко бегала по улицам столицы, только управляла ею женщина, Калинина Нина Петровна.

— Старушка на старухе ездит, — хихикая, пояснил мне молоденький завгар, — никому из ребят неохота на развалюхе позориться, а Нине Петровне даже нравится, «Волга» у нее вроде персональной машины.

— Тридцать первого декабря позапрошлого года тоже она за рулем сидела?

— Больше некому, — ответил он, — если Калинина заболела, фургон тут куковать останется.

Я со спокойной душой вычеркнула первую строчку и отправилась в другую больницу. Там заведовал гаражом маленький сморщенный старичок с весело блестевшими глазками. Узнав, что к нему явилась корреспондентка, пишущая об истории автомобиля «Волга», дедок приосанился и вывалил кучу технических подробностей, от которых у меня закружилась голова. Карбюратор, амортизатор, генератор, катализатор...

— Так ваша «Волга» на ходу? — прервала я его.

— А как же!

— И кто на ней ездит?

Дедушка хитро подмигнул мне:

— А кто надо!

— Сделайте милость, познакомьте меня с шофером.

— Зачем?

— Ну, хочу расспросить о машине.

— Сам расскажу, — разозлился дедок и завел прежнюю песню.

Бензопровод, тормозные колодки, ходовая часть, сцепление... Меня слегка затошнило, я предпочитаю ездить на «Пежо» и не задумываться о том, что находится под капотом.

Битый час я так и этак пыталась выдавить из завгара имя шофера, но потерпела полное фиаско и решила наведаться в бухгалтерию, чтобы заглянуть в путевой лист.

— Эй, журналистка, — тихо окликнул меня уже во дворе мужчина лет сорока в грязных джинсах, с промасленной тряпкой в руках, — зачем тебе знать, кто на фургоне катается?

Я вздохнула:

— Редакция материал заказала и потребовала обязательно интервью с шофером!

Механик ухмыльнулся:

— У Сергеевича она.

— У кого?

— Ну ты сейчас с Петром Сергеевичем разговаривала, завгаром нашим, он сам на «волгаре» и катается.

— Почему же он не захотел мне сказать? — опешила я.

Слесарь рассмеялся:

— Ясное дело почему! Сергеевич фургон давным-давно в деревню отволок, под Рязань, там и рулит летом. Плохо разве? Машину не покупал, а имеет. Своя рука владыка. Небось напел вам, что фургон не на ходу, вот вышестоящее начальство и забыло про колымагу. Да и кому она нужна? Стыд, а не автомобиль, зато Сергеевичу в самый раз мешки с картошкой возить. Ежели кто проверку затевает, он под Рязань смотается, и готово, стоит «Волга» на месте, без колес. Одним словом, приватизация тачки!

— И давно он ее «приватизировал»? — заинтересовалась я.

Механик пошевелил губами:

— Ну... лет пять уж будет. Правда, сначала только на субботу с воскресеньем брал, а потом осмелел и вообще притырил. Эх, хорошо быть начальством!

Я вычеркнула вторую строку и поехала в поликлинику, принадлежащую заводу «Вперед».

«Волга»-фургон стояла возле центрального входа. Обрадовавшись, я вошла внутрь и спросила в регистратуре:

— Простите, там во дворе автомобиль «Скорая помощь», где я могу найти шофера?

Хмурая тетка лет пятидесяти, читавшая газету, не отрывая глаз от нее, буркнула:

— Доставка больных платная, идите сначала в кассу, а потом сюда, увижу квитанцию и вызову водителя.

— Мне с ним просто поговорить надо!

— Оплатите квитанцию.

— На разговор?

Регистраторша оторвалась от увлекательной статьи про гомосексуалистов на эстраде и недовольно поинтересовалась:

— В чем дело?

— Ваш шофер запер на стоянке мою машину, вот хочу, чтобы отогнал свою колымагу.

— По коридору налево до конца, последняя дверь, за туалетом, — сообщила она и вновь уткнулась в газету, потеряв ко мне всякий интерес.

В крохотной комнатушке я нашла парня лет двадцати пяти, кудрявого, словно нестриженый пудель, и девушку примерно того же возраста в белом, слишком узком нейлоновом халатике. Оба были недовольны, я явно прервала свидание.

— Если на укол, — сердито заявила девица, — подождите у кабинета, обед у меня. Там же расписание висит! Ну народ! Нет чтобы прочитать! Обязательно надо вломиться...

— Простите, пожалуйста, — потупилась я, — но я не состою на учете в этой поликлинике.

— Тогда чего надо? — окончательно вышла из себя девчонка. — Не видите, я передохнуть присела.

— Да-да, конечно, — я усиленно изображала дуру, — я ищу не вас, а шофера «Волги»-фургона.

— Ну, — протянул парень, — вот он я.

— Ой, как хорошо!

— Если везти кого, то можно так договориться, без кассы, — зевнул водитель.

— Даром? — не удержалась я.

Шофер поперхнулся:

— С какой стати?

— Действительно, — быстро подхватила я, — всякий труд должен быть оплачен, вот, держите.

Парочка уставилась на зеленую купюру. Вид ассигнации подействовал на грубиянов завораживающе. Первой обрела дар речи девица:

— Кофе хотите? Пока Славик заведется, чашечку опрокинуть успеете.

Да уж, лучший воспитатель хамов — денежный мешок.

— Мне не надо никуда ехать.

— Зачем тогда платите? — удивился Славик.

Но девица была более сообразительной. Она быстро схватила банкноту и спросила:

— Что делать нужно? Мы с мужем готовы.

— Просто ответить на пару вопросов.

— Вы из легавки? — насторожился тугодум Славик.

— Ну где ты видел ментов, которые расплачиваются с людьми? — вздохнула медсестра. — Они скорее отнимут, чем дадут!

— Твоя правда, Светка, — согласился супруг и успокоился.

— Давайте спрашивайте, — поторопила меня Света, — а то скоро обед кончится, и уроды скандалить начнут.

— Вы один ездите на «Волге»?

— Ага, — кивнул Слава, — с восьми до пяти, если задержаться надо, то могу за отдельную плату.

Я подавила вздох. С жадным человеком легко иметь дело, он согласится на все, услыхав шорох купюр, правда, общаться с такой личностью противно, но ведь мне с парнем детей не крестить.

— Помните, что делали тридцать первого декабря позапрошлого года?

Слава ухмыльнулся:

— Новый год встречал, оливье кушал и водочку пил.

— Понятно, — кивнула я, — это вечером, а днем? Куда ездили?

Славик захихикал:

— Ну вы даете! Кто же такое упомнит! Наверняка начальницу катал, я в позапрошлом году в налоговой инспекции водилой пахал, а потом сюда, к Светке, ушел. Больно тетка из налоговой противной была, да и подработать там трудно, а здесь свобода!

Почувствовав горькое разочарование, я все же решила не сдаваться:

— А кто здесь до вас баранку крутил?

Слава посмотрел на Светку.

— Федька Мыльников, — ответила та.

— Если дадите мне его телефон или адрес, получите еще денег, — сказала я, открывая портмоне.

Света пожевала нижнюю губу:

— А зачем вам его телефон?

— Скажите, этот Мыльников молодой? — проигнорировала я ее вопрос.

— Не, — ответила, не раздумывая, Света, — пожилой, сорок стукнуло!

В моей душе поднялась буря негодования. Видали? «Пожилой, сорок стукнуло!» Значит, мне уже пора, завернувшись в простынку, отползать на кладбище? Но тем не менее я продолжала:

— Он хорошо одевался?

Светка махнула рукой:

— Умора! Старый уже, а все под молоденького косил. Курточка до пупа, джинсы клешеные, в ухе серьга! Прямо курам на смех. Со спины парень хоть куда, а на лицо глянешь и обалдеешь! Чудак!

— Небось обувь носил модную, «казаки»... — протянула я.

Медсестра кивнула:

— Угадали. Да еще какие купил! Все в заклепках, носы длинные-предлинные. Я один раз не утерпела и говорю: «Как же вы, Федор Ильич, в такой обуви автомобилем управляете? У меня муж шофер, он ни за что такую «красоту» не нацепит!»

— И что же ответил Мыльников? — спросила я, ощущая себя фокстерьером, который сунул нос в нору лисы.

Сестра скорчила гримасу:

— Шлепнул меня пониже спины и рявкнул:

«Вот за своим сокровищем и следи, а за мной не надо».

— Найдете его координаты?

— Можно попробовать, — задумалась Света, — наверное, в отделе кадров адрес сохранился. Да зачем вам?

— Поговорить надо с Федором.

Света и Слава переглянулись.

— Не сможет он с вами говорить, — сказала медсестра.

— Это уже не ваша печаль, — рассердилась я, — хотите деньги получить, достаньте его координаты. А нет, так сама найду.

— Телефон я сейчас принесу, — пообещала Света, — только он вам без надобности будет. Мыльников — холостяк, в его квартире небось другие живут.

— А сам он куда делся? — удивилась я.

— Умер, — спокойно ответила она.

— Когда?

— Год назад... Славка, ты когда оформился сюда на работу?

— Пятнадцатого января прошлого года, — мигом отрапортовал муж.

— Ну вот, значит, Федор помер числа восьмого, — подсчитала Света.

— Что же с ним случилось? — в полном отчаянии воскликнула я.

— Водки выпил, — пояснила медсестра.

— Купил, наверное, в ларьке бутылку, а она паленая, — подтвердил Слава, — наглотался и помер. Случается такое, вот поэтому я спиртное только в супермаркете беру.

— Молчи уж, — треснула его по затылку Света, — нашелся выпивоха! И думать о водке не смей!

— Да я чего, я ничего, — забубнил Слава, прочно сидевший у бойкой женушки под каблуком.

Я слушала их перебранку, ощущая полную опустошенность. Все, тупик, приехали. Второго мужика, пассажира в черной кожаной куртке и синих джинсах, мне никогда не найти. Под эти приметы подходит половина населения Москвы. Мрачно вздохнув, я повернулась к двери.

— Эй, погодите-ка, — окликнула меня Света, — если еще заплатите, расскажу кое-что интересное!

Глава 19

— Что именно? — осторожно спросила я. — Что может быть интересного, если Мыльников умер? Адрес на кладбище, где похоронен несчастный, мне не нужен!

— Деньги вперед, — не дрогнула медсестра.

— А если ваши сведения мне не понадобятся?

— Кто не рискует, тот не пьет шампанского, — ухмыльнулась Света, — я телефончик один знаю!

Недотепистый Слава смотрел на жену, разинув рот. Да уж, с такой оборотистой половиной парень может не беспокоиться об обеспеченной старости. Похоже, Светочка способна заработать в любой ситуации.

Пришлось вновь доставать кошелек. Медсестра любовно приняла купюру и заявила:

— Не одна вы Федькой интересуетесь! Приходил сюда еще кое-кто, расспрашивал о нем.

— И кто же?

Света поправила завитые кудряшки.

— Девчонка, мелкая такая, на крысу похожая. Дала мне сто рублей, сказала, больше нет. Впрочем, наверное, и впрямь бедная, одета была хуже некуда. На дворе январь, мороз, а она в ботиночках легких и в куртешке до жопы. Прямо вся синяя ввалилась.

— Когда же она приходила?

— Федька откинулся в начале января, — вспоминала Света, — Славик оформился пятнадцатого, а девчонка заявилась сразу после того, как мужа на работу взяли. Плакала очень, убивалась прямо, просила «Волгу» осмотреть, якобы там вещи остались Федины.

— А вы что?

Света презрительно пожала плечами:

— Так ведь она не жена, шалава просто. Жила вместе с Мыльниковым, только у Федора таких, с позволения сказать, супружниц на каждом углу по пять штук стояло.

— Это точно, — кивнул Слава, — все говорят, большой ходок Федька был!

— Уж она тут ревела, — с энтузиазмом вещала Света, — мне прямо смешно стало! Чего убиваться!

— Вы ей так и не разрешили в машину заглянуть?

— Пожалел ее Славик, — прищурилась Света, — добрый он у меня слишком, отвел в гараж.

Я с сомнением посмотрела на глупого парня. Ох, думается, путь к доброму сердцу Славы открыла сторублевая купюра, которую жадная Света не постеснялась взять у бедной девицы.

— И зачем она к машине ходила?

— Сказала, хочет на память о Федьке чего-нибудь взять, — пояснил Слава.

— Что же конкретно?

— Блокнотик прихватила, — объяснила Света, — ерундовый совсем, никакой в нем пользы, Федор туда адреса записывал, ну, куда ехать велят. Память у него плохая была.

— Вы, конечно, не знаете, как зовут гражданскую жену Мыльникова...

— Почему? Риткой она назвалась, и телефон ее есть.

— Эта Ритка, — влез Слава, — все твердила, что Федьку, дескать, убили, отравили, только глупость это, кому он нужен!

— Разве что рогоносец какой постарался, — засмеялась Света.

— Ну это вряд ли, — протянул Слава, — чего из-за бабы в тюрьму садиться, найдут ведь и на нары сунут. Морду набить — святое дело, а убивать?.. Не-а!

Мне стало противно, словно я случайно наступила в грязь.

— Давайте телефон.

— За него особая плата, — широко улыбнулась Света.

Получив очередную мзду, девушка велела:

— Славик, принеси из машины аптечку, на ее крышке номер записан.

Муж покорно потопал к «Волге».

— С какой стати вы взяли у нее координаты? — полюбопытствовала я.

— Она сама нацарапала, — пояснила Света, — просила, если милиция появится, сообщить ее телефон ментам.

— И вы сказали?

— Нас никто ни о чем не спрашивал, — криво усмехнулась медсестра, — а самим на рожон лезть нет резону.

Очутившись в машине, я трясущимися руками развернула бумажку. Неужели плешивая птичка удачи сжалилась надо мной? На клочке, оторванном от какой-то газеты, Слава нацарапал цифры. Не в силах сдержаться, я набрала номер.

— Алло, — отозвался тоненький голосок.

— Позовите Риту, пожалуйста.

— Слушаю вас.

На секунду я возликовала, удача, кажется, на самом деле распростерла надо мной свои крылья.

— Слушаю, — повторила девушка, — вы кто?

Я вздохнула поглубже и затараторила:

— Вас беспокоит компания «Юниверсал вояж», вы стали победителем нашей викторины, выиграли поездку в Париж на пять дней.

— Это ошибка, — ответила Рита и отсоединилась.

Я в растерянности посмотрела на свой аппарат. Ожидала какой угодно реакции, но не такой. Вновь набрала номер.

— Рита, не бросайте трубку, или вы не хотите бесплатно попасть в Париж?

— Кто же откажется, — ответила она, — но я никогда не была клиенткой вашей фирмы и не участвовала ни в каких лотереях.

— Эй-эй, погодите, за продуктами-то вы ходите?

— Естественно.

— А куда?

— Ну, когда как... В «Рамстор», например.

— Вот! — радостно воскликнула я. — Как раз в

этом магазине наши служащие и раздавали покупателям купоны, вы заполнили один, дали телефон и свое имя.

— Не помню, — недоверчиво пробормотала собеседница, — я не участвую ни в каких акциях.

— Это давно было, еще летом.

— Да?

— Да!!!

— И что теперь вы хотите?

— Приехать к вам, оформить бумаги.

— Лучше я в ваш офис прибуду.

Вот ведь какая подозрительная.

— Риточка, мне надо вас сфотографировать в рабочей обстановке.

— Зачем? — насторожилась она.

— Для рекламы, дадим в газеты, напишем текст. Рита... э... фамилия тут неразборчиво написана...

— Котлова.

— Маргарита Котлова выиграла поездку в Париж, приходите в «Юниверсал вояж»... ну примерно в таком духе.

— Нет, — категорично отрезала Рита, — ко мне не надо. Лучше встретимся в кафе «Золотой шар», завтра, в двенадцать, вас устроит?

Делать нечего, пришлось соглашаться. Уточнив адрес забегаловки, я поехала домой полная радужных надежд.

Дома был все тот же пейзаж: грязь и мешки в холле. Собаки не выбежали меня встречать, очевидно, Ирка, до потери сознания отмывавшая следы цемента, который ссыпался с Черри, заперла псов на втором этаже.

Удивившись тишине, я сунула нос в гостиную

и обнаружила там Диму, Пашу и невысокого седого мужчину с круглым лицом.

— Здрассти, — сказал Дима, — вот, познакомьтесь, Кирилл Анатольевич, наш директор.

Мужик улыбнулся:

— Рад встрече, ну, вы уже имеете концепцию комнаты?

Я попятилась:

— Похоже, нет!

Кирилл Анатольевич слегка порозовел.

— Представляете функциональную нагрузку помещения?

— В общем, да, — осторожно кивнула я. — Понимаете, у нас у каждого по спальне, а это общий зал для всех. Смотрим тут телевизор, кофе пьем... Обедаем и ужинаем, правда, в столовой.

— Отлично, — воодушевился Кирилл Анатольевич, — значит, разделим пространство на зоны. Вот тут телевизор, здесь диван, там кресла, в бежевом цвете будет божественно смотреться. Окна — арки.

— У нас квадратные.

— Ерунда! Элементарно переделать.

— Но у нас во всем доме стандартные стеклопакеты.

Кирилл Анатольевич заткнулся, словно налетел на стену.

— Какое ужасное слово! Стандартные! Вижу сразу колонну солдат, одетых в униформу! Дверь лучше убрать!

— Вообще?

— Да, так создастся целостность пространства, в здание ворвется свет, появится воздух...

— Мы и с дверью никогда не задыхались в столовой, — возразила я, — и потом, если ее убрать, будет сквозняк.

— Ерунда, — отмахнулся дизайнер, — жизненное пространство должно быть пронизано светом, иначе у людей может возникнуть клаустрофобия.

Дима и Паша, разинув рты, слушали дизайнера, а тот токовал, словно глухарь весной на залитой солнцем опушке.

— Шкафы в холле нужно переделать.

— Вы уверены? — попыталась я спорить. — Они очень удобные.

Кирилл Анатольевич сморщился и парировал:

— Что более комфортно: тапки или узкие лодочки на шпильках?

— Естественно, тапки, — ответила я.

Дизайнер повернулся к Диме:

— Вот, учись разговаривать с клиентами. К каждому можно ключик подобрать! С женщиной лучше общаться на простом, понятном ее разуму языке. Стоило заговорить об обуви, как хозяйка сразу все поняла.

Я не успела возмутиться, потому что Кирилл Анатольевич вновь обратился ко мне:

— Вы правы, растоптанные домашние шлепанцы позволяют нам отдохнуть, но разве вы наденете их на прием, под вечернее платье, ну?

— Нет, — ответила я, чувствуя себя полной дурой.

— Вот! — воскликнул дизайнер. — Так и со шкафами. Холл — это парадное платье, гардероб — туфли. Я доходчиво объяснил?

— Ну, в общем...

— Двери повесим стеклянные!

— Нет!!! — сурово отрезала я. — Никто из домочадцев никогда не кладет вещи аккуратными стопками, и, войдя в дом, первое, что мы увидим, это гору из спутанных шарфов, шапок и перчаток.

— Поддержание порядка не моя забота, — нахмурился дизайнер, — и вообще, уже поздно, все заказано и оплачено.

— Кем? — безнадежно спросила я.

— Вашей невесткой.

— Ольга согласилась на прозрачные шкафы в холле?

— Она выбрала концепцию, детали не касаются хозяина, — гордо заявил Кирилл Анатольевич, — дай людям волю, они испортят идеальный интерьер, поставят дурацкие велюровые диваны, повесят хрустальную люстру, втащат кресло-качалку, а в центре водрузят стол и двенадцать стульев.

Я поперхнулась. У нас как раз до недавнего времени в столовой стоял именно такой гарнитур, и все были очень довольны.

— Современный человек не должен жить в пещере, — завершил дизайнер.

— И какую же концепцию выбрала Ольга?

— Дом, полный радости и света.

Да, звучит неплохо, боюсь только, что Заюшка и Кирилл Анатольевич подразумевают под радостью и светом разные вещи! Я собралась было решительно заявить: «Стеклу в холле не бывать!», но тут раздались топот и крик:

— Летит, летит!

Я выбежала в прихожую. У входной двери маячил Генри с ноутбуком. Он походил на сумасшедшего — волосы всклокочены, глаза горят мрачным фанатическим огнем, футболка помята, брюки не застегнуты, на ногах вьетнамки... Длинную палку с коробочкой на конце орнитолог выставил перед собой и повторял:

— Летит, летит...

— Кто? — серьезно спросила я.

— Гусь, — завопил Генри, одной рукой пытаясь сунуть мне под нос компьютер, — вот он, приближается! Сейчас я его поймаю. Всем стоять! Молчать! Не двигаться!!!

Кирилл Анатольевич испуганно юркнул в столовую. Дима хотел было последовать его примеру, но Генри приказал:

— Бери сачок!

— Какой? — пискнул прораб.

— Вон, у стены.

Парень покорно взял шест, украшенный проволочным мешком.

— Делать-то что?

— Летит, летит, — подпрыгнул орнитолог, — приближается, миленький! Боже, это же Нобелевская премия!

Я с сомнением покосилась на гостя. Неужели столь престижную награду могут дать за поимку водоплавающего?

— Значит, так, — скомандовал Генри, — сейчас он приблизится и позвонит!

— Гусь? — ошалело спросил прораб.

— Должен же он попасть в дом, — как ни в чем не бывало заявил безумец.

Я оглянулась в поисках телефона. Машка была права, еще вчера следовало вызвать доктора.

— А за фигом ему парадное, — неожиданно сказал всегда молчавший Паша, — он в окно влетит.

— Все закрыто, — прошипел Генри, — будет вам спорить. Времени нет. Дима, бери сачок, и мигом — хоп, и на него опустишь! Дарья, держи ловушку.

Потом он ткнул пальцем в Пашу:

— А ты по моему приказу откроешь дверь.

— Все готовы?

Не понимая почему, я послушалась и схватила большую клетку, стоявшую на полу.

— Ну, — забормотал Генри, — вот, вот, уже рядом.

Со двора послышался шум мотора.

— Он чего, на машине катается? — шепотом спросил Дима.

— Кто? — так же тихо поинтересовалась я.

— Гусь, — вздохнул прораб.

— Тишина, — взвизгнул Генри, — вот так! Давай, давай, дверь, сачок, клетка!!! Раз!!!

Паша долбанул по дубовой панели ногой. Дима не подвел и мигом опустил сачок на фигуру, замаячившую на пороге. Я, заразившись общим энтузиазмом, ринулась вперед, открывая на ходу проволочный ящик.

— Что за черт, — возмущенно завопил Дегтярев, пытаясь стащить с головы сачок, — совсем с ума посходили! Дарья! Это ты придумала шутку!

— А где гусь? — растерянно спросил Генри, пялясь на разъяренного полковника. — Может, на крыльце?

Я освободила толстяка от сачка.

Генри кинулся в сад.

— Чем ты тут занимаешься? — пыхтел Александр Михайлович. — Обалдеть можно! Ты, Дима, меня почти до смерти напугал.

— Здрассти, — растерянно заявил прораб, — то есть, простите, я не хотел. Вашего друга послушался, честно говоря, боюсь с психом спорить, еще обозлится!

— Правильная позиция, — одобрила я и увидела, что в дверь входят Маня и Аркадий.

Вечером ко мне в спальню явилась Машка и, плюхнувшись на кровать, спросила:

— Мусечка, мы ведь очень богаты?

— Смотря с кем сравнивать. Если с Биллом Гейтсом...

— Муся, я серьезно!

— Давай скажем так: у нас есть средства, чтобы ни в чем себе не отказывать в разумных пределах.

— Это как?

— Ну, если Зайка, например, захочет коллекционировать раритетные, многокаратные камни, а я начну прикуривать от стодолларовых бумажек, нашего капитала надолго не хватит.

Маруся стала заплетать из бахромы пледа косички.

— Скажи, если вынуть со счета двести тысяч долларов, мы разоримся?

— Нет, но это очень большая сумма, зачем тебе такая?

Маруська оставила плед в покое.

— Я теоретически интересуюсь. Мы снимали со счета когда-нибудь столько?

Я задумалась.

— Когда дом строили, естественно, все время запускали туда руку и в конечном итоге потратили больше, чем двести тысяч, но единовременно не брали никогда.

Маруська втянула на кровать Хучика и, пощипывая его за жирные складки, спросила:

— А чьи деньги?

— Наши, общие, — улыбнулась я.

— И мои?

— Конечно. У тебя же есть кредитная карточка, хотя Аркашке потребовалось предпринять кое-какие шаги, чтобы ее выдали несовершеннолетней сестре. Покупая что-либо в магазине и расплачиваясь карточкой, ты...

— Я никогда не беру много денег, — прошептала Маруська, — неудобно как-то.

Я прижала дочь к себе.

— Трать, пожалуйста, деньги на то и существуют, чтобы пускать их на ветер. Тебе хочется что-то дорогое, и ты не решаешься приобрести? Ну-ка, признайся, присмотрела колечко? Или часики?

Маня покачала головой.

— Скажи, Мусик, а сколько мы дали Вале Ереминой, когда у нее заболела дочь?

— Ты помнишь об этой истории? — удивилась я.

Когда трехлетняя девочка Валентины заболела раком крови, мы подарили Ереминой деньги на операцию. Валя увезла Олесю в Чикаго, где ребенка вылечили.

— Помню не только это, но даже то, как я жила у Гены и этой... женщины.

— Что ты, Маня, когда Гена и твоя родная мать уехали в Америку, тебе исполнилось всего несколько месяцев!

— Все равно! — упорствовала Маруська. — Хочешь, их комнату опишу. Темная, огромная, со здоровенным диваном! Кстати, почему мой отец ни разу не появлялся?

Я разозлилась на Генку. Вот противный мужик! Явился к нам без приглашения, взбудоражил ребенка. Маня никогда раньше не задавала вопросов о своих родителях. Нет, конечно, она знает правду. Я считаю, что люди, не рассказывающие приемным детям истину, очень рискуют. Всегда найдутся «добрые» дяденьки и тетеньки, которые с радостью сообщат ребенку, что он не родной у мамы.

Но Маня считала матерью меня, Аркадия братом и до сих пор жила вполне счастливо, пока не объявился Генка, живое напоминание о давно погребенном прошлом.

— Манечка, — как можно более ласково сказала я, — вряд ли родные мать и брат любили бы тебя больше, чем мы. Ты — наше солнышко.

— Похоже, Ренате было наплевать на всех, — сказала Маня и пошла к двери.

На пороге она обернулась:

— Так сколько мы дали Вале Ереминой?

— Сто тысяч.

— Долларов?

— Да.

— Она их вернула?

— Манечка, Вале неоткуда взять такие деньги.

— И ты никогда не жалела, что они пропали?

— В других обстоятельствах меня, скорей всего, задушила бы жаба, — честно призналась я, — но речь шла о жизни ребенка.

Внезапно Маша повеселела.

— Да, ты права! Когда кто-то болеет или инвалид... Ему надо помочь!

С этими словами она выскользнула за дверь. Я откинулась на подушку. От разговора остался неприятный осадок, и на душе скребли кошки.

Глава 20

Утром меня разбудил бодрый голос:

— Дети, в школу поднимайтесь, петушок пропел давно.

Не поняв спросонья, кто вошел в спальню, я пробормотала:

— Маня, уйди, еще полчасика полежу.

— Вставай, счастье проспишь, — настаивал голос.

Я рывком села и только потом открыла глаза. Залитый лучами скудного февральского солнца, глядя на меня, ухмылялся Генка. Я схватила одеяло и натянула его на голые плечи.

— Меня можешь не стесняться, — засмеялся бывший муж, — я видел тебя в разных видах. Кстати, ты прекрасно сохранилась, больше тридцати пяти не дать.

— Спасибо, — буркнула я, нашаривая левой рукой халат.

Генка, продолжая улыбаться, подал мне пеньюар. Если вы думаете, что он отвернулся, когда я, придерживая зубами одеяло, всовывала руки в рукава, то ошибаетесь.

— У тебя даже целлюлита нет, — констатировал он, — большая редкость для бабы.

— Просто я не набрала лишний вес.

— Как человек с медицинским образованием могу заверить, что целлюлит сплошь и рядом встречается и у худышек, — заявил Гена.

Я затянула пояс.

— Говори, зачем явился? Ведь не о жировых складках беседовать?

— А ты все такая же, — покачал головой Гена, — не меняешься с годами. Впрочем, и я остался прежним. Помнишь, как нам было хорошо вместе?

Сказав последнюю фразу, бывший супруг шагнул ко мне, я юркнула к окну и схватила тяжелую хрустальную вазу. Если он попытается нежничать, мигом опущу ее на намечающуюся лысину.

— Неужели нам нечего вспомнить? — настаивал Гена.

— Отчего же, — пожала я плечами и выставила перед собой вазу, — замечательно было! В особенности когда ты напивался до поросячьего визга, тащил вещи из дома и отдавал их в рюмочной у метро за стакан дешевой водки.

— Я давно завязал, — отмахнулся Гена, — может, попробуем снова, а?

— Никогда, — решительно сказала я и добавила: — И потом, у меня же есть гражданский муж, полковник Дегтярев, богатый человек!

Генка расхохотался:

— Врешь, он гол как сокол, денежки-то у вашей семейки. Ну зачем тебе лысый, толстый старик?

— Лучше уж со слепым, глухим, столетним эскимосом, чем с тобой, — сказала я правду.

Гена сел в кресло.

— Да не боись, я пошутил! Нужна ты мне! В Америке баб хватает!

Не опуская вазы, я устроилась на кровати и спросила:

— Ну, говори, зачем явился?

— Можешь одолжить мне денег?

Я взяла кошелек.

— Сколько?

Честно говоря, я ожидала услышать: сто, двести, ну пятьсот долларов. Но Генка с самым спокойным видом заявил:

— Двести тысяч.

— Рублей?

— Издеваешься, да? Кому они нужны! Долларов, конечно.

— Зачем тебе такая огромная сумма?

Он понес чепуху. Якобы должен купить для своей фирмы оборудование, деньги не поступили на счет в банк...

— Мне только провертеться, на недельку, — врал он, — из Америки придет перевод, и тут же верну долг. Не сомневайся, расписку напишу.

— Нет, — ответила я, — таких денег я не имею.

— А если попрошу у Кеши?

— Пожалуйста, — фыркнула я и тут же подскочила на диване: — Гена! Ты просил деньги у Маши? Не смей больше этого делать!

— За идиота меня держишь, — набычился Генка, — за каким фигом мне сэкономленные рублишки из детской копилки?

Я перевела дух. Гена очень жадный, в течение нашей весьма недолгой семейной жизни он без конца попрекал меня. То я купила зря новые колготки, старые зашить можно. То слопала на улице мороженое... А уж обнаруженная пачка сигарет «БТ» приводила его в неистовство.

— Какая разница, что курить, — вопил муженек, — купи «Яву» в мягкой пачке!

Гена бы никогда не позволил своей дочери завести кредитную карточку, и ему в голову не приходит, что Манюша может пользоваться счетом в банке наравне с остальными членами семьи. Значит, это просто совпадение.

— Денег нет, — повторила я.

Так, сейчас он обидится, схватит чемодан и уйдет! Вот и хорошо, мне не хочется, чтобы он оставался у нас в доме и нервировал Манюшу.

Но Гена внезапно улыбнулся:

— Ладно, выкручусь как-нибудь, только придется задержаться в Москве.

Он со вздохом встал и вышел. От злости я оторвала рукав от халата. Потом, слегка остыв, схватила телефон и позвонила Кирюше Когтеву, сыну моей школьной подруги и ближайшему приятелю Маши.

— Да, — отозвался Кирилл.

— Ты можешь позвать Машку к себе в гости, но так, чтобы она не догадалась, что это подстроила я?

— А зачем? — поинтересовался мальчик.

— Надо! Очень! Потом объясню!

Кирюшка запыхтел и ответил:

— Ну ладно! Без проблем.

— Тогда действуй. Мне требуется, чтобы Маня уехала недели на две.

— Не беспокойся, — заверил Кирюшка, — фирма веников не вяжет.

Решив одну проблему, я стала спешно собираться в «Золотой шар» на встречу с Ритой.

Кафе оказалось дешевой забегаловкой, заставленной колченогими столиками и шаткими стульями. Народу почти не было, лишь у окна худенькая девочка пила отвратительно пахнущий кофе. Я подошла к тщедушному созданию.

— Вы Рита?

— Чего?

— Вас зовут Маргарита?

— Не-а, — процедила девица, — не приставайте с глупостями.

Потерпев неудачу, я села в противоположном углу и уставилась на обшарпанную дверь. Но никто не спешил входить.

— Заказывать будете? — прошелестел тихий голосок.

Невзрачная официантка в мешкообразном свитере и джинсах стрейч без улыбки смотрела на меня. На ее месте я бы сменила гардероб. Если весишь чуть больше тридцати килограммов, никак нельзя носить обтягивающие брюки и хламиду из шерсти, потому что будешь похожа на скелет, засунутый в чехол от танка.

Ни пить, ни есть в этом заведении мне не хотелось, поэтому я достала сто рублей, протянула официантке и улыбнулась:

— Я договорилась о встрече здесь со своей знакомой, можно так посижу?

Она помяла бумажку.

— Если не секрет, кого ждете?

Удивленная столь беспардонным любопытством, я все же ответила:

— Девушку по имени Рита.

Официантка протянула мне купюру:

— Заберите. Рита — я. Что это за история с лотереей?

К подобному вопросу я была готова. Накануне, пролистав пару журналов, которые дождем сыплются в наш почтовый ящик, я отыскала в одном из них рекламу и вырезала пару страничек с красивыми иллюстрациями, прайс-листом и купоном.

— Вот, смотрите, наша фирма давно на рынке...

Пока я изображала сотрудника рекламного агентства, Рита молча разглядывала яркие снимки. Потом она села напротив меня и вздохнула:

— Да уж! Повезло мне раз в жизни, только зря!

Я обрадовалась, значит, официантка мне поверила.

— Ну почему зря? Поедете, отдохнете!

Она грустно ответила:

— Надо иметь загранпаспорт, а его у меня нет, да и отпуск не дадут. Скажите, можно взять выигрыш деньгами?

— Нет. Кстати, поездка на двоих, поговорите с супругом, знаете, бесплатное путешествие в Париж выпадает нечасто.

— Я не замужем, — ответила Рита.

— Уже развелись? — бесцеремонно поинтересовалась я.

— Никогда не ходила в загс, — отрезала она, — живу одна.

— Да? Но, заполняя купон, вы указали господина Федора Мыльникова в качестве супруга!

Рита уставилась на меня. Лицо у нее было совершенно невыразительное, какое-то стертое, без ярких красок, волосы серые, грязные. Мимо такой особы пройдешь на улице, не задержав на ней взгляда, ничего примечательного в ней нет, да еще и одета безвкусно. Сейчас в Москве можно принарядиться, и не потратив безумную кучу денег. На Черкизовском рынке полно лоточников, торгующих копиями вещей из коллекций прет-а-порте ведущих домов моды. Конечно, все эти костюмы и кофточки развалятся после трех месяцев носки, и знающему человеку сразу станет понятно, что приобрели вы их не на Елисейских Полях, а за ближайшим углом, у бабуси, трясущей вешалками у метро. Но все равно выглядеть вы будете намного лучше в этих незатейливых одеждах, чем в грязных джинсах и мешковатом свитере. А уж голову помыть можно и самым дешевым шампунем!

— У нас тут нет охраны, — неожиданно заявила Рита, поднимаясь, — но за углом сберкасса, там два мента всегда дежурят.

— Вы зачем мне это сказали?

— Лучше уходи подобру-поздорову, — отчеканила официантка, — если я заору, милиционеры мигом прибегут. Имей в виду, голос у меня громкий!

Я растерялась. Отчего она вдруг стала агрессивной? Все шло так хорошо, был момент, когда я решила, что Рита мне поверила!

Я было удивилась, и тут она воскликнула:

— Чтоб тебя разорвало!

— Что?

Официантка ткнула пальцем в сторону пустого столика у стены:

— Вот! Пока с тобой трепалась, эта дрянь ушла, не заплатив! Ты во всем виновата! Теперь хозяин из моей зарплаты вычтет!

В ее голосе прозвучало настоящее отчаяние. Мне стало жаль дурнушку.

— Давайте я заплачу. Сколько?

— Не врешь? — скривилась Рита.

Я достала кошелек:

— Несите счет.

Она хмыкнула, вытащила из кармана блокнотик и забормотала:

— Один кофе с молоком, бутерброд с сыром, пирожное... Семьдесят рублей.

Я протянула ей сотню.

— Сдачи нет, — нагло заявила она.

У меня был позыв ответить ей: «У вас же рядом сберкасса. Сходите туда, разменяйте, подожду». Но мне надо было разговорить девицу, поэтому я мирно ответила:

— И не надо, оставьте себе.

Повеселевшая официантка сунула купюру в блокнот и поинтересовалась:

— Чего вам? За фигом про бюро путешествий наврали?

— Вы здорово сообразили, что к чему, — решила я задобрить девчонку.

Рита снова села на стул.

— Меня обмануть невозможно, сюда в кафе такие кадры приходят! Если начнешь губами шлепать, подметки на ходу отрежут. Район отвратительный, повсюду общежития, а в них «черные» живут!

Выпалив последнюю фразу, она вытащила из кармана свитера пачку «Парламента» и закурила, выпустив струю дыма прямо мне в лицо.

Да, похоже, Рита не настолько бедна, насколько хочет казаться: «Парламент» не дешевое удовольствие. Словно подслушав мои мысли, она сообщила:

— Денег у этих черномазых куры не клюют! Вон вчера один целую пачку сигарет оставил. Хорошие очень! Так чего вам надо?

Я вздохнула и начала:

— Работаю я частным детективом в агентстве «Пинкертон»...

Рита разинула рот. Через пять минут, когда я, смешав правду с вымыслом, завершила рассказ, она уточнила:

— Значит, вас нанял хозяин «Жигулей», в которые въехал Федор?

— Да.

— Потому что у него пропала барсетка с документами?

Я кивнула:

— Мой клиент ждал в машине жену, когда «Скорая помощь», за рулем которой находился Мыльников, ударила его автомобиль. К счастью, повреждения оказались ерундовыми. Вопрос решили на месте. Федор просто дал Гладышеву денег на новый бампер и уехал. Уже после его отъезда Олег заметил, что из салона пропала барсетка.

— Федор ее не брал! — воскликнула Рита. — И потом, я не стану ничего возмещать! Мы не были расписаны!

Она опять схватилась за сигареты, закурила и сердито бросила:

— Между прочим, год с лишним прошел, а ваш клиент только опомнился! Ну ваще!

— Мыльников не оставил ни телефона, ни адреса, — парировала я, — Гладышев забыл записать номер «Скорой помощи». Знаете, сколько «Волг» в Москве? Вот я тринадцать месяцев вас и искала! Федор-то, оказывается, умер. Кстати, я абсолютно уверена, что он не брал сумочку. Мыльников все время стоял около Гладышева, сначала разбирался, потом деньги платил, в общем, был на виду. Похоже, что барсетку прибрал его компаньон.

— А я тут при чем? — вскинулась Рита.

— Скажите, вы не знаете, с кем Федор в тот день ездил по городу?

— Знаю, — кивнула Рита, — друг у него имелся, Колька Махов, гад!

— Почему гад?

— Такой уродился, — вскипела официантка, — не разлей вода были! Отвратительный парень, он Федю постоянно во что-то втягивал, использовал, зарабатывал на нем. Если машина нужна, сразу прибегал. А Федя жалостливый был, вечно Махову помогал и денег с него не брал. Это он его отравил!

Глава 21

— Кто кого? — не поняла я.

Рита стала водить пальцем по столешнице.

— Колька, если приходил, никогда ничего с собой не приносил: ни торта, ни конфет, ни колбасы — жадный очень. Вот поесть он любит, сядет, навернет чужих харчей да еще сигаретку попросит. А сам никогда не угощал! Во всяком случае, ни Федю, ни меня.

Поэтому Рита безмерно удивилась, увидев седьмого января Николая с водкой и закуской.

— Рождество никак, — засмеялся он, — надо отметить!

— Ну-ка пожарь нам картошечки, — велел Федя Рите.

Она недолюбливала Махова, но спорить с сожителем не решилась. Как-то раз она брякнула:

— Твой Колька противный, не нравится он мне.

Мыльников схватил любовницу железной хваткой за плечо и рявкнул:

— Имей в виду, Николаша мне как брат. Еще раз пургу погонишь, выгоню. Чтоб без базара! Ясно?

Рита испугалась и больше никогда не роптала при виде Николая. Впрочем, имейся у нее в паспорте штамп, она бы устроила скандал и вынудила мужа дать от ворот поворот мерзкому дружку. А так! Какие у нее права? Единственное, что Рита себе позволяла, это не садиться за стол вместе с мужчинами. В тот вечер, расставив тарелки, она буркнула:

— Пойду лягу, голова болит.

Федор слегка нахмурился, но промолчал, а Колька, гадко ухмыльнувшись, заметил:

— У моей сестры тоже то одно ноет, то другое. Старая стала — разваливается.

Рита надулась и хлопнула дверью спальни. Мужики остались пьянствовать. У Федора в квартире было две комнаты, поэтому, проснувшись ночью и обнаружив, что лежит в кровати одна, Рита не насторожилась, подумав, что любимый обиделся на нее и лег в гостиной.

Но утром, не увидев сожителя на диване, Рита испугалась, вбежала на кухню...

Потом она без конца спрашивала у врача, констатировавшего смерть Федора:

— Ну почему, почему, почему?

Доктор пожал плечами:

— Вскрытие покажет. Думается, дело в водке, выпил эрзац — и готово.

Патологоанатом вынес вердикт: Федор отравился метиловым спиртом.

Рита бросилась разыскивать Николая, телефона его она не знала, а блокнотик, куда Мыльников записывал нужные номера, куда-то подевался. Только через неделю после смерти Федора Рита сообразила, что «склерозник», скорее всего, лежит в машине, в бардачке. Она кинулась в поликлинику. Честно говоря, она сначала не думала об убийстве, просто хотела посмотреть на Николая и сказать:

— Ты из-за своей жадности купил бутылку на помойке! Из-за тебя погиб Федор!

Но потом ей в голову пришла простая мысль. Поллитровка была одна, значит, пили они вместе, но Коля-то живой... Следовательно, он каким-то образом ухитрился подсунуть приятелю отраву. Надо было сообщить о подозрениях в милицию.

Рита вытащила из «Волги» блокнотик и попросила нового шофера:

— Запиши мои телефоны и, когда явятся из легавки, дай их ментам. Пусть мне звонят, с Фединой квартиры я к себе съеду.

Но ей никто так и не позвонил. Рита сходила в районное отделение, но дальше дежурного не прошла.

— Отравили, говоришь, — хмыкнул противный лысый мужик в форме, — ну, ну... А ты ему кто будешь, жена?

— Нет, — ответила Рита, — мы не расписаны.

— Значит, сожительница, — с удовольствием подчеркнул дежурный, — ладно, ступай, позвонит следователь.

Но к Рите никто так и не обратился. Очевидно, милиционеры посчитали, что нахлебавшийся технического спирта шофер никому не интересен, и закрыли дело, не успев возбудить его.

Получив блокнот, Рита позвонила Николаю и заорала:

— Ты убил Федю!

— С ума сошла, — закричал в ответ тот, — сдурела, да? Давай встретимся!

— Ни за что, — рявкнула Рита, — я сейчас в милицию пойду!

— Дура! — взвизгнул Николай. — Ну погоди, ща приеду, мало не покажется!

Рита испугалась, что противный Махов и впрямь примчится к ней, покидала немудреные вещички в сумку и выскочила из квартиры. Больше она не возвращалась туда, где когда-то была счастлива. У Мыльникова не было родственников, и жилплощадь, очевидно, отошла государству. Рита вернулась к себе, устроилась на работу в «Золотой шар», жизнь ее в корне изменилась.

— Если кто и стырил сумочку, то это Колька, — закончила она рассказ. Потом, понизив голос, добавила: — Знаете, он, кажется, сидел.

— Почему вы сделали такой вывод?

— Вид у него жуткий, — пояснила официантка, — прямо Чикатило, а не человек, очень противный.

Я усмехнулась. Внешность бывает обманчива. Когда я была преподавателем французского языка, вместе со мной на кафедре работал Виталий Леонтьевич Аристархов, похожий на упыря, на самом деле интеллигентнейший человек, профессор. Институт наш находился на отшибе, в глухом углу, и первокурсницы, столкнувшись на улице в темноте с Виталием Леонтьевичем, пугались до обморока. Один раз профессор пришел на кафедру и растерянно сказал:

— Что мне делать?

— Случилась неприятность? — спросила я.

Аристархов покрутил в руках красивое дамское портмоне.

— Пошел поужинать, у меня «окно» перед вечерней лекцией. Возвращаюсь, навстречу девочка идет, явно наша студентка, тут другим делать нечего...

— Ну, — поторопила я медлительного мужика, — дальше!

Виталий Леонтьевич пожал плечами:

— Я совершенно машинально кивнул ей. Вдруг эта девица затряслась, аки осиновый лист, побелела, сует мне в руки кошелек и бормочет: «Вот, возьмите, только меня не трогайте!» Я растерялся, а она рысью побежала к метро. Начал кричать, не останавливается, только быстрей летит. Что теперь делать, ума не приложу.

— Надо объявление повесить: «Найден кошелек, обращайтесь на кафедру иностранных языков», — посоветовала я.

— Но почему она так поступила? — недоумевал профессор.

Я посмотрела в его лицо. Маленькие глазки поблескивали из глубоких глазниц, почти лысый череп, словно своеобразная компенсация отсутствия волос на голове — брови, черные, кустистые, угрожающе сведенные к переносице, нос курносый, с вывернутыми ноздрями и ярко-красные влажные «негритянские» губы. При этом учтите, что профессор Аристархов чуть-чуть не дотянул до метра девяноста, весил больше ста килограммов, имел пудовые кулаки. Меньше всего Виталий Леонтьевич был похож на кабинетного ученого, чьи труды переведены на тридцать языков. Я знала, что он безобиден, словно новорожденный кролик, и то иногда вздрагивала, оказываясь с ним наедине, а каково тем, кто видел его впервые?..

— Отвратительный тип, — негодовала Рита, — просто мерзкий!

— Дайте мне его телефон.

Рита призадумалась:

— Не помню.

— А где блокнотик Федора?

— Выбросила.

— Отчество его знаете?

— Чье?

— Николая.

— Нет, только имя и фамилию.

Я было приуныла.

— Вот дорогу могу объяснить, — промямлила бестолковая Рита, — мы были у него в гостях на день рождения.

— Покажете?

Она кивнула:

— После работы.

— Когда заканчиваете?

— В пять вечера смена придет.

Пришлось до семнадцати шляться по городу. От тоски я съела два гамбургера, выпила шоколадный коктейль и купила Мане хорошенькую керамическую собачку. Не успела положить покупку в сумку, как зазвонил мобильный.

— Даша, — затрещал Кирюшка Когтев, — все в порядке, Машка поживет у меня.

— Спасибо, милый, что ты ей сказал?

— У нас есть щенок, будто мы не знаем, как за ним ухаживать.

Я чуть не уронила только что приобретенную фигурку:

— Кто у вас?

— Щенок! — радостно выкрикнул Кирилл.

— Твоя мама завела собаку? — изумилась я.

Когтева — замечательный человек, великолепная подруга и лучшая хозяйка среди всех, кого я знаю. Но и на солнце бывают пятна. Катюша терпеть не может грязи, полы она моет по пять-шесть раз в день и завести домашнее животное просто не способна. Нет, она очень любит собак и даже целуется с моими псами, оказавшись в Ложкине, но иметь собственного не готова. С него, мол, будет сыпаться шерсть, и она дойдет до истерики, собирая невидимые волоски с дивана, кресел и пола.

— Откуда у вас щенок? — недоумевала я. — Какой породы?

— С помойки, — радовался Кирюша, — двор-терьер, такой красавец! Он уже раз шесть пописал!

— Погоди-погоди, — забормотала я, — ты хочешь сказать, что Катя подобрала у мусорных бачков грязную собаку, скорей всего, с глистами и блохами, и принесла к себе в дом? Она здорова? Я имею в виду твою маму.

Кирюшка захихикал:

— Она на работе и ничего пока не знает! Я всю голову сломал, ну что Маньке сказать? Почему ей у нас жить надо? А сейчас иду из школы и вижу — лежит у мусорника щеночек, да хорошенький такой! Обрадовался до жути! Да ты не волнуйся, Машка ничего не заподозрит! А что у вас в Ложкине случилось?

— Потом как-нибудь объясню, — отмахнулась я, — ты хоть понимаешь, что будет, когда мама вернется с работы?

— Ничего, — засмеялся Кирюшка, — скажу ей, что ты велела Маруську приютить тайно. В общем, всю правду, да ты не волнуйся. Все будет хорошо.

Я бросила мобильный в сумочку. Кирюша давно мечтает о собаке, но Катя каждый раз, услышав его просьбу, говорит «нет», и вот мальчик решил воспользоваться благоприятной ситуацией. За долгие годы дружбы мы с Катей ни разу не поругались, но что она скажет мне сегодня вечером, увидев в своей вылизанной до полнейшего блеска квартире крохотное существо, оставляющее повсюду лужицы и кучки? Ну почему жизнь всегда поворачивается таким образом, что я оказываюсь крайней?

У Риты на самом деле была хорошая зрительная память. Не знаю, что двигало ею: желание заработать обещанные мною деньги или мысль о том, что Николая накажут за кражу барсетки. Она довела меня до блочной пятиэтажки, стоявшей в глубине большого угрюмого двора, и, указав рукой на средний подъезд, заявила:

— Вот сюда, этаж не помню, то ли третий, то ли четвертый. Дверь у него такая приметная, обитая ярко-красной кожей, не перепутаете. У всех черные, а у Махова прямо пожар, небось выпендриться хотел.

Николай жил на втором этаже. Я помедлила секунду и ткнула пальцем в беленькую кнопочку. В глубине квартиры запел «соловей». Через пару секунд дверь без всяких вопросов открыли, на пороге появилась женщина, толстая, закутанная в безразмерную кофту неопределенного цвета.

— Вы к кому? — любезно поинтересовалась она.

— Мне нужен Николай Махов, — ответила я, приветливо улыбаясь.

Баба как-то странно дернулась:

— Зачем?

— Видите ли, — начала я врать, потряхивая рекламными листовками, — господин Махов принял участие в лотерее.

Тетка выслушала информацию, потом без всяких эмоций заявила:

— Да уж! Случается такое! Колька все кроссворды решал и по редакциям рассылал. Один раз пятьсот рублей приз получил!

— Надо же, — все так же улыбалась я, — какой он везучий, сначала приз, теперь поездка.

— Ага, — вздохнула она, — везучее не бывает! Помер Колька-то!

— Когда? — оторопела я.

— Год назад, — пояснила она, — двадцать пятого января, в самый мороз хоронили.

— Как же так? — забормотала я. — Вроде не пожилой человек.

— Пятидесяти не было, — уточнила баба, — так что отдавайте выигрыш кому другому.

Она хотела уже захлопнуть дверь, но я быстро вставила ногу между косяком и створкой и заявила:

— Подождите, пожалуйста, вы ему женой приходитесь?

— Нет, — покачала головой хозяйка, — сестрой. Я Вера Махова.

— Можно мне войти?

— Зачем? — насторожилась Вера.

— У Николая есть еще родственники? Ну, жена, например, дети...

— Откуда бы? — пожала она полными плечами. — Так, приводил шалав всяких.

— Если мы составим соответствующие документы, — быстро сказала я, — вы сможете претендовать на приз, как наследница. Не знаю, как насчет путешествия в Париж, но определенную сумму денег наверняка получите. Я ничего твердо не обещаю, но попробовать не помешает, зачем же все фирме отдавать, она и так не бедная.

В глазах Веры зажегся огонек:

— А что сделать надо, чтобы приз получить?

— Составите заявление, в котором подробно укажете, отчего умер Николай...

— Да? — насторожилась Махова. — Я не больно-то писать умею!

— Я помогу вам, — обнадежила ее я и решительно прошла в квартиру.

Глава 22

Просто удивительно, в какой грязи живут некоторые люди! Трехкомнатная квартира Маховой могла бы выглядеть вполне прилично, если бы не жуткий беспорядок. В небольшой прихожей громоздилась груда обуви, где вперемежку лежали грязные зимние сапоги со стоптанными каблуками, детские замшевые ботиночки и белые босоножки. На вешалке висела мятая панама. Маловероятно, что кто-то надевает ее зимой. Скорей всего, Вера не утруждала себя хозяйственными заботами, висит панама, и шут с ней! В кухне, куда она меня провела прямо в уличной обуви, царил полный кавардак. В мойке громоздилась гора тарелок, кастрюль и сковородок, а по вытертой клеенке разгуливали полчища тараканов. Равнодушным движением Вера смахнула прусаков на пол, наступила на них ногой и сказала:

— Садитесь.

Меня передернуло, к горлу подступила тошнота. Но пришлось сесть на табуретку и положить листки на липкую клеенку.

— Паспорт мой нужен? — спросила Вера.

— Пока нет, начнем с Николая. Отчего он умер?

Хозяйка оперлась локтями о стол:

— От дурости.

— А если поподробнее?

— Бабы Николая сгубили, — вздохнула сестра, — он всю жизнь из-за них страдал. Сел в свое время из-за любовницы.

— Ваш брат был на зоне?

— Эка невидаль, — протянула она, — там все перебывали, только не думайте ничего плохого, Коля не виноват был.

Я хмыкнула. Конечно, иногда страдают невинные, но, как правило, за решетку попадают люди, совершившие преступления. Честных граждан милиция не вылавливает на улицах, а если послушать тех, кто попал в СИЗО, то создается страшная картина: абсолютное большинство «сидельцев» страдает от произвола органов правосудия. Ну, ограбил десять человек, и что? Они сами виноваты, зачем ввели в искушение? Зачем носили красивую одежду и драгоценности? Нет бы закутаться в рубище и держать золото под подушкой. Так им и надо! Ясный пень, хочется ограбить такого фраера или чувиху...

— Коля добрый очень был, — вспоминала Вера, — никому зла не сделал. Нам с ним в жизни не повезло. Отец к другой ушел, мать пила, вот мы и не получили образования. Я-то в метро устроилась дежурной по станции и уже сколько лет вкалываю на одном месте, а Колька все в неприятности вляпывался.

В четырнадцать лет Махов впервые оказался за решеткой. Он водил дружбу с парнями, которые были намного его старше, а те задумали ограбить магазин и поставили мальчика «на шухере».

Грабителей взяли с поличным и отправили на зону, а Колька, как несовершеннолетний, угодил в «малолетку». Следующий раз он законфликтовал с законом в двадцать пять. Подрался на улице с мужиком и сломал тому челюсть. Правда, отделался легко, штрафом. Но, видимо, у Махова на роду было написано попасть на нары, потому что едва он отпраздновал свое тридцатилетие, как угодил под следствие. Коля ограбил женщину, которая, сняв со сберкнижки крупную сумму, пошла домой малолюдной улицей. Махову не повезло: его жертва не собиралась расставаться с заработанными кровью и потом денежками. Она вцепилась мертвой хваткой в сумочку и, заорав благим матом, стала драться ногами, царапаться, кусаться... На беду, за углом стояла милицейская машина, и Николая взяли с поличным. Учитывая криминальное прошлое подсудимого, судья проявила строгость и вкатила Махову по полной программе.

Он получил статью за вооруженный грабеж. У Коли не было пистолета, но в кармане лежал перочинный нож, у которого, как назло, одно из лезвий оказалось длиннее десяти сантиметров. Такая штука квалифицируется уже не как приспособление для резки колбасы и заточки карандашей, а как холодное оружие.

— Ну ничего себе, — всплеснула я руками, — а говорите, он не виноват, добрый, женщин любил! Странной, однако, любовью! Так и про Джека-потрошителя можно сказать, что он обожал дамский пол прямо до смерти!

— Ну чего глупости городишь, — возмутилась Вера, — Колька тихий был, просто компанейский слишком. Первый раз его парни взрослые с толку сбили, не захотел слабаком показаться, вот и попал. А с кошельком... Зазноба у него завелась, намного моложе его, девочка совсем. Миленой звали. Оторви и брось, а не девка! Уж не помню, сколько ей лет было! Вроде еще в школе училась, несовершеннолетняя, Николай в нее влюбился, прямо до смеха доходило. Жениться хотел, сюда приводил, со мной знакомил!

Вера просто обомлела, когда увидела невесту брата, на вид той было лет тринадцать, не больше. Держалась Милена скромно, глазки долу, губки бантиком. Довершали образ «школьницы» косички, жиденькие, как крысиные хвостики, перехваченные на концах аптекарскими черными резинками.

— Осенью поженимся, — радостно заявил Николай, — готовь свадьбу, Верка!

Но у сестры на душе было тяжело.

— А ей родители разрешат? — поинтересовалась она. — И где жить станете?

Невеста зыркнула на будущую родственницу глазами, в которых читалась плохо скрытая злоба, но не произнесла ни звука. Влюбленный Колька, ничего не заметив, пояснил:

— Милена без родителей живет, с теткой, той все равно, она перечить не станет. А жить у меня будем.

Вера вздохнула и ушла к себе в комнату. Вечером Коля вошел к сестре.

— Да ты не переживай, Мила хорошая.

— Молодая больно!

— Так и я не старый.

— Все равно, лучше другую найди, — попыталась воззвать к разуму брата Вера, — эту на ноги ставить придется, учить уму-разуму, содержать, одевать, поить, кормить!

Николай, ничего не ответив, пошел к двери, но на пороге притормозил:

— Я ее люблю, мне другой не надо. А насчет еды не беспокойся, прокормлю жену, не твоя печаль!

Вера только вздохнула. Нет, эта девочка, видать, из ушлых! Такая супом и картошкой не насытится, подавай ей икру, шоколад и апельсины. Просто без памяти влюбленный Колька не замечает хищного взгляда «малютки». Перспектива жить рядом с такой «деткой» в одной квартире совсем не обрадовала Махову, к тому же она сама собиралась в тот момент замуж и четко понимала: их трехкомнатная, хорошая по московским понятиям квартира превратится в коммуналку со всеми вытекающими последствиями.

Но, видно, Милена тоже сообразила, что к чему, потому как осенью свадьба не состоялась, а Николай решительно заявил:

— Давай менять квартиру, Мила не хочет, чтобы мы тут все задами на кухне толкались.

Вера возмутилась:

— Еще женой не стала, а уже верховодить начала! Отчего бы ей тебя к себе не забрать?

— Так у них с теткой комната в коммуналке!

— Понятненько, — ехидно процедила Вера, — расчет ясен. Решила за чужой счет свои проблемы решить! Квартиру отдельную захотела! Ты поосторожней с ней, похоже, тебе акула попалась.

Николай выругался и ушел, а Вера перепугалась, вдруг брат и правда начнет размен, за их трешку больше двух однокомнатных не получить!

Колька, очевидно, навел справки, потому что через неделю грустно сказал:

— Чтобы нам по нормальной квартире каждому иметь, надо доплату большую внести.

— Вот и незачем разъезжаться, — обрадовалась Вера.

В душе она надеялась, что брат порвет с Миленой. Но Николай покачал головой:

— Лучше жить раздельно, чем без нее. Я заработаю!

Вера очень хорошо знала, что Кольке никогда не добыть много денег. Кто бы ему заплатил и за что? Образования у парня никакого, работал грузчиком в мебельном магазине.

Ну а потом произошла история с сумочкой. Вера сразу смекнула, кто автор идеи. Это уже потом, на суде, выяснилось, что Милена учится в институте, а параллельно, чтобы не умереть с го-

лоду, подрабатывает уборщицей в той самой сберкассе, откуда вышла женщина с большими деньгами.

— Она это придумала, — злилась Вера, — больше некому. Тетка та собиралась машину покупать,
только в прежние времена никак нельзя было со
счета сразу громадную сумму снимать. Требовалось за сутки предупредить сотрудников сберкассы, а те заказывали деньги в банке. Небось обсуж-
дали между собой, зачем клиентке такие деньжи-
щи, а Милена услышала.

— И ее не заподозрили, не привлекли к ответ-
ственности? — удивилась я.

— Говорю же, Колька — дурак, — в сердцах
воскликнула Вера, — отмазал Милену. Сказал, что
они давно разбежались, якобы женщину он в сберкассе вычислил, увидел, как ей пачки бабок дают,
и решил напасть на нее в тихом уголке.

— Может, он и правду говорил, — протянула я.

— Да нет же, — возмутилась Вера, — я ездила к
этой «прости господи» и все поняла!

Когда Николай угодил за решетку, сестра твердо решила не бросать брата в беде и стала исправно носить ему передачи да бегать на рвущие душу
свидания. Содержание человека в неволе — тяжелый крест для родственников. Где взять деньги?
Даже если отправлять «сидельцу» только сухари и
сушки, все равно выходят не копейки, а ее зарплата в метро не позволяла лишних трат, самой бы с
голоду не умереть. Правда, по первости Вера, жа-
лея непутевого брата, собирала хорошие передачи.
Потом она растрясла весь «подкожный» запас и
испугалась. Все-таки сама уже не девочка, старше
Кольки на пять лет. Что с ней будет, если заболе-

ет? И в конце концов Милена собиралась с Николаем в загс, жили они вместе, пора и ей позаботиться о гражданском муже. Поколебавшись несколько дней, Вера отыскала в записной книжке Николая адрес Милены и явилась к ней вечером, около девяти.

Та даже не пустила ее на порог, разговаривала через дверную цепочку. Услыхав просьбу Веры, Милена фыркнула:

— С какой стати я должна по тюрьмам таскаться!

— Он же тебе муж! — попробовала воззвать к ее совести Вера.

— Вот оно как выходит, — хмыкнула девчонка, — раньше ты меня на дух не переносила и б... обзывала, а теперь, значит, законной супругой считаешь. Как хвост прищемило, живо ласковой стала! Только зря стараешься, мне с уголовником не по пути, да и не расписаны мы официально. Не жена я ему, а сожительница, и обязательств никаких на себя не принимала. Ступай подобру-поздорову, пока я милицию не позвала. Ломятся тут всякие в дверь, людям спать не дают!

Вера вцепилась в ручку двери.

— Когда же ты начала в девять укладываться, а? Раньше до утра куролесила, а сейчас баиньки захотела? Нет уж! Изволь собрать передачу! Твоя идея-то насчет ограбления была! Мне Колька все на свидании рассказал!

Это была неправда, но Вера очень хотела напугать Милену. Думала, та мигом согласится отнести харчи.

Но Милена не дрогнула, хотя лицо ее побледнело.

— Да пошла ты! — рявкнула она и попыталась закрыть дверь.

Но Вера держала ее мертвой хваткой. Увидев, что она не собирается уходить, Милена заорала:

— Андрей, тут сумасшедшая к нам лезет!

Из глубины темного коридора появился крепкий парень в тельняшке. Он вытер жирные губы тыльной стороной ладони и спросил:

— Эта, что ли?

Милена кивнула. Андрей, сильно толкнув Веру, мигом захлопнул дуерь. Махова чуть не зарыдала от обиды и беспомощности, потом, плюнув на пол, ушла.

— Вот какие бабы встречаются, — качала она головой, глядя на меня, — молодая, да ранняя. Колька прямо почернел весь, когда я ему про свой визит рассказала. Он-то, дурачок, думал, она его ждать будет да на свидания бегать, любил шалаву очень. Наверное, и не женился на другой поэтому. Отсидел, вышел, на работу устроился экспедитором. Приводил домой разных баб, но о женитьбе никогда не заговаривал. Видно, здорово Милена его напугала.

— Какое же отношение эта давняя история имеет к его смерти? — нетерпеливо спросила я. — При чем тут Милена?

— А при том! — злобно воскликнула Вера и стукнула кулаком по столу.

Стоявшая на самом краю керамическая сахарница подскочила и упала на пол. Хозяйка посмотрела на ее осколки и покачала головой:

— От этой Милены одни неприятности. Сошелся с ней Колька снова! А она... Да что там! И ведь замужем! Но своего упустить не захотела!

— Никак не пойму, о чем вы!

Вера ткнула пальцем в старомодный темно-вишневый аппарат, стоящий на подоконнике:

— Два телефона у нас.

— И что?

— Так слушай!

В прошлом году зимой, под самый Новый год, Вера явилась домой в неурочный час. Она давно замужем и имеет сынишку и хотела под елку положить для ребенка подарок. Пробегав по магазинам, она отыскала сравнительно недорогую железную дорогу. Теперь возникла проблема, как внести презент домой, чтобы сын не увидел его. Какое-то время яркая коробка хранилась у нее на работе, но тридцатого декабря Вера в обеденный перерыв побежала домой. Сын был в школе, и она решила запихнуть упаковку под свою кровать. Думая, что в квартире никого нет, Вера вошла и спокойно спрятала сюрприз. И тут зазвонил телефон. Аппаратов, как известно, в квартире два. Один в спальне Николая, куда Вера заходит только в момент уборки, другой — на кухне. Она побежала, схватила трубку и с изумлением услышала голос брата. Вера-то думала, что Николай на работе, а он по непонятной причине оказался дома. Не желая подслушивать чужие разговоры, она хотела осторожно отсоединиться, но Николай, очевидно, тоже считавший, что он в доме один, произнес:

— Слышь, Милена...

Вера чуть не упала. Милена! Неужели брат снова связался с этой дрянью! Оставалась слабая надежда на то, что Николаю на жизненном пути попалась еще одна женщина с этим редким именем.

Не в силах сдержать тревожного любопытства, Вера стала слушать разговор. Брат, не подозревая, что на другой трубке «висит» чужое ухо, был откровенен.

— Слышь, Милена, боязно мне как-то...

— Глупости, — затараторил бойкий голосок, и Вера вздрогнула. Это щебетание она сразу узнала, так разговаривала Милена, быстро, проглатывая окончания слов. — Ерунда, — продолжала любовница брата, — все отлично продумано. Говорю же, никто про деньги не знает, ни одна душа! А уж то, что мы с тобой знакомы, вообще никому в голову не придет!

— Все равно! — вздохнул Николай. — Предчувствие у меня какое-то нехорошее.

— Ты — мямля, — решительно отрезала Милена, — ну-ка подумай! Да с такими деньгами мы уедем куда захотим! Конец нищете! Знаешь, сколько я ждала, чтобы представился такой случай! Терпела мужа! Если сейчас спасуем — все, судьба больше шанса не даст, она один раз в жизни улыбается. Ты лучше повторяй себе, когда колебаться начинаешь: полмиллиона, полмиллиона... Ладно, хватит! Ну-ка, скажи! Ты любишь меня? Хочешь провести остаток жизни вместе со мной где-нибудь в городе у теплого моря, а? Или предпочтешь, чтобы я опять приходила к тебе на свидания, пока придурочная Верка на работе? Знаешь, мне надоела эта любовь украдкой.

Вера стояла тихо-тихо, боясь, что Николай услышит ее дыхание или биение сердца. Вот оно, значит, как! Колька вновь закрутил любовь с Миленой! Видно, сильно тянет дурака к паршивой бабе, уже предавшей его один раз! Еще Веру до колик испугала фраза о деньгах. Милена явно задумала новое преступление и втягивает в аферу простодушного Николая. На какой-то момент у Веры возникло желание громко заорать: «Все слышу! Ах ты, сволочь наглая! Отстань от брата, поищи себе другого дурака!» Но огромным усилием воли она взяла себя в руки и бесшумно выскользнула за дверь. Декабрьский холод слегка остудил ее гнев, и Вера стала рассуждать трезво. Сегодня тридцатое декабря, уже почти вечер. К тому же Милена пока уговаривает Николая, значит, на дело через час никто не отправится. Завтра тридцать первое, канун Нового года, ну кому придет в голову заниматься разбоем в такой праздник! Первого и второго числа — выходные, сберкассы, банки и прочие места, в которых может храниться полмиллиона рублей, закрыты. Следовательно, раньше третьего ничего не произойдет! А первого должен вернуться из командировки муж Веры Иван. В этом году ему не повезло. Он работает дальнобойщиком, возит грузы и Новый год проведет в пути.

Добежав до работы, Вера совсем успокоилась, не переставая благодарить господа, который направил ее домой в неурочный час. Значит, так! Кольке она ничего до приезда мужа не скажет. Брат мигом наорет на сестру, завяжется скандал, и праздник они проведут по разным комнатам. А Вере хотелось семейных посиделок, были приглашены две ее подруги. Нет, Новый год надо отметить по-человечески, а разбираться во всем они будут потом, когда явится Иван. Колька побоится зятя!

Но надежде на веселый праздник не удалось сбыться. Около часу дня тридцать первого числа из больницы позвонил Иван: не сумев удержать на обледеневшей дороге трейлер, он попал в аварию. Вера бросилась к соседям с просьбой отвезти ее в аэропорт. Ваня разбился в предместье Петербурга. Все мысли о брате разом вылетели у нее из головы. О том, что Колька вновь сошелся с Миленой и задумывает преступление, она вспомнила лишь десятого января, проплакав девять дней. Сил разговаривать с Николаем не было. Вера понимала, что надо расставить точки над i, но к горлу подкатывал комок, глаза сами собой наливались слезами...

Но не зря говорят, что беда никогда не приходит одна. Вскоре опять позвонили из больницы, на этот раз московской. Равнодушный женский голос спросил:

— Махов Николай Семенович вам кем приходится?

— Братом, — ответила Вера и, не в силах удержаться на ногах, бухнулась на табуретку.

— Тело забирать будете? — все так же равнодушно поинтересовались на том конце провода.

Николая нашли подростки, которые, несмотря на строжайший запрет, полезли играть на стройку. Он лежал на первом этаже кирпичной «коробки», рядом валялась разбитая бутылка из-под водки. Николай был еще жив, умер он уже в больнице. По факту смерти милиция провела поверхностное расследование и со спокойной совестью отправила дело в архив.

— Его убили, — сквозь слезы твердила Вера, — убили.

— Да нет, — увещевал ее молодой парень, пододвигая стакан с водой, — ваш брат захотел выпить, пошел на стройку, поднялся на третий этаж недостроенного дома и упал. Там еще лестниц нет, рабочие перемещаются по деревянным мосткам... Доска сломалась. Ничего криминального!

Но Вера не успокоилась. Отбросив стакан, она закричала:

— Дрянь, Милена, это она...

У Веры началась истерика, она выкрикивала бессвязные фразы. Сначала милиционер просто слушал ее, потом накапал валокордина, а под конец просто выставил Веру за дверь, вежливо пообещав:

— Обязательно разберемся, не надо так волноваться.

Пришлось уйти. Она надеялась, что на этот раз Милене не удастся выйти сухой из воды. Но никто из сотрудников милиции так и не позвонил Вере.

— Конечно, — с горечью сказала она, — неохота им себе головную боль устраивать! Сам в здание вошел! Доска подломилась! Оно, может, и так, только кто его туда зазвал?

— Может, вы ошибаетесь? — тихо спросила я. — Вдруг дело обстояло совсем просто? Захотел выпить, купил бутылку...

— Да не пил Колька! — воскликнула Вера. — Дураком был, неудачником, но не алкоголиком. Ни за что бы не пошел на стройку водку жрать. Зачем ему? Домой спокойно мог принести, великолепно знал, никто ругаться не станет. И знаете что еще?

— Ну? — насторожилась я.

— Стройка, на которой Колю нашли, находится в двух шагах от дома, где живет Милена! — выкрикнула Вера. — Гриднев переулок, семь.

— А вы откуда знаете?

Вера всплеснула руками:

— Так ведь только что я рассказывала вам, как ходила к этой дряни, просила Кольке продукты носить.

— Но это же было много лет назад? — удивилась я. — Милена сто раз переехать могла.

— Там она, в сорок шестой квартире, — прошептала Вера, — сердцем чувствую, там!

Глава 23

Я села в «Пежо» и вытащила атлас. Ну-ка, где этот Гриднев переулок? Иногда люди, будучи уверены в чем-то, фатально ошибаются. Так произошло и с Верой. Во-первых, она полагала, что речь идет о полумиллионе российских рублей, сумма огромная, фантастическая для женщины, которая зарабатывает меньше двух тысяч рублей в месяц. Да Вере надо трудиться более двадцати лет, не пить, не есть, не одеваться, не платить за квартиру, только тогда она соберет такую сумму. Интересно, что бы она почувствовала, узнай правду про доллары? Во-вторых, Вера наивно полагала, что тридцать первое декабря святой день, в который невозможно совершить преступление, но именно его выбрали Милена и Николай, чтобы напасть на Олега. Скорей всего, Вера ошибается и в третий раз: Милена наверняка уже давным-давно переехала из Гриднева переулка. Но проверить все же надо. Девица — единственная ниточка, потянув за которую можно отыскать Олега. Неужели они убили Гладышева? Но кто же тогда прислал Ленке деньги? И потом, как страшно все складывается! Федор Мыльников выпил фальшивой водки и отправился к праотцам. Проходит совсем немного времени, и под Николаем Маховым подламывается доска. Конечно, всякое происходит в жизни, но что-то мешало мне поверить в случайный ход событий.

Тягостные раздумья прервал телефонный звонок, я поднесла трубку к уху.

— Дашка, — раздался высокий голос Кати Когтевой, — ну и дела!

Я сжалась. Сейчас моя давняя подруга Катюха сделает из меня котлетку в сухарях. Впрочем, нет, учитывая некоторые особенности моей костлявой фигуры, это скорее будет шашлык на ребрах.

— Что у тебя случилось? — безнадежно спросила я.

— Нет, лучше ответь, что у тебя случилось!

Я быстро рассказала про Генку и добавила:

— Вот попросила Кирюшку, чтобы он придумал, как временно удалить Маньку из Ложкина. Не хочу лишних разговоров между ней и Генкой.

— Знаешь, что Кирка удумал? — закричала Катька. — Щенка принес!

— Да ну! — фальшиво изумилась я. — Хорошенького?

— Симпатичненький, — сбавила тон Катюха, — крохотный совсем, ушки лопухами... Но он все время писает! Повсюду налил. Напрудит, влезет лапами и шагает дальше. Я уже восьмой раз полы мою.

— Извини, — пробормотала я, — с другой стороны, ты и так без конца паркет драишь, теперь хоть есть достойный повод.

— Знаешь ведь, — вздохнула она, — что я не способна на тебя разозлиться, вот и пользуешься этим. Ладно, пусть Маня у нас поживет, пока Генка не уедет. Но потом очень тебя прошу, пристрой несчастное животное в хорошие руки. Месяц я способна потерпеть, но не больше, уж извини!

— Конечно, — обрадованно закричала я, — естественно, подыщу щеночку достойную семью, а если никого не найду, заберу себе.

— Ты сумасшедшая, — заключила подруга, — просто неисправимая. Куда тебе еще щеночка? И так свора по дому носится, как еще ваша Ирка не сбежала, она небось и спит с тряпкой!

Я отложила телефон на сиденье и завела мотор. Ну-ну, посмотрим, что Катюха скажет через неделю! Есть у меня знакомая семья Федуловых. Папа, мама и дочка на выданье. Девице стукнуло двадцать восемь, а женихов на горизонте не было. Родители, естественно, волновались. Кому охота, чтобы дочь в старых девах осталась? Отец особенно переживал, он даже перестал орать на девку, если та задерживалась где-нибудь до полуночи.

— И ты ее не ругай, — велел он матери, — может, найдет кавалера.

Одним словом, вопрос о замужестве Танечки стоял на повестке дня очень остро. Представьте себе радость отца, когда он где-то около одиннадцати вечера услышал из прихожей веселый голос дочки:

— Мамочка, познакомься, это Эдик!

«Слава тебе, господи!» — подумал папенька и кинулся одеваться. Нацепил белую рубашку, галстук, парадный костюм, на всякий случай сбрил слегка отросшую щетину электрической бритвой, облился одеколоном, схватил из бара бутылочку коньяка и ринулся на кухню, знакомиться с женихом.

Когда он при полном параде, распространяя благоухание, ворвался в тесно заставленную десятиметровку, никаких мужчин за столом не оказалось. Жена и дочь мирно пили чай, на столе, возле сахарницы, отчего-то лежала серая мохеровая шапка.

Удивленный глава семьи оглядел женщин и спросил:

— Жених-то где?

— Какой? — в свою очередь, изумилась Таня.

— Такой, — повысил голос папенька, — которого ты привела, Эдик!

Таня рассмеялась, схватила шапку и потрясла перед носом отца:

— Вот, знакомься, это Эдик, теперь с нами жить будет!

Папаша разинул рот. Никак не желавшая выходить замуж дочка держала в руках... котенка.

Разразился дикий скандал, в процессе которого Эдика пять раз вышвыривали на лестничную клетку и столько же возвращали назад.

— Выбирайте, или я, или кот, — в конце концов заявил разъяренный папа.

Он-то полагал, что жена и дочь одумаются, но они, неожиданно проявив единодушие, воскликнули:

— Жалко маленького, замерзнет!

Через неделю ситуация устаканилась, Эдик теперь спит у отца на подушке, а в шесть утра начинает недовольно мяукать, и мужик рысью несется на кухню, чтобы покормить вконец разбалованное животное. К слову сказать, Таня вышла замуж, но зять тестю не пришелся по душе.

— Эдик намного лучше этого идиота, — сказал мне один раз он, потом со вздохом добавил: — Эх, жаль, в баню со мной пойти не может и пиво не пьет, а во всем остальном золотой кот!

А ведь терпеть не мог кошек и брезгливо морщился, когда наши Фифа и Клепа начинали тереться о его брюки!

Не ожидая ничего хорошего, я порулила в Гриднев переулок. Дорога была ужасной, машина двигалась медленно, из-под колес во все стороны летела жидкая грязь. Несмотря на то что часы показывали всего семь, стояла беспросветная темень. Прохожие тенями скользили по тротуару. Впереди замаячил автобус, я затормозила, очень хорошо зная, что сейчас произойдет! Сколько раз твердят людям: трамвай следует обходить спереди, а остальной наземный транспорт сзади. Ну подумайте сами, это же так просто! В противном случае, когда выскакиваешь на мостовую перед троллейбусом, водитель несущейся по шоссе машины может вас и не увидеть. Не все же такие предусмотрительные, как я.

И точно, из-за автобуса, словно черт из табакерки, выскочила тетка. Я покачала головой: вот, пожалуйста, полюбуйтесь! Одета в темное пальто, на голове капюшон, а за подол цепляется крохотный ребенок! Просто смертница! Увернувшись от несущихся машин, мамаша, игнорируя находящийся рядом подземный переход, зигзагом понеслась на противоположную сторону проспекта. Ну не дура ли? Сама погибнет и малыша убьет!

Но ничего не случилось. Нарушительница спокойно добралась до спасительного тротуара, я перевела дух. Хуже таких теток только те люди, в основном пожилые, которые, оказавшись на проезжей части, начинают метаться из стороны в сторону, Туда-сюда, туда-сюда! Если уж перебегаешь улицу в неположенном месте, то двигайся в одном направлении, определись и придерживайся курса. Я тихонько объехала медленно ползущий автобус. «Определись и придерживайся курса!» Этот совет хорош и в других случаях, нечего падать духом, езжай, Дашутка, в Гриднев переулок.

Не успела я нажать на звонок, как дверь распахнулась, словно хозяйка ждала гостей. Впрочем, скорее всего, она собиралась провести вечер у телевизора с чашкой чая и тарелкой с пирогами. Восхитительный запах печева выплыл на лестничную клетку. Мой рот мигом наполнился слюной, а желудок сжался, напоминая о том, что я ничего за весь день не съела, кроме чашки кофе и одного тостика. Я вдохнула аппетитный аромат и неожиданно сказала:

— Как у вас пахнет пирогами, прямо голова кружится!

Хозяйка, молодая женщина, крепкая, румяная, с черными волосами и яркими карими глазами, улыбнулась:

— С этим сейчас никаких проблем: купила готовое тесто — и вперед! Красота! Ну давайте, распишусь. Вы кем Розе Михайловне приходитесь? Погодите, сейчас догадаюсь! Одеты хорошо... А, понятно, вы ее племянница Оксана, правильно?

— Не боитесь чужих в дом пускать? — решила я увильнуть от ответа.

Женщина весело улыбнулась:

— А! Двум смертям не бывать! Если грабители заявятся, то мимо пройдут, брать-то у меня нечего! Поищут кого побогаче. Сексуальный маньяк найдет объект помоложе. Да и кто сюда проникнет? Подъезд закрыт, у лифта консьержка. И потом, я, как Шерлок Холмс, применила дедуктивный метод... Да входи, Оксанка, ты же у меня еще ни разу не была.

Я двинулась в прихожую и замерла на коврике, не рискуя сделать шаг, такая чистота царила в коридоре.

— На тапки, скидывай чапки, — шутила хозяйка.

Очевидно, она принадлежала к счастливой категории никогда не унывающих людей.

— Давай сюда, — подтолкнула она меня в кухню.

Оказавшись в небольшом, едва ли не пятиметровом пространстве, я вздохнула. Когда мы жили в Медведкове, у нас на кухне вечно царил художественный беспорядок. Чтобы задавить в себе комплекс неряхи, я оправдывалась: «Места так мало, что здесь просто невозможно навести красоту».

Но сейчас перед моими глазами был пример того, что можно сделать из крохотной комнатушки, если проявить смекалку. Каждый миллиметр кухни использовался по назначению, даже экран для батареи был превращен в полочки. На окнах висели бело-красные занавески, в тон им была скатерть, а в центре стола на керамическом блюде высилась горка пирожков.

— Чаек будешь? — предложила хозяйка и снова рассмеялась. — Небось не помнишь, как меня зовут? Будем знакомы, Настя.

Она принялась ловко накрывать на стол, приговаривая:

— Вот, цейлонский купила, ща мы его заварим.

Я решила поддержать разговор:

— Что вы имели в виду, когда говорили про дедукцию?

Настя включила сияющий белизной чайник «Тефаль» и с готовностью пояснила:

— А я сразу поняла, что ты племянница Розы Михайловны. Почему? Да просто. Вчера Роза пришла хлеба одолжить и сказала, что к ней Оксанка жить приезжает, хорошая женщина, не семейная, вот и будет за престарелой тетей ухаживать. Мы в подъезде тут дружим, всех в лицо знаем. Как в глазок тебя увидела, сразу поняла: ты — Оксана. И потом, ну рассуди сама. Домофон не звонил, на улице мороз, а ты в легкой курточке и замшевых ботинках, явно накинула, чтобы только по лестнице пробежаться. Да еще Роза Михайловна пару минут назад звонила и сказала, что ты вместо нее теперь деньги к 23 февраля на подарки ветеранам собирать станешь. Мы всегда поздравляем их в домоуправлении и дома. Ясно? Давай ешь пироги...

В эту минуту раздался звонок. Настя подскочила:

— Пей чай, пойду гляну.

Я схватила второй пирожок. Вот ведь как случается. Настя — внимательная женщина, заметила и мою куртку, и чересчур тонкую для февраля обувь, только сделала совершенно неверные выводы. В домофон я и впрямь не звонила, просто в тот момент, когда подошла к подъезду, из него выходила женщина с ребенком. Консьержки на месте не оказалось, наверное, побежала в туалет. Куртку и ботинки я ношу не по сезону потому, что сижу за рулем, в «Пежо» отличная печка. А сексуальные маньяки нападают на женщин вне зависимости от их возраста. Так что, если вы, как Настя, распахиваете дверь, опираясь на дедукцию, впредь будьте осторожны.

— Кто вы такая? — растерянно спросила Настя, вновь появляясь на кухне.

— Извините, пожалуйста, я не успела представиться: частный детектив Дарья Васильева. Очень у вас вкусные пирожки, можно еще один? — улыбнулась я.

— Ешьте на здоровье, — пробормотала она, — новых напеку, нетрудно. Частный детектив? Прям как в кино! А что случилось?

Я проглотила кусок восхитительной плюшки.

— Скажите, давно вы живете в этой квартире?

— Почти с рождения, — ответила Настя, — мой отец работал на заводе «Мосприбор», ему тут комнату дали.

— Значит, вы знали Милену?

Настя всплеснула руками:

— Что она опять натворила?

— А что, у Милены и раньше бывали неприятности?

Настя кивнула:

— Постоянно, можно сказать, с самого детства. Да в чем дело?

Я поколебалась пару минут, не зная, следует ли говорить правду, но Настя казалась бесхитростной, открытой, и я помимо воли ляпнула:

— Розыск ведем, Милена подозревается в воровстве полумиллиона долларов.

— Ох и ни фига себе! — по-детски разинула рот Настя. — Сперла-таки!

— Вы знаете подробности этой истории? — обрадовалась я.

Она покачала головой:

— Нет, только она давно твердила, что украдет большие деньги, именно украдет, а не заработает... Рассказать?

— Конечно, я вся внимание, — кивнула я.

Глава 24

Когда завод «Мосприбор» выстроил этот дом, отдельные квартиры в нем получили только директор, секретарь парторганизации, председательница месткома и несколько передовиков производства, остальным вручили ключи от комнат. Сорок шестая квартира обрела трех хозяев. В самой большой, двадцатипятиметровой комнате поселилась Настя с родителями, четырнадцатиметровая досталась Федоровым, а двенадцатиметровая — Милене и Раисе Титаренко. Соседи жили дружно, очереди в ванную и туалет не устанавливали, бензин в суп друг другу не подливали, и звонок на всех был один — открывал тот, кто подбегал к двери первым. Казалось, все занимали равное материальное положение. Копили на отдых и мебель, не слишком шикарно питались, не владели машинами, дачами и крутыми суммами на сберкнижке. Но все же самыми бедными считались Милена и Раиса. У Насти имелись и мама, и папа. Федоровы тоже жили полной семьей, правда, без детей, а вот у Милены из родственников была только тетя. Куда подевались родители соседки, Настя не знала. Но когда им исполнилось по восемь лет, девочка спросила у Милены:

— Где же твоя мама?

Та схватила Настю за руку:

— Поклянись, что никому не расскажешь!

— Могила, — пообещала подруга.

Милена обхватила ее за шею и жарко зашептала в ухо:

— Мои родители разведчики, работают в одной стране, чтобы обеспечить безопасность Советского Союза, это огромный секрет, государственная тайна! Скоро они вернутся! У нас на самом деле есть огромная квартира на улице Горького, дача и машина, но мы с теткой не имеем права этим пользоваться, чтобы не вызывать подозрений. Ясно?

Настя кивнула и долгое время потом верила в то, что сказала ей Мила. Ее не смущало, что Раиса ходит по людям мыть полы, а Милена донашивает чужие обноски.

Как-то раз, когда они пошли в пятый класс, после уроков к ним подлетела стайка девчонок-семиклассниц. Одна из них, презрительно фыркнув, спросила у Милены:

— У этого пальто имеется потайной карман в подкладке, знаешь?

— Конечно, — ответила Мила, — это же мое пальто, а вот откуда тебе известно про карман?

Семиклассница ехидно заявила:

— До того, как пальто стало твоим, я его целый

год носила. Твоя тетка у нас полы моет, и мама отдала мои старые вещи побирушкам.

— Побирушка, побирушка, — подхватили подруги богатой девочки, — давайте посмотрим, вдруг у нее и трусы Наташины.

Девчонки накинулись на Милену, повалили в снег и начали задирать одежду. Мила, рыдая, отбивалась. Дежурная учительница мигом навела порядок и велела Милене умыться. Настя пошла с подругой в туалет. Та поплескала на лицо водой из крана и зло сказала:

— Вот вырасту и сопру миллион, все у меня будет, все!

Настя не нашлась что ответить, но потом пролепетала:

— Красть нехорошо, надо самой зарабатывать!

Мила утерлась носовым платком и прошипела:

— Дура! Сколько твои родители горбатятся, и чего? Только на жратву и хватает! А у этой, которая надо мной издевалась, отец — директор столовой. Ясно, откуда у них все! Мне Раиса рассказывала: мешками с работы прет! То-то! Нет, надо так украсть, чтобы не попасться!

Спустя месяц в школе начались кражи. Сначала мелкие, у детей пропадали копейки, отложенные на булочки, потом стали исчезать кошельки у преподавателей. Педагоги вызвали милицию и нашли-таки вора. Им оказался Сеня Клебанов, восьмиклассник из неблагополучной семьи. И хотя Сеня со слезами на глазах твердил: «Я не брал ничего, не брал», — милиционеры обнаружили в карманах его куртки пустое портмоне историка.

Клебанова отправили в специнтернат, кражи сразу прекратились, а на последнее занятие, тридцать первого мая, когда детям разрешили прийти не в форме, Милена явилась в красивом платье, хорошеньких туфельках и с симпатичной сумкой.

— Какое красивое, — с легкой завистью сказала Настя, разглядывая наряд, — где взяла?

Мила шепотом ответила:

— Посылку нам передали от папы с мамой!

И потом у Милены еще не раз появлялись юбки, кофты, ботинки... Наивная Настя очень долго верила в сказки про родителей-разведчиков. Прозрение наступило уже после того, как они окончили школу. Кстати, Милена очень хорошо училась, заработала серебряную медаль и без особых хлопот поступила в педагогический институт на факультет, где готовили преподавателей русского языка и литературы. А еще она подрабатывала в сберкассе уборщицей и все полученные деньги тратила на себя.

Гром грянул в конце первого курса. Раису обвинили в краже довольно большой суммы денег из платяного шкафа в одной из квартир, где она убирала. Обозленная хозяйка, не найдя «похоронных», вызвала милицию, началось следствие. Чтобы поддержать Милену, Настя пошла на суд. Во время заседания выяснилось много интересных подробностей. Оказывается, кражи случались и у других людей, где работала Раиса, просто те выгоняли домработницу, не сообщая ничего правоохранительным органам, жалели несовершеннолетнюю Милену, которая могла остаться совсем одна.

Услыхав, что прокурор потребовал семь лет, Раиса потеряла самообладание и закричала:

— Да не брала я никогда ничего!

— Интересно, куда же тогда подевались деньги? — поинтересовалась судья. — У них ног нет, сами уйти не могут!

Тетка ткнула пальцем в племянницу:

— Она п...а, сколько ни била ее, ни учила, все без толку! Придет к людям и сопрет, что плохо лежит! Гены проявились. Сами знаете, где ее родители!

— А где? — проявила внезапное любопытство одна из народных заседательниц.

Судья зачитала справку. Раиса Титаренко является опекуншей Милены Титаренко, потому что Семен и Анна, родители девушки, осуждены на двадцатипятилетний срок. Столь суровое наказание они получили за то, что попытались ограбить сберкассу и чудом не убили двух посетителей, решивших остановить преступников.

Настя чуть не упала в обморок. Вот тебе и разведчики! Потом из комнаты свидетелей вызвали Милену. Она принялась все отрицать. Никогда, мол, не взяла чужой копейки. Да, тетка приносила ей новые, красивые вещи, говорила, что их дают богатые люди, у которых она работает поломойкой.

— Врешь! — завизжала Раиса.

Милена повернулась лицом к залу:

— Я?

Честно говоря, симпатии всех людей оказались на стороне Милы. Она была маленькой, худенькой. Волосы заплетены в жидкие косички, никакой косметики на лице, руки торчат из коротких рукавов застиранного свитера, а из-под юбки выглядывают коленки, одна из которых ярко замазана зеленкой. Милене трудно было дать восемнадцать лет, ну четырнадцать, от силы пятнадцать. Раиса же, любившая покушать и выпить, сильно расплылась. Волосы она вытравила перекисью, глаза ее прятались в опухших веках, а чтобы посимпатичней выглядеть, она нарастила ресницы густо-черной тушью, щеки намазала ярко-красными румянами, а губы — лиловой помадой.

— И не стыдно вам на ребенка наговаривать? — не выдержала судья.

— Наследственность у нее гнилая, — не успокаивалась Раиса, — отец и мать разбойники да убийцы, вот дочурка в них и пошла, ничего хорошего к ней не пристало!

— Да? — подняла брови судья. — А вот у меня справочка имеется из института. Милена Титаренко сдала сессию на «отлично», ведет общественную работу, получает повышенную стипендию. Есть и еще одна бумажка, из вытрезвителя, в котором побывала недавно Раиса Титаренко. Так кто из вас ведет асоциальный образ жизни?

— Гены у нее дрянные, — не успокаивалась тетка, — ворует и врет с невинным видом, вся в родителей!

— Хватит, — разозлилась судья, — нечего тут про генетику толковать. Кстати, у вас тоже наследственность подгуляла, если не ошибаюсь, осужденный Семен Титаренко является вашим родным братом?

Раиса растерянно замолчала.

Вечером Настя постучалась к Милене. Подруга сидела у телевизора.

— Тетка всегда говорила, что папа и мама разведчики, — быстро сказала она.

— Наверное, не хотела тебя нервировать, — пояснила Настя, — ну не переживай так. Дочь за родителей не в ответе.

Милена кивнула, и жизнь потекла по-старому. Ходили в институт, сдавали сессии. Когда был сдан последний госэкзамен, дома случилась неприятность. У Федоровых пропала большая сумма денег, отложенных на квартиру. Накопления семья держала в сберкассе, но потом представился случай вступить в кооператив, и они «сняли» все подчистую. Когда Иван Петрович возвращался с деньгами домой, на него напали и отняли портфель. Он не разглядел налетчика. От сберкассы Федоров шел малолюдной улочкой, сзади кто-то подкрался и ударил его по голове. Иван Петрович упал, а когда очнулся, ни портфеля, ни денег, ни свидетелей не было. Нашлась, правда, вездесущая старушка, сидевшая у окна и глядевшая от тоски на улицу. Вот она и рассказала, что на Федорова наскочил подросток, щуплый мальчишка в темной одежде и кепке, козырек которой полностью скрывал его лицо.

Лишившись средств, а вместе с ними и надежды когда-нибудь получить собственную квартиру, Федоровы, люди в возрасте, как-то быстро ушли из жизни. Сначала умер муж от инсульта, потом жена. Их комната досталась Настиным родителям.

Окончив институт, Настя устроилась на работу, на службу нужно было выйти только в сентябре, поэтому август она провела в Крыму, а когда вернулась в Москву, обнаружила, что Милена уехала. Куда, почему, осталось непонятным. Комната Титаренко освободилась, родители Насти подсуетились и стали полноправными хозяевами всей квартиры. Милена как в воду канула, она не звонила, не приходила, словно умерла. Первое время Настя недоумевала, куда же подевалась подруга детства, но потом влюбилась, вышла замуж, родила ребенка и забыла про Милену.

Пропавшая подружка появилась чуть больше года назад. Однажды раздался звонок. Настя, как всегда, не глядя в глазок, распахнула дверь и ахнула. Перед ней стояла улыбающаяся Мила с тортом в руке. Выглядела она великолепно. Норковая шубка, бриллиантовые серьги, стильная сумка...

Распространяя запах незнакомых, явно недешевых духов, она обняла Настю:

— Здравствуй, я очень соскучилась! Пустишь меня?

Настя посторонилась:

— Конечно, входи, сколько лет, сколько зим? Куда же ты исчезла? Отчего не звонила?

Милена вытащила из коробки дорогущий импортный торт.

— Да я просто сбежала. Понимаешь, представился случай удачно выйти замуж, вот я и съехала к будущему мужу. Он человек с огромными связями, поэтому сумел сразу прописать к себе, даже без штампа в паспорте.

— К чему такая спешка?

Милена спокойно отрезала кусок нежного бисквита и пояснила:

— Я не хотела, чтобы он сюда приходил.

— Почему? — не поняла Настя.

Вновь обретенная подруга улыбнулась:

— Видишь ли, я ничего не рассказала мужу ни

о своих родителях, ни о Раисе. Очень хотела с ним в загс пойти, вот и решила не пугать его родственниками-уголовниками. Честно говоря, я боялась, вдруг вы расскажете моему жениху правду.

Настя возмутилась до глубины души:

— Между прочим, я умею хранить тайны. Ну-ка, вспомни, я никому ведь не сболтнула про «разведчиков».

Милена кивнула:

— В тебе я не сомневалась ни минуты, а вот тетя Нюра не умела держать язык за зубами.

Настя вздохнула. И ведь правда, ее покойная мама слыла первой сплетницей в подъезде...

— Поэтому я и пришла к тебе только после того, как тетя Нюра и дядя Петя умерли, — пояснила Милена.

— А твои родственники живы?

— Слава богу, нет, — отмахнулась Мила, — Раиса еще в пересыльной тюрьме коньки отбросила, а про отца и мать я ничего не знаю и знать не хочу. Ладно, рассказывай, как живешь?

Подруги поболтали, съели торт, потом Мила сказала, окидывая взглядом кухню:

— Все старое, вон тот шкафчик еще наш, чего новый не купишь?

Настя покачала головой:

— Денег нет, Костя бюджетник, я учительница, откуда средства взять?

— Продай что-нибудь!

— Так нечего!

— Помнится, у твоей мамы имелись дорогие бриллиантовые серьги, — протянула Мила.

— Правильно, от бабушки достались.

— Давай найду покупательницу на них, у моего

мужа много богатых знакомых, — предложила
Милена.

— Ни за что! — воскликнула Настя. — Это семейная реликвия, бабушка сберегла их во время
войны, а мама не рассталась с серьгами даже тогда, когда предложили в кооператив вступить. Нет,
нет! У меня дочь растет, ей передам!

— Дура ты, Настя, — резко заявила Милена, —
о себе надо думать, а не о детях. Они свое нажи-
вут.

Настя растерялась:

— У тебя ведь тоже ребенок есть?

— Ну и что? — пожала плечами Мила. — Родила, чтобы мужа к себе привязать, он человек при
деньгах, сумел мне нормальную жизнь обеспечить. Значит, не хочешь цацки продать?

Настя покачала головой.

— Ладно, — продолжала Милена, — хочешь,
помогу тебе заработать, по дружбе?

— Ну? — заинтересовалась Настя.

— Есть у меня подруга, упакованная по полной
программе, — сказала Мила, — Ася Строкова.
Муженек ее владеет десятком магазинов. Аська
с ним пятый год мучается.

— Почему мучается? — удивилась Настя.

— Так любви никакой к Никите не испытывает, — пояснила Мила, — прямо передергивается
вся, когда в постель с ним ложится!

— Что же ей развестись мешает?

— Эх ты, святая простота, — улыбнулась Мила, — деньги балом правят! Аська без образования, ни дня в жизни не работала. Сначала папа с
мамой ее содержали, потом муж.

— Плохо без любви, — вздохнула Настя, — с милым рай и в шалаше.

— Не пори чушь, — взвилась Милена, — может, в первые три недели после свадьбы и не заметишь бытовых проблем. Но потом захочется иметь мягкую постель, теплую ванную... Сотни женщин выходят замуж по расчету.

— И ты?

— Конечно, а что тут плохого? — удивилась Мила. — Да не об этом речь. Аська такая же романтичная дура, как и ты, не может жить без любви, вот и завела себе обоже...

Настя внимательно слушала подругу. За Асей, как за многими женами богатых людей, ходит охранник. Потому пригласить любовника к себе или пойти с ним в ресторан она не может. Секьюрити мигом настучит хозяину. Оставалось одно: представить дело так, что Ася отправляется на занятия, ну, допустим, изучать иностранный язык.

— Вы же целыми днями на работе, — втолковывала Насте Мила, — сдай жилплощадь Аське, она хорошо заплатит! Пятьсот баксов даст.

— Полтыщи долларов! — ахнула та. — Такие деньги! Не может быть!

— Эх, Настька, — усмехнулась Милена, — ты как была нищей, так ею и осталась! У Аськи бабок не сосчитать, она и тыщу дать может. Согласна?

— Муж не разрешит, — промямлила Настя.

— Ему и говорить не надо, — успокоила ее Мила. — Аська ненадолго приходить станет, на полтора-два часа. Баба она аккуратная, выдашь ей ключики...

— Подумать надо, можно до завтра?

— Нет, — отрезала Мила, — другую найдем. Да

любой человек сразу за такую возможность заработать схватится! Я тебе первой предложила, чтобы помочь.

Настя поколебалась пару минут, но потом представила, что она может сделать, имея пятьсот «зеленых», и согласилась.

— Вот и умница, — улыбнулась Милена, — никому не рассказывай, давай ключи.

Настя протянула брелок с ключами. С Милой они больше не встречались, с Асей никогда не виделись. Но то, что в доме иногда бывает чужая женщина, Настя поняла сразу. Нет, все было аккуратно, и муж ничего не заподозрил, но покрывало на кровати лежало не так, как его обычно стелила она, чашки стояли не там и полотенце в ванной было сложено по-иному. Мужчины, как правило, не запоминают таких тонкостей, но женщины смотрят на мир другими глазами.

Тридцать первого декабря Настя решила принарядиться, полезла в укромное место, где держала мамины серьги, и обомлела: там было пусто.

Лучше не рассказывать, как она провела тот Новый год. Еле дождавшись полуночи, рухнула со слезами в кровать. Муж, думавший, что у жены что-то болит, как мог, пытался ее утешить. Настя кое-как дотерпела до утра и бросилась звонить Милене.

«Абонент находится вне зоны действия сети», — ответил механический голос.

Настя оторопела, ей и в голову не могло прийти, что это сотовый.

— Неужели вы не догадались, что подруга дала номер мобильного телефона? — удивилась я.

— Нет, во-первых, они же все начинаются

с восьмерки и еще какого-то кода, а у меня просто были цифры семь-два-два, — наивно ответила Настя, — и потом, там иногда работал автоответчик, разве его можно установить на сотовый?

Я с досадой прищелкнула языком. Естественно, можно, и у меня в аппарате есть так называемая голосовая почта, и не обязательно звонить через восьмерку, есть прямые номера. Но откуда малообеспеченной Насте знать такие тонкости! Мила так больше и не появилась. Серьги испарились бесследно. Настя, порыдав неделю, решила проявить активность и попросила одну из родительниц из своего класса:

— У вас ведь муж в МВД служит? Сделайте доброе дело, помогите найти адрес подруги...

Та не подвела и через день принесла известие, но оно оказалось обескураживающим. Милена Титаренко в столице не прописана. У Насти опустились руки. Долгими январскими ночами, лежа в кровати без всяких признаков сна, она перебирала в памяти события давно прошедших лет. Только сейчас с ее глаз упали шоры. Да Мила всю жизнь крала и обманывала людей. Ей вспомнились плачущий Сеня Клебанов, с недоумением глядящий на пустой кошелек, вынутый из кармана его пальто, и Мила, вскоре пришедшая в новом платье... Перед глазами возникла истово крестящаяся Раиса, со слезами кричавшая:

— Сколько я ни била ее, все чужое прет...

Насте чуть плохо не стало от собственной глупости. А потом она и вовсе похолодела, вспомнив подростка, напавшего на соседа Федорова. Мила знала, что Иван Петрович понесет огромную по тем временам сумму в десять тысяч рублей. Ей также было известно, по какой улочке пойдет сосед, и то, что он не сумеет оказать хулигану сопротивление. Худенькая, тщедушная Милена запросто могла сойти за подростка, если бы надела джинсы, куртку и кепку... И не зря она вскоре после ограбления Федорова испарилась, вернувшись только для того, чтобы в очередной раз обмануть Настю.

— Никакой Аси Строковой, жены Никиты, в природе не существует, — грустно объясняла Настя, — Милене соврать, как мне этот пирожок слопать. Сама небось тут с любовником встречалась и меня в благодарность обокрала. Вот так!

— Но почему вы решили, что серьги унесла Милена? — спросила я. — Может, их стащила все же Ася Строкова?

Настя грустно вздохнула:

— Ее наверняка и не существует, а драгоценности лежали в тайнике. Если не знать, где он, то не найдешь никогда. Смотрите.

Она встала и поманила меня. Мы вошли в просторную комнату, служащую, очевидно, гостиной. Настя подошла к нелепому, старомодному торшеру. С большим усилием она положила его на пол и отвинтила основание. Внутри обнаружилось углубление.

— Папа сделал, — пояснила Настя, ставя торшер на место, — ладно бы сережки в шкафу лежали... Тогда бы я еще засомневалась, а здесь! Если не знаешь о тайнике, ни за что не найдешь. А Мила была в курсе, я ей в детстве «клад» показала, как лучшей подруге. Только теперь понятно стало, что никогда она ею не была.

Глава 25

На улице резко похолодало, и к машине я неслась с жуткой скоростью, стараясь не упасть на обледеневшем асфальте. Чем больше узнаю про Милену, тем лучше понимаю: кража полумиллиона долларов — ее рук дело. Остается сущая ерунда: узнать, где живет мошенница. Правда, Настя уже пыталась найти Титаренко, но потерпела неудачу и сложила лапки. Но я в отличие от нее более упорна, сдаваться не собираюсь, кроме того, понимаю, что, выйдя замуж, госпожа Титаренко, скорее всего, сменила фамилию и сейчас она Иванова, Петрова, Сидорова и т.д. Значит, искать воровку нужно по имени. Конечно, зовись она Таней, Любой или Светой, о поисках можно было и не задумываться, но Милена! Навряд ли в столице тысячи москвичек с таким именем. Так что теперь надо придумать, каким образом подобраться к нужной информации. Но есть у меня одна мысль...

Совсем недавно, примерно полгода назад, Аркашка вел дело некоего Михаила Строкова, который, напившись до свинячьего визга, сел за руль и сбил пожилую женщину. Старушка, слава богу, осталась жива, а Кеше удалось убедить ее родственников не ломать жизнь четырнадцатилетнему парню, решившему повеселиться в отсутствие родителей. Естественно, отец и мать Михаила отстегнули кругленькую сумму. Так вот, звали предков малолетнего пьянчужки Никита и Ася. Когда дело благополучно завершилось и Миша оказался дома, Ася приехала к нам в Ложкино на огромной машине. Двое сопровождавших ее охранников начали таскать из багажника безразмерные сумки.

— Что вы, не надо, — попыталась я перекрыть продуктовый провод.

— Мы так благодарны Аркадию Константиновичу, — всхлипывала Ася, — Мишеньку отправили в Англию, в закрытую школу, он два года в Москве не объявится. У Никиты сеть супермаркетов «Гурман», продукты высочайшего качества, угощайтесь на здоровье. Кстати, вот дисконтная карта, по ней идет скидка тридцать процентов, даже на спиртное и сигареты. Возьмите мою визитку, соберетесь гостей приглашать, обязательно позвоните, вполцены все для стола купите.

И она стала совать мне картонную карточку. Я машинально опустила ее в карман и тут же потеряла. Но у Аркашки-то должен сохраниться телефон клиентов.

Стрелка спидометра перевалила за отметку 50, «Пежо» понесся в Ложкино. На Ленинградском проспекте я, думая, что все постовые давным-давно отдыхают, повернула налево и тут же услышала свист. Ну, «пончик», вечно он на посту! Огромная, закутанная в тулуп фигура приблизилась к машине, и совершенно незнакомый голос произнес:

— Ваши права.

— А где «пончик»? — вырвалось у меня.

Молодой парень в форме нахмурился:

— Кого вы имеете в виду?

— Тут всегда стоит такой полный дядечка...

— Михаил Андреевич?

— Наверное.

— Вы с ним знакомы?

Я кивнула:

— Очень хорошо, мы почти родственники.

У меня здесь абонемент на десять платных поворотов с дисконтной картой. Но вам, естественно, я заплачу.

Внезапно юноша рассмеялся:

— Ну отец, ну шутник! Да уж, с чувством юмора у него полный порядок! Десять платных поворотов с дисконтной картой! Вот придумал!

— Михаил Андреевич — ваш папа?

Молодой «пончик» кивнул:

— Отец у меня класс. Знаете, что раз на собрании учудил при всем начальстве? Один из сотрудников жаловаться начал: дети, жена, зарплата маленькая... Начальники руками разводят. Тут папаня и выступил: «Помочь надо парню! Дайте ему знак «Ограничение скорости 40 км/час» и поставьте на выезде из столицы. Живо жене на шубку соберет!»

Я рассмеялась. А и правда юморист!

— Ладно, — махнул жезлом постовой, — поезжай!

— Спасибо, передайте Михаилу Андреевичу привет от «Пежо-206».

— Лучше здоровья ему пожелайте, — вздохнул парень.

— Он заболел?

— Да тут один гад его машиной толкнул, лежит теперь со сломанным ребром!

Я расстроилась, проехала чуть вперед, увидела супермаркет и притормозила. Похоже, «пончик» — любитель поесть. Через полчаса я задним ходом подкатила к постовому и протянула туго набитый пакет.

— Вот, передайте Михаилу Андреевичу от чистого сердца!

Юноша глянул на высовывающуюся из сумки бутылку и широко улыбнулся:

— Ладно, он доволен будет, ему редко подарки делают, в основном матерят!

Дома ничего не изменилось, только в холле прибавилось грязи. Теперь там вместо журнального столика красовалась ванна, наполненная чемто черным. В самом центре ее стоял Банди.

— Привет, — помахала я питбулю.

Но пес не кинулся ко мне, его морда была очень грустной. Скинув ботинки и куртку, я подошла к ванне и сразу поняла, в чем дело. Банди обожает купаться. Если кто-то из домашних, решив понежиться в пене, отправляется в свою комнату, к примеру, за халатом, и при этом забывает закрыть дверь в ванную, то в девяноста девяти случаях из ста он находит по возвращении Банди, который, зажмурившись от удовольствия, постанывает в теплой воде. Вот и сейчас пес увидел в холле ванну и влез туда. Только на дне оказалась не ласковая вода, а липкая, похожая на смолу субстанция.

Вы представить себе не можете, до какой степени я ненавижу ремонт! Грязь, пыль, шум, да еще бесконечные неприятности с животными. Сначала загипсованный Хучик, потом Снап со сломанной ногой, теперь Банди, похожий на гигантскую муху, севшую на «липучку». Не в силах справиться с собой, я заорала:

— Дима!

— Здрассти, — высунулся из гостиной прораб.

— Немедленно достаньте пса!

— Ну и ну, — покачал головой парень, — зачем он туда полез, а?

— Ты спроси у него, — посоветовала я и, кипя от злости, пошла в кабинет к сыну.

Аркашка сидел у стола, громко хихикая.

— Что интересного читаешь? — поинтересовалась я.

— Протокол допроса клиентки, — ответил наш адвокат.

— Так смешно?

— А ты послушай. Значит, так. Вопрос: «День вашего рождения?» Ответ: «Первого августа». Вопрос: «А год?» — «Каждый год».

— Забавно.

— Это только начало. Как тебе такой пассаж? «У вас два ребенка?» — «Да». — «Мальчики?» — «Нет». — «Кто же тогда?»

Я улыбнулась.

— Погоди, послушай дальше, — велел Кеша, — там еще лучше. «Почему был прерван ваш первый брак?» — «Из-за смерти». — «Чьей?» Поэтому вопрос: «Сколько лет вашему двадцатитрехлетнему сыну?» уже не кажется удивительным. Дальше у моей клиентки стали выяснять детали, спрашивают: «Можете описать внешность нападавшего?» Отвечает: «Среднего роста, с бородой и усами». Но мент не удовлетворен и задает следующий вопрос: «Это был мужчина или женщина?»

— Врешь, — засмеялась я, — таких дураков не бывает.

— На, посмотри сама. — Кеша сунул мне в руки документ.

Глаза побежали по строчкам. «Присутствовали ли вы в тот момент, когда вас сфотографировали?» Дальше совсем интересный диалог:

«Какие первые слова произнес ваш муж, когда проснулся в то утро?»

«Где я, Катя?»

«А почему, собственно, вас это огорчает?»

«Потому что меня зовут Света!»

Да уж, похоже, парень, составлявший протокол, был пьян. Впрочем, клиентка Аркашки тоже хороша. Вот ее спрашивают:

«Вы живете вместе с дочерью?»

«Да».

«Сколько ей лет?»

«Тридцать».

«И давно она с вами проживает?»

«Сорок два года».

На следующих страницах тот же мент записал свою беседу с врачом, не буду долго утомлять вас деталями, приведу всего лишь один вопрос:

«Итак, доктор, скажите: правда ли, что, когда человек умирает во сне, он не знает об этом до следующего утра?»

— Нет слов, — пробормотала я, отдавая листочки сыну.

— Еще и не такое прочитать можно, — продолжал веселиться Аркашка, — помнится, недавно листаю протокол и натыкаюсь на фразы: «Как вас зовут?» — «Наталья Сергеевна». — «Следовательно, вашим отцом являлся Михаил». Просто улет!

Я согласилась с сыном и спросила:

— Помнишь своих клиентов по фамилии Строковы?

Аркашка задумался, припоминая:

— Парень, который по пьяни чуть было не задавил старушку?

— Да. Ты их телефон не выбросил?

— Нет, конечно.

— Дай мне.

— Зачем? — проявил бдительность Аркадий. — Что за дело у тебя к Строковым?

Невинно улыбаясь, я ответила:

— У Катюшки Когтевой день рождения, она собралась много гостей пригласить. Продукты сейчас очень дороги, выпивка тоже. Вот я и решила помочь ей, сведу ее со Строковым, вроде у них целая сеть супермаркетов.

На мой взгляд, объяснение звучало очень убедительно, но Кеша не спешил лезть в записную книжку.

— Насколько мне не изменяет память, — сказал он, — Катя родилась девятого марта, а сейчас середина февраля.

Я лицемерно вздохнула:

— Ну ты же знаешь Когтеву, она обожает все приготовить заранее, за полгода договориться.

— Ага, — кивнул Аркашка, — записывай, значит, Ася Павловна, лучше иметь дело с ней. Никита Михайлович, несмотря на крайнюю удачливость в бизнесе, полностью под пятой у жены, даже смешно!

Я молча нацарапала цифры. Вот как раз реализованный, самодостаточный мужчина чаще всего и оказывается подкаблучником. Аркадию и в голову не приходит, что Зайка вертит им, как захочет. Правда, Ольга делает это умно, и у муженька остается полное ощущение, что он сам принимает ключевые решения. Впрочем, так оно и есть. Кеша решает глобальные проблемы типа: покупать земельный участок на Луне или погодить. А уж Зайка разбирается со всем остальным: куда поехать отдыхать, что приобрести из мебели, кого пригласить в гости...

Вспомнив про гостей, я снова разозлилась. Ни Генка, ни Генри не собираются уезжать, хотя Ольга предприняла героические усилия, чтобы выпереть мужиков. Но первый целыми днями носится по городу, а второй изводит прислугу, бегая по дому и саду в поисках оранжевого гуся. В результате в доме полный кавардак. Маня вынуждена жить у Когтевых, Зайка сбежала в командировку; Ирка, того и гляди, попросит расчет. Домработнице до зубовного скрежета надоел психически неуравновешенный Генри, близнецов с няней отправили в ссылку, первый этаж похож на кошмар, а собаки... Снизу понесся заунывный вой.

— Что случилось? — удивился Кеша. — Отчего Бандюша плачет?

Чуть не столкнувшись в дверях, мы с сыном выскочили на лестницу. Внизу на груде битых кирпичей заливался в рыданиях питбуль. Остальные собаки отчаянно лаяли на втором этаже, очевидно, Ирка заперла их в зимнем саду. Я сбежала вниз.

— Здрассти, — сказал Дима, вытирая пот.

— Здрассти, — совершенно машинально ответила я и обозлилась вконец.

Так, я уже сама начинаю безостановочно здороваться.

— Что вы сделали с собакой? — налетела я на прораба.

— Ничего, — отдуваясь, ответил тот, — вытащили его с Пашкой из битума, чуть не надорвались, такой тяжелый! Поставили вон туда, на мусор, чтобы пол не испачкал, а он не двигается и воет!

Я подошла к Бандюше и погладила крупную треугольную морду.

— Ну, милый, объясни, в чем дело?

Пит поднял на меня умные карие глаза, дернулся и разрыдался, словно двухмесячный щенок. Я перевела взгляд на его лапы и закричала:

— Дима!

— Здрассти!

— До свидания! Вы идиоты!

— Почему? — растерянно спросил Паша.

— Не знаю, такие уродились! Куда вы поставили Банди?

— Так на кирпичики, чтобы не испачкал пол, — принялся объяснять прораб, — битум — очень липкая штука, потом не отмоете!

— Правильно, — прошипела я, — «очень липкая штука»! Вот кирпичи и приклеились к лапам, у несчастного пса теперь каменные «ботинки», он ноги оторвать от земли не может и орет от ужаса!

— Действительно, — пробормотал Паша, — вот бедняга, а что делать?

— Надо отнести его на второй этаж, — подал голос Кеша, — в ванну, к матери, и там попытаться отскоблить или оттереть битум.

— Правильно! — подскочила я и тут же удивилась: — А почему в мою ванную?

— Так битум пачкается, — как ни в чем не бывало пояснил Кеша, — потом не оттереть!

Видали? Значит, я могу пользоваться заляпанной ванной, а все остальные — нет?!

— Только придется Банди на руках тащить, — продолжал наш адвокат, — иначе все тут будет страшнее некуда, в частности, ступеньки.

— Их потом отциклевать можно, — как всегда некстати, заявил Дима.

Я посмотрела на прораба. Хорошо хоть перестал ежесекундно здороваться!

— Никакой циклевки, — вырвалось у меня, — хватит кошмара на первом этаже, ремонт «поползет» наверх только через мой труп. Поднимайте пита!

Паша принялся чесать в затылке:

— Большой он, тяжелый.

— Хватайте вдвоем, как диван. Ты спереди, Дима сзади, — командовала я.

— Ни за что, — внезапно произнес прораб, — я до смерти собак боюсь.

— Банди не кусается.

— А меня цапнет.

— Ты же его только что тащил!

Дима заныл:

— Ага, всего секунду, а теперь так далеко хотите! Вверх по ступенькам да еще по коридору.

— Только не плачь, — оборвал его Аркадий, — мы его с Пашей отнесем без тебя.

— Можно я за задние возьмусь? — робко поинтересовался рабочий. — С морды боязно, мало ли что ему в голову придет!

В глазах Кеши заплескалось веселье:

— Я как раз и хотел предложить тебе хвостовую часть.

Глава 26

Я подавила смешок. Когда мы однажды вывезли Бандюшу на выставку, то не получили даже самого завалященького диплома, а старый судья обозвал нашего пса: «Генетический мусор». Банди в это время, помахивая хвостом и улыбаясь во всю пасть, облизывал посетителей выставки. Остальные питы, которых хозяева держали на толстых цепях, скалили зубы и пытались немедленно выяснить отношения. Их даже на ринг выводили поодиночке, настолько злобными оказались собаки. Все, кроме Банди, который, не привычный ни к поводку, ни к строгому ошейнику, подбегал к людям и преданно заглядывал им в глаза. Особую любовь у него вызывали дети, жующие чипсы и мороженое. Домой мы возвращались расстроенные, нам ничего не дали! Только Банди был абсолютно счастлив. Он провел великолепный день, поносился по огромному полю, подружился с парочкой болонок и истребил невероятное количество строго запрещенной вкусной еды, которую, стоило нам только отвернуться, засовывала ему в пасть ребятня.

— Да не расстраивайся ты, — утешала Зайка Маню.

Девочка всхлипнула:

— Ага! У всех жетоны, дипломы! А нас генетическим мусором обозвали.

— Мы любим Бандюшу, — влезла я в разговор, — неужели он стал хуже оттого, что не получил значка?

— Нет, — разрыдалась Маруська, — но медальку все равно хочется! Я девчонкам сказала, что мы на выставку едем, теперь дразниться станут.

— Будут тебе награды, — неожиданно сказал Аркадий и развернул «Мерседес».

— Ты едешь назад, на выставку? — испугалась я. — Ой, только не надо скандала! Судьи, в общем-то, были правы, питбуль обязан быть сердитым.

— Сидите смирно, — велел Аркадий, тормозя у магазина «Спортивный мир», — сейчас вернусь.

— Зачем ему сюда? — удивилась я.

— Наверное, решил купить плавки, — предположила Зайка, — или кроссовки.

Кеши не было минут двадцать, потом он вышел, неся в руках... штук десять «золотых» и «серебряных» кругляшей на ярких лентах.

— Эй, дружок, — велел он Банди, — иди сюда. Пит выскочил на тротуар.

— Ну-ка, — забормотал Кеша, — подставляй шею. Вот эта, на синем шнурке, — за первое место по поеданию чипсов, теперь золотую медальку — за добрый нрав...

Через пять минут Банди запрыгнул в машину. Кеша сел за руль.

— У нас имеется шесть золотых, — сообщил он, — пять серебряных и три бронзовые награды. Эх, жаль, кубок забыл купить. А ты, Манька, смело ври подружкам: у моего пита больше всех отличий.

Я покачала головой. Да уж, вряд ли найдется в Москве пес, обладающий медалью, на которой выбито: «За победу в соревнованиях конькобежцев», правда, она одна такая, остальные были без надписей.

Поэтому, сами понимаете, подходить к Бандюше со стороны зубов совершенно безопасно. Вот зализать до обморока он может, а укусить никогда. Я бы лично поостереглась приближаться к нему сзади, потому что при любом намеке на опасность Бандюша мигом делает лужу. И Аркадий об этом великолепно знает, поэтому и предложил Паше зайти с хвоста! С одной стороны, это некрасиво, бедный Паша не подозревает, с какой части Банди более опасен. С другой — я отлично понимаю Аркадия.

Мужчины, кряхтя, оторвали пита от пола и потащили его вверх по лестнице. На лапах пса висели кирпичи, больше всего Бандюша напоминал вывороченный из земли памятник собаке Павлова. Сейчас его затащат в мою ванну, и угадайте с трех раз, кому поручат сбивать камни, отдирать битум и мыть собаку? Надеюсь, у вас нет сомнения по поводу кандидатуры. Ею, естественно, окажусь я!

— Что у нас происходит? — раздался голос, и в холл вошел Дегтярев.

Дима начал путано объяснять полковнику, в чем дело. Приятель нагнулся над ванной.

— Да уж, не хотел бы я туда упасть!

Не успел он вымолвить фразу, как в мое сердце змеей вползла тревога.

— Немедленно отойди в сторону! — заорала я.

Дегтярев не любит подчиняться приказам, поэтому и не подумал пошевелиться. Впрочем, события развернулись столь стремительно, что полковник все равно не успел бы отскочить в сторону.

Собаки, нервничающие в зимнем саду, услыхали голос Александра Михайловича и решили встретить любимого человека. Скорее всего, они все вместе налетели на дверь. Она распахнулась. Освобожденная свора ринулась к лестнице, впереди несся Снап, за ним ковылял толстенный Хучик, шествие замыкала старуха Черри, из-за подслеповатости потерявшая резвость.

— Стой! — заорал Кеша. — Сидеть!

Куда там! Снап, толкнув Аркадия, полетел

вниз, сын попытался сохранить равновесие, пошатнулся, наступил на Хучика... Мопс истошно завизжал, Кешка машинально шагнул вперед, не попал ногой на ступеньку и, не выпуская Банди, упал. За ним нырнул Паша. В глазах у меня замелькало. Если вы когда-нибудь видели мультики про Тома и Джерри, должны представить, что случилось дальше. Клубок из Кеши, Снапа, Банди и Паши скатился вниз и врезался в полковника, разглядывающего битум. Раздался вопль. Я прижала руки к лицу! Ой мама родная! Вот кошмар! Настоящая катастрофа! Александр Михайлович рухнул в ванну, туда же свалились Банди и Аркадий. Паше по непонятной причине повезло, он притормозил возле кучи битых кирпичей. Снап налетел на него и недовольно гавкнул, Хучик добрел до Димы и уселся у его ног, преданно заглядывая парню в глаза. Меня заколотила дрожь. Из ванны не донеслось ни звука. Господи, они разбились насмерть!

Не успела я сообразить, что следует делать, как пуделиха Черри преспокойно влезла на спину Аркадия. Растерявшая остатки разума собака решила погреться возле любимого хозяина.

— Пошла ты на... — завопил Аркашка, пытаясь подняться.

Я не одобряю непарламентские выражения, но в данную минуту почувствовала себя счастливой.

— Котик, ты жив!

Кеша встал на ноги.

— Да... живее всех живых.

— Не нервничай, золотце! Все замечательно.

— Мать!!! Что ты видишь тут хорошего!!!

Я хотела было мирно ответить: «Главное, что все живы», но неожиданно расхохоталась. Дегтярев и Кеша, перемазанные с головы до ног черной липкой субстанцией, заорали в один голос:

— Она еще ржет!

Я прикусила губу:

— Простите, это нервное, вылезайте скорее.

— Они все перепачкают! — заявил Дима.

— Что же, нам теперь тут жить? — простонал Кеша. — Я понимаю, вам полы дороже, чем мы с полковником. Вызывайте кран!

— Зачем? — не понял прораб. — Оно конечно, можно, только позвоню — и он приедет, но к чему здесь подъемник?

— Вынесет ванну вместе с нами во двор, — пояснил Кеша, — там мы с полковником и станем жить, пока дождь и снег битум не смоют. Матери-то полы жалко.

Я возмутилась:

— Между прочим, про грязь сказал Дима.

— Вам же придется на улице год просидеть, — ляпнул недалекий прораб, — битум липкий, просто так не отойдет.

— Аркадий шутит, — ледяным тоном прервала его я, — лучше придумайте, как нам поступить.

Сзади раздался возглас Ирки:

— Пусть разденутся.

— Как?

— Догола, — пояснила домработница, — вон на картонку станут, ботинки, одежду поскидыва-ют — и в ванную.

— А Банди?

— Возьмут его и на руках отнесут.

Я оглядела совершенно черного пса.

— Измажутся.

— Ну и чего? — хмыкнула Ирка. — И так на чертей похожи, им хуже уже не будет. Только пусть идут не на второй этаж, а в подвал, в джакузи, она большая, разом все поместятся, я потом ототру!

— Прикажешь нам тут при всех обнажаться, — надулся Дегтярев.

Ирка пожала плечами:

— Я уйду, Дарья Ивановна отвернется, а Паша с Димой мужчины, чего их стесняться. Или у вас ТАМ что-то особенное есть?

— Ступай на кухню, — мрачно велел Аркадий, — и сиди молча, пока до джакузи не дойдем. Мать, отвернись.

Я послушно уставилась на входную дверь. Сзади слышалось чавканье, кряхтенье, шорох, повизгивание Банди и нервный разговор:

— Помоги брюки снять.

— Не могу.

— Ну потяни.

— Сам тяни.

— Так тяжело, я сидя привык.

— Как ты за преступниками бегаешь, если согнуться не способен? Эй, осторожней! Похоже, придется побрить наголо.

— Тебя тоже, держи пса.

— Черт, тяжело.

— Эх, молодежь, хилые вы, вот как надо!

— Мама!

Я обернулась:

— Что?

— Немедленно закрой глаза! — заорали голые Дегтярев и Аркадий.

— Вы же сами меня позвали!

— И не думали!

— Но ведь позвали: «Мама!»

— Мать, — взвизгнул Аркадий, — сейчас же стань лицом к двери и замолчи!

Я пожала плечами и отвернулась. Глупые люди! Не знают, чего хотят. То зовут, то...

Ба-бах! Дверь распахнулась, и в прихожую вбежал Генри с ноутбуком.

— Он теперь летает в новом районе!

— Кто? — спросила я, поеживаясь от ледяного ветра.

— Гусь, — заверещал Генри, — то носился по маршруту Ложкино—Тверская, а сейчас отправился на Ленинградское шоссе. Что это? Почему туда?

— Закройте дверь, — закричали полковник с Аркадием, — нам холодно!

Но Генри, не слушая никого, ринулся к лестнице, причитая:

— Как же его изловить, как? Просто с ума сойти!

Я машинально проследила за орнитологом глазами. Счастливый, однако, человек. Ничего вокруг не замечает. Ни голых Аркадия с Дегтяревым, ни разгрома в холле. Он никогда не лишится рассудка, а вот я, вполне вероятно, скоро окажусь в психиатрической клинике. Впрочем, есть от чего! Два обнаженных мужика — один длинный, тощий, другой полный и коротконогий, отчаянно матерясь, тащат Банди, похожего на вырвавшегося из котла со смолой грешника. Троица собирается одновременно влезть в джакузи. Пит, конечно, будет в восторге, когда окажется в воде рядом с любимыми хозяевами. На груде битых кирпичей, прижимая к себе Черри, сидит Паша. Лицо у парня совершенно безумное, да и чувствует он себя, наверное, плохо. Иначе как объяснить тот факт, что он регулярно целует пуделиху в морду и приговаривает:

— Любимая моя! Живы остались!

Дима, вскрикивая: «Вот и хорошо, вот здорово!», топчется с обалделым видом возле ванны с остатками битума.

А по лестнице несется потерявший разум Генри с кличем:

— Все равно найду и поймаю!

И вы считаете, что в подобной обстановке можно сохранить психическое здоровье?

Но, как ни странно, следующее утро прошло вполне мирно. Ирка ни словом не обмолвилась о том, как трудно было отмыть джакузи. Аркадий с бритой головой спокойно слопал творог и усмехнулся, когда на кухню вошел полковник, тоже без волос.

Я постаралась не рассмеяться и уткнулась носом в чашку. Толстяк выглядел комично, голый череп не идет Дегтяреву. Решив подбодрить его, я прочирикала:

— Ой, как здорово! Ты стал похож на Герду!

Александр Михайлович выронил тостик:

— На кого?

— Есть такой известный трансвестит, — пояснил Кеша, — и не поймешь, кто он: мужчина или баба. Выступает в женском платье, но с бритой головой, правда, поет неплохо.

Дегтярев побагровел, но ничего не ответил, и я, испугавшись, что опять ляпну глупость, быстренько проглотила кофе и пошла к себе в спальню, звонить Асе Строковой.

Глава 27

— Слушаю, — донесся из трубки молодой голос.

— Вас беспокоит Даша Васильева.

— Да, — ответила сухо Ася.

Поняв, что она меня не припомнила, я пояснила:

— Я мама адвоката Аркадия Константиновича Воронцова.

— Дашенька! Очень рада!

— Можно к вам подъехать?

— Конечно, в любое время, жду!

Договорившись о встрече через два часа, я привела себя в порядок, завела «Пежо» и поехала на Первомайскую улицу.

Ася обняла меня и расцеловала. Для матери, у которой имеется сын-подросток, она выглядела очень молодо, больше двадцати пяти и не дать. Стройная, в джинсах, на тонкой талии широкий ремень.

— Глядя на вас, и не подумаешь, что муж торгует продуктами, — улыбнулась я.

Ася рассмеялась:

— Всю жизнь сидела на строгой диете, боюсь на лишний кусок даже посмотреть. Впрочем, похоже, вы тоже не из тех, кто лопает макароны с хлебом.

— Мне просто повезло, ем все и не поправляюсь!

— Лучше никому не рассказывайте об этом, — вздохнула Ася, — от зависти почернеют. И пирожные можно?

— Запросто.

— М-м-м, — застонала хозяйка, — молчите!

Как я люблю все жареное, мучное, сладкое, жирное... Ладно, пошли чай пить. У нас кухарка делает совершенно потрясающие пирожки.

— В супермаркетах, которыми владеет ваш муж, тоже пекут вкусные плюшки из слоеного теста, — проявила я любезность.

Ася скривилась:

— Фу! Жуткая гадость! Даже не пробуйте! Сплошные консерванты, и хороши они только в горячем виде. Чуть остынут, и в рот не взять.

Честно говоря, в душе я была с ней согласна.

Пирожки, которые подали к кофе, не шли ни в какое сравнение с выпечкой из замороженного теста. Пожалуй, даже наша Катерина не способна испечь такую вкуснятину. Слопав четыре штуки, я вздохнула:

— Все. Глаза едят, а желудок полон. Наверное, я кажусь вам обжорой.

Ася улыбнулась:

— Нет, просто все, кто пробует эти пироги, не могут остановиться. Давайте покурим?

Я окончательно расслабилась. Что может быть лучше хорошей сигареты после обеда? Но мне частенько приходится отказывать себе в удовольствии. Стоит лишь вытащить пачку, как Маруська начинает демонстративно громко кашлять, а Зайка и Аркадий единодушно восклицают: «Ступай немедленно в сад!»

И приходится брести на улицу или забиваться в каморку под лестницей.

Несколько секунд я молча наслаждалась сигаретой, потом сказала:

— Не удивляйтесь странному вопросу. Вы знали женщину по имени Милена Титаренко?

Ася резко встала, от ее приветливой улыбки не осталось и следа.

— Зачем она вам?

Я обрадовалась:

— Вы были знакомы? Честно говоря, я думала, что Милена соврала, слышала где-то ваше имя и просто сболтнула.

— У меня нет никакого желания говорить об этой особе! — отрезала Ася.

На шее у нее мелко-мелко запульсировала вена, лицо внезапно потеряло свежий вид, и стало понятно, что даме хорошо за тридцать, если не за сорок.

— Мы с мужем очень благодарны Аркадию Константиновичу, — суровым голосом отчеканила Ася, — он вытащил из большой беды нашего сына. Лично вы, Даша, очень мне симпатичны, я готова дружить домами, ходить вместе в театр, ездить на пикники... Но о госпоже Титаренко говорить не стану! Хоть режьте!

Я повертела в руках пустую чашку.

— Можно поведать вам одну историю?

— Извольте, — церемонно ответила Ася.

Пока я рассказывала о том, что стряслось с Олегом и Леной Гладышевыми, хозяйка безостановочно дымила. Ася любила крепкие сигареты, и у меня в конце концов защипало в носу и заслезились глаза. Когда поток информации иссяк, Строкова вздохнула.

— Бедная женщина и несчастный ребенок! Кстати, ваша подруга лежит в больнице?

Я кивнула:

— Да, более того, она по-прежнему без сознания. Врачи только разводят руками, говорят, что последствия черепно-мозговой травмы трудно прогнозируются. Она может пройти без следа, а может...

Ася снова тяжело вздохнула:

— А где мальчик, ее сын?

— Его взяла к себе Галя Носова, ее соседка, — пояснила я, — она живет в том же доме, что и Ленка, только в другом подъезде. Лена работает в журнале, сами понимаете, занятие журналистикой не для одинокой матери, командировки, ненормированный рабочий день... Но там хорошо платят, а после смерти Олега Лена осталась практически без средств, вот и предложила Гале: та присматривает за Алешкой, а моя подруга ей платит. Лена не раз говорила, как ей повезло с соседкой: аккуратная, спокойная, по образованию учительница. Сегодня, поближе к вечеру, я поеду к Носовой и заплачу ей. Пока Лена в больнице, мой долг помогать ей!

— Долг платежом опасен, — пробормотала Ася, щелкая зажигалкой.

— Как? — не поняла я.

— Долг платежом опасен, — повторила хозяйка, втягивая едкий дым, — это мой муж Никита перефразировал таким образом пословицу: «долг платежом красен».

— Знаю, — кивнула я, — а при чем тут опасность? И потом, я понимаю долг широко, не только как своевременное возвращение взятых у кого-то денег. Я должна заботиться об Алеше. Лена — моя близкая подруга, правда, встречались мы не очень часто, но это ни о чем не говорит. Вы предлагаете бросить мальчика? Не платить его няне? Но даже если бы я испытывала финансовые затруднения, все равно бы наскребла денег и отдала Галине! Сначала, правда, я хотела взять Алешку к нам, но потом решила, что лучше не вырывать мальчика из обычной обстановки. Он привык к тому, что мама, уезжая в командировки, оставляет его у тети Гали, и сейчас считает, что она в отъезде. Сами понимаете, никто не стал вводить ребенка в курс дела.

— Что же вы предпримете, если Лена скончается? — неожиданно спросила Ася. — Куда денете ребенка? В детдом сдадите?

Я возмутилась:

— Нет, конечно, тогда я усыновлю его. Только я абсолютно уверена, Ленка выживет, и Олег найдется, если вы поможете мне выйти на след Милены.

Ася стала складывать из салфетки кораблик. Но мягкая бумага не слушалась и мгновенно теряла форму.

— Чувство долга — это плохо, — наконец произнесла она, — я сама такая же дура, как и ты. У меня в молодости была закадычная подруга, совсем бесшабашная, Надька Ломова. Родила в шестнадцать лет непонятно от кого, а в двадцать два попала на зону. Прикинь, как мне ее жалко было! Родственников никого, дочка от «святого духа». Вот я и подумала, что мой долг Надьку поддержать. Ездила в Рязань, возила продукты, одежду. Потом она вышла и заявилась ко мне. Плакала — жить негде, ребенок в детском доме, а у нас с мужем огромная квартира, пять комнат. Мой первый супруг был сыном очень известного актера, оттуда и наше тогдашнее благополучие. Ну поселили мы ее у себя, помогли паспорт получить. Толя ее на работу устроил и даже выбил бывшей зэчке через своего отца однокомнатную квартиру. Помнишь, как это было трудно в коммунистические времена?

Я кивнула. Просто невозможно, люди десятилетиями стояли в очереди, причем не только за бесплатной жилплощадью. Те, кто хотел приобрести квартиру за деньги, тоже не могли легко осуществить покупку, требовалось пройти кучу инстанций, доказать, что тебе жизненно необходимы эти квадратные метры.

— И как она меня отблагодарила? — грустно спросила Ася. — Мужа увела, Толю. В результате Надька стала жить в моих хоромах, а меня сплавили в однокомнатный сарайчик, добытый для бывшей уголовницы. Вот так. Правда, в конце концов для меня все обернулось к лучшему. Толя спился, я встретила Никиту... И ведь жизнь меня ничему не научила, потому что потом я познакомилась с Миленой и опять влипла в неприятную историю. И тоже из чувства долга. Знаешь, где и когда мы с ней познакомились?

— Нет.

— В больнице, — пояснила Ася, — оказались в одной палате. Дело происходило давно, Никита никакими магазинами тогда не владел, работал инженером, денег было мало, тянули от получки до получки. Мишка крохотный, пару месяцев всего ему было, а я, как назло, снова забеременела.

Естественно, вопрос о том, чтобы сохранить второго ребенка, даже не поднимался. Ася пошла делать аборт. Лишних средств в доме не нашлось, пришлось ложиться в самую обычную больницу. Строкова очутилась в палате на двенадцать человек. Хирург, проводивший операцию, сделал что-то не так, у нее началось сильное кровотечение, подскочила температура. В результате Ася вновь оказалась на столе, и потом ей сообщили, что детей у нее больше никогда не будет.

Сами понимаете, в какую депрессуху она впала, лежала дни напролет, смотря в потолок. Состав палаты менялся, как стеклышки в калейдоскопе. Бабы отлеживались сутки и бежали на работу, кое-кто норовил удрать сразу, буквально через несколько часов после аборта, задержались лишь двое: Ася и ее ближайшая соседка Милена. У той тоже было какое-то осложнение, но несерьезное.

Веселая Милена тормошила Асю, не давала той рыдать, а по вечерам ухитрялась прямо в халате и тапках бегать за сигаретами. В гинекологии царили драконовские порядки. Больных не выпускали на улицу и не разрешали передавать им продукты. Когда Никита пришел в больницу с кульком, набитым харчами, тетка в справочной сурово отрезала:

— Тащи назад еду и книги.

— Почему? — удивился парень.

— Здесь гинекология, — торжественно заявила служащая, — кругом стерильность, а на твоих продуктах сплошь микробы сидят. Кормят у нас хорошо, ступай себе.

На самом деле еду в клинике давали отвратительную, и Асе страшно хотелось салата, яблок, клубники... На дворе стояло жаркое лето, а их кормили вязкой манной кашей и отвратительно воняющим рыбным супом.

И вновь на помощь пришла Милена, принесла

длинную бельевую веревку и выбросила один конец в окно. Никита привязал пакет... Получив вкусную еду, Ася слегка повеселела, радуясь, что судьба подарила ей такую замечательную соседку по палате: веселую, неунывающую...

Отношения их продолжались и «на воле». Милена стала частенько бывать у Аси с Никитой, а потом вовсе стала ее лучшей подругой. У Строковой была, правда, еще Соня Бычкова, они дружили уже давно, но потом произошла неприятная история. У Никиты из письменного стола исчезла большая сумма денег. Пропажа обнаружилась утром, а вечером в гостях у них побывали Соня и Милена. Правда, Бычкова со слезами на глазах уверяла: «Ничего не брала!»

На свою лучшую подругу Милену Ася подумать не могла. Днем Никита принес конверт и уехал в командировку. Вечером зашли Соня и Милена, а утром денег на месте не оказалось. Никаких посторонних людей в квартире не было.

Ася позвонила Милене и, рыдая, сказала:

— Представляешь! Ходила к нам в дом, пила, ела — и пожалуйста!

— Какая дрянь! — возмутилась Мила. — Гони ее взашей!

— Уже, — ответила Ася, — теперь хочу в милицию обратиться.

— Знаешь, — вздохнула Милена, — не советую. В ментовке такие сволочи сидят! Если магазин оберут, они, может, и пошевелятся. А так — гиблое дело! Только нервы потратишь и репутацию себе испортишь, ничего не докажешь, лучше не заводись. В другой раз будешь умнее, нечего про деньги при всех болтать.

Ася согласилась с ней, и их дружба стала еще крепче. Больше всего привлекало Строкову то, что Милена никогда не проявляла никакого интереса к Никите. Вокруг Титаренко постоянно крутились кавалеры. Мила отбрасывала их как фантики от жвачки.

— Чем тебе Ваня плох? — удивлялась Ася.

Подруга отмахивалась.

— Зануда!

— А Павел?

— Он нищий.

— Костя со средствами.

— Зато имеет маму и трех сестер.

— Кого же ты ищешь? — попыталась выяснить Ася.

Милена принялась перечислять:

— Богатого, ну ладно, обеспеченного, с машиной, квартирой и дачей. Очень хочется на свежем воздухе жить. Я просто задыхаюсь летом в городе. Еще он должен меня обожать, не иметь близких родственников, занимать хорошее положение, и никаких бывших жен и детей!

— Такой принц только в сказках бывает, — засмеялась Ася, — мой тебе совет, прибирай к рукам Костю. У него есть и машина, и дача, и квартира.

Мила поморщилась:

— Зато придется пить чай со свекровью и злобными сестрами, уволь!

Ася улыбнулась, просто Милена пока ни в кого не влюбилась, встретит суженого, и все расчеты вылетят из головы. Асенька всегда была очень романтичной и немного наивной. Однажды Милена прибежала к ней в слезах.

— Что случилось? — испугалась Ася.

Подруга упала в кресло.

— Катастрофа!

— Рассказывай, — велела Ася.

Мила и впрямь влипла в неприятную историю. Ее последний любовник, отличный фотограф, ради забавы нащелкал Милену в разных позах обнаженной. Получились настоящие порноснимки. Милене и в голову не пришло ничего плохого, но потом фотохудожник, кстати, сильно пьющий, надоел ей, и она решила дать ему от ворот поворот.

Она думала, что расстанется с любовником мирно, тихо, по-интеллигентному, но вышло иначе. Парень, ехидно ухмыльнувшись, вывалил на стол кучу фотографий и сказал:

— Вот, теперь я на тебе заработаю. Знаешь, сколько денег платят за такое любители «клубнички»?

Милена пришла в ужас.

— Немедленно отдай снимки.

— Бери, — спокойно сказал любовничек.

Она не успела удивиться тому, что он так легко расстается с добычей, как мужик добавил:

— У меня дома их хренова туча лежит, вместе с негативами. Хочешь приятелям раздавать? Давай напечатаю бесплатно, по дружбе. Если решила коллегам по работе показать, то не беспокойся, сам тебе на службу их отправлю!

Милена чуть не упала в обморок, представив, как коллеги разглядывают «эротику».

— Впрочем, — ухмыльнулся любовник, — можешь получить все, и негативы тоже. Плати!

— Сколько, — прошептала несчастная.

Услыхав названную сумму, она, рыдая, бросилась к Асе.

— Господи, — воскликнула Строкова, — у нас с Никитой таких денег нет и в помине!

— Я бы и не взяла, — всхлипнула Мила, — долги отдавать надо, а знаешь, каково мое материальное положение! Помоги мне, Асенька!

— Да я бы с удовольствием, но как?

Мила изложила свой план. У нее остались ключи от квартиры любовника. Фотограф любит выпить и никогда не откажется, если Милена пригласит его в ресторан. Пока она будет спаивать мужика, Ася откроет его квартиру и выкрадет негативы. На словах все казалось очень просто.

— Ни сейфа, ни тайников у него нет, — пояснила подруга, — в первом ящике письменного стола лежит довольно большой пакет из плотной коричневой бумаги, на нем написано: «Журнал «Новости дня», ну фирменный такой конвертик, понимаешь?

Ася кивнула.

— Возьмешь его, запрешь дверь и принесешь к себе.

— А вдруг хозяин вернется и застанет меня?

Мила усмехнулась:

— Что ты, это невозможно! Он при виде бутылки про все забывает. И потом, я буду с ним рядом, сама привезу его домой, не волнуйся. Умоляю! Помоги!!!

Ася дрогнула. Впрочем, находись Никита дома и узнай о предстоящей вылазке, он удержал бы жену от глупого поступка. Но Строков, как всегда, обеспокоенный материальным положением семьи, укатил в очередную командировку, и остановить Асю оказалось некому.

Вручая подруге ключи, Милена со слезами на глазах попросила:

— Пожалуйста, не вскрывай конверт, я со стыда сгорю потом!

Ася обиделась:

— Ну как ты могла подумать, что я способна на подобный поступок.

— Извини, бога ради, — разрыдалась Мила, — я жутко нервничаю, вот и несу чушь.

Ася поехала по указанному адресу, трясущимися руками открыла дверь, нашла письменный стол, взяла конверт в верхнем ящике, положила в сумочку и... была схвачена людьми в форме.

Случилось непредвиденное. Напротив фотографа жила страшно любопытная старуха, проводящая дни напролет у панорамного глазка. Она следила за всеми, кто входил, выходил и передвигался по лестнице. Жильцы ее терпеть не могли и страшно радовались, когда вредная пенсионерка слегла с инфарктом в больницу. Наверное, Милена полагала, что бабка отсутствует, но та вернулась, заняла свой пост, заметила, как к соседу, озираясь по сторонам и неловко орудуя ключами, входит незнакомая женщина, и мигом вызвала милицию. Отделение находится в том же доме, с торца, патруль прибыл незамедлительно, ментам даже не понадобилась машина, они пришли пешком. Асю, чуть не потерявшую от ужаса сознание, препроводили в ментовку. Она моментально рассказала о снимках.

— Значит, порнофотки, — хмыкнул один из допрашивающих, — сейчас вскроем конверт.

— Пожалуйста, не надо, — испугалась Ася, — очень прошу, не трогайте.

Но милиционеры не послушались. Плотный конверт разрезали, на стол высыпались... купюры большого достоинства.

— Ого, — пробормотал самый молодой мент, — да тут целая куча тугриков! Люблю такую «эротику», очень возбуждает!

Ася обомлела:

— А где снимки?

Менты засмеялись и стали оформлять протокол.

— Позовите Милу, — разрыдалась Ася, — она в ресторане, умоляю! Пусть подтвердит, что отправляла меня за снимками!

Но ее никто не слушал. Окончательно деморализованную Строкову заперли в камере и весь следующий день с ней не разговаривали. Через сутки Асю снова привели в тот же кабинет, на этот раз там сидел один человек, назвавшийся Сергеем Павловичем.

— Дело плохо, красавица, — сказал он, — на-ка, почитай.

Ася схватила листы и узнала почерк.

«Я, Милена...» Чем дальше Ася читала, тем меньше верила своим глазам. Нет, ее обманывают. Мила не могла написать такое! Лучшая подруга писала, что ее жених, фотохудожник Ростислав Приходько, получил большую сумму в качестве гонорара от журнала «Новости дня» и еще весьма солидную премию за первое место на выставке фотографий, которую тот же журнал проводил совсем недавно.

«Наша близкая подруга Ася Строкова, — писала Милена, — знала о деньгах. Она выкрала из моей сумочки ключи и, пользуясь тем, что мы с Ростиславом Приходько отправились в ресторан отмечать помолвку, незаконным образом проникла в чужую квартиру».

— Это ложь, — прошептала Ася, — она сама...

— Дело плохо, дорогуша, — улыбнулся Сергей Павлович, — если я оформлю все честь по чести, тебе уготована ужасная судьба. Отправишься в СИЗО, потом суд, зона. Лет семь получишь как пить дать!

— Что делать, — закричала Ася, — что?

Сергей Павлович крякнул.

— Ну, во-первых, поблагодари подружку, она не хочет, чтобы тебя осудили, хоть ты и задумала обокрасть их. Во-вторых, дело можно спустить на тормозах. Но ребята вчера поторопились, оформили протокол... Теперь надо сунуть кое-кому на лапу.

— Сколько вы хотите? — пролепетала Ася.

Сергей Павлович замахал руками:

— Ну ты сказала! Мне ничего не надо, я просто пожалел тебя, дурочку. Вижу же, первый раз на такое решилась и больше никогда не полезешь в чужой карман.

Ася зарыдала.

— Ладно-ладно, — по-отечески похлопал ее по плечу следователь, — деньги-то дома есть? Надо спешить, пока тебя от нас не увезли. Ты ведь замужем?

— Никита в командировке, — пролепетала Ася, — в городе Владимире, в гостинице.

— Телефон туда знаешь?

— Да.

Сергей Павлович пододвинул аппарат:

— Набирай.

Никита примчался мигом, собрал по знакомым требуемую огромную сумму и вызволил еле живую от пережитого жену из кутузки. Милена пропала из их жизни навсегда. Строков съездил к негодяйке домой, но увидел там другую женщину, которая сообщила, что сдает квартиру, а с работы Мила, оказывается, давно уволилась.

Госпожа Титаренко растворилась в огромном городе. В конце концов Никита махнул рукой и сказал жене:

— Ладно, наука тебе на всю жизнь. Какого хрена полезла в квартиру? Как тебе такое в голову пришло?

— Миле помочь хотела, — забормотала Ася, — единственной подруге, должна же я...

— Не должна, — сурово отрезал муж, — долг платежом опасен.

Глава 28

От запаха Асиных крепких сигарет у меня заболела голова. Да, встречаются иногда такие мерзавки, которые, прикинувшись близкой подругой, гадят вам по-страшному. Мне повезло. За всю жизнь я попала лишь в одну неприятную ситуацию. Пару лет назад мы отмечали рождение Зайки. Ольга терпеть не может скучных посиделок с речами и тостами. Поэтому категорически заявила:

— Делаем фуршет и затеваем карнавал. Пусть все приходят в маскарадных костюмах.

Наши приятели обрадовались предложению, как дети. И в назначенный день по нашему дому бегало штук пять Микки-Маусов, три горца, принцессы, гномы и телепузики. Повеселились мы тогда от души, выпили море коньяка и легли спать с самым радостным настроением. Утро принесло неприятное открытие. У меня, Маруськи и Ольги пропали украшения, к счастью, не все. Основную часть «золотого запаса» мы, естественно, держали в сейфе, но то, что носим каждый день, просто кладем на тумбочки. Ради маскарада Зайка вытащила из хранилища редко надеваемые драгоценности, на ночном столике остался ее «Ролекс», серьги с бирюзой и пара симпатичных колечек с мелкими бриллиантами. Машка осталась без двух золотых цепочек и браслета, я лишилась часиков «Картье», усыпанных брильянтиками, и брошки с большим сапфиром. Все эти безделушки мы, надевая более дорогие цацки, побросали в комнатах.

Несколько месяцев на душе было погано. Конечно, и часов, и украшений жаль, да и стоят они весьма и весьма дорого, но хуже всего было осознавать, что их спер кто-то из близких приятелей, из тех, кто не один год ходит к нам в дом. В конце концов, перебрав всех и поняв, что заподозрить не способны никого, мы пришли к выводу: воровка — новая любовница Пети Маслова. Она появилась у нас впервые и больше никогда не приходила в гости. Маслов регулярно меняет баб. Пете мы ничего не сказали, о произошедшем честно постарались забыть. Но с тех пор, если в доме собирается большое число приглашенных, и я, и Зайка, и Маня аккуратно складываем повседневные украшения в сейф. Но, повторюсь, это единственная неприятная история, случившаяся с нами. Хотя я знаю, что кое у кого подруга отбила мужа, а уж сплетни, которые распространяют некоторые бабы, даже слушать противно. Но происшедшее с Асей не лезет ни в какие ворота. Милена решила обокрасть любовника и придумала хитроумный план. Судя по всему, эта ловкая особа не остановится ни перед чем, чтобы получить деньги. Как же ее найти? Может быть, она вышла замуж за того фотографа Ростислава Приходько и преспокойно живет в его квартире?

Я повертела в руках бумажку, на которой Ася нацарапала адрес. Ладно, сначала съезжу, отдам деньги няне, а потом покачу к Приходько. Как раз наступит вечер, и кто-нибудь будет дома. Конечно, это тоненькая ниточка, можно сказать — паутинка, но других-то у меня нет!

К дому Гладышевой я подъехала около пяти часов. На город начали опускаться сумерки, над входом в подъезд, где жила Галя, не горела лампа, я потянула дверь на себя и поежилась. В парадном воняло, как в общественном туалете, и стоял полумрак. Зажав нос рукой, я влетела в раскрытые двери лифта и натолкнулась на мужчину в мятом пальто, с чемоданом в руках. Сердце екнуло. Дядька выглядел неприятно. Большой, черноволосый, кареглазый, небритый, с горбатым носом, типичное «лицо кавказской национальности». Очевидно, следовало сказать ему: «Поезжайте без меня, я не тороплюсь».

Но я уже стояла в лифте, и кабина медленно поползла вверх.

Мы вышли вместе, на одном этаже, более того, мужчина выскочил первым и нажал на кнопку звонка квартиры, где жила Галина.

Я недоуменно приблизилась к двери. Галя распахнула дверь, но не сняла цепочки.

— Вы к кому? — начала она, потом заметила меня и обрадованно воскликнула: — Ой, Даша! Это с тобой?

— Нет, — ответила я, — впервые его вижу.

— Вы к кому, мужчина? — повторила Галя, не снимая цепочки.

— Слышь, — с сильным акцентом произнес незнакомец, — позови Махмуда.

— Тут таких нет.

— Махмуда Бероева, — повторил кавказец, — племянник он мне, работает в Москве, позови быстрей.

— Сказала же, тут таких нет.

— Махмуд Бероев, — твердил мужчина, — не понимаешь, да? Он у тебя комнату снял, вот, гляди.

С этими словами кавказец вытащил из кармана бумажку и прочитал:

— Улица Ромова. Она?

— Ну, — кивнула Галя, — правильно.

— Дом двенадцать? Квартира восемьдесят три? Точно? Где Махмуд?

Галя покачала головой:

— Господи, ну как вы мне надоели! Который человек из ваших приходит, хоть жилплощадь меняй! Тебе нужен дом двенадцать, туда и ступай!

— Ишь какая злая, — обиделся мужчина, — я цифры знаю и читать умею. На углу табличка висит «Улица Ромова, двенадцать».

Галя вышла на лестницу и ткнула пальцем в окно.

— Вон, гляди, видишь башню блочную, точь-в-точь, как наша?

— Ну?

— Туда ступай, там живет твой Махмуд в восемьдесят третьей квартире.

— Это почему? — нахмурился незнакомец.

— Потому что наш дом двенадцать «а», соседний — просто двенадцатый, — пояснила Галя, — топай туда.

— На табличке написано «двенадцать».

Галя втянула меня в квартиру и быстро захлопнула дверь.

— Вот уроды!

— Кто? — поинтересовалась я, стаскивая ботиночки.

— Да все, — отмахнулась она, — постоянно мучаюсь. Сначала какие-то идиоты решили привесить к нашему дому букву, ну посуди сама, стоит башня ближе к дороге и отчего-то двенадцать «а». А та, которая в глубине, просто двенадцать. Нас все путают. Да еще на табличке и впрямь забыли «а» приписать, вот народ к нам и ломится.

Галя замолчала, передохнула и закончила:

— Мне же больше всех повезло. В том доме, в квартире восемьдесят три, то есть с номером, как у меня, живет баба, которая сдает комнаты кавказцам. Вот они все сюда сначала и ломятся. Боюсь, еще пристрелят, совсем дикие, морды протокольные! Ну за что мне этот геморрой?

— А ты в милицию пожалуйся, — посоветовала я, входя на кухню.

— Скажешь тоже, — отмахнулась Галя, — наш участковый с этих чеченцев живет, взятки с них собирает, нет, надо железную дверь поставить!

Еще полчаса я сочувствовала Гале, попавшей в неприятную ситуацию, потом оставила конверт с деньгами и ушла.

Ленка и Олег в свое время жаловались на то, что в их почтовый ящик опускают письма, адресованные чужим людям. Лена, вечно желавшая всем помочь, бегала на почту и просила, чтобы почтальон не путал, но без толку. В отделении связи постоянно забывали про то, что у дома имеется буква, хотя, на мой взгляд, это необъяснимо, ведь почтовые служащие сами сидят тут, на первом этаже. Но факт остается фактом. Да что там письма, сколько раз приезжала «Скорая помощь» или прачечная. Правда, с ними разбиралась баба Клава. Теперь же, когда несчастную консьержку убили, жильцам приходится небось совсем туго.

Ростислав Приходько жил на севере Москвы. Искренне надеясь, что фотограф не сменил за эти годы квартиру, я покатила по Ленинградскому шоссе, повернула за метро «Сокол» направо, на этот раз по всем правилам, под стрелку, и была остановлена звонкой трелью. Очень удивленная, я вышла из машины и увидела улыбающегося «пончика».

— Михаил Александрович! Вы выздоровели!

Милиционер пошевелил плечами:

— Болит, зараза!

— Зачем же вышли?

«Пончик» улыбнулся:

— Я на работу, как на праздник.

— Я опять что-то нарушила?

— Нет, спасибо хотел сказать за подарок.

— Такая ерунда!

— Не скажите, дорого внимание, — ответил

Михаил Андреевич и добавил: — Этот-то, на черном «Запорожце», теперь старается где надо повернуть. Вот бедолага, по шесть-семь раз по проспекту круги нарезает, пока впишется. Вы ему скажите, я зла не помню, пусть уж в платный поворот катит, отвернусь в сторону.

— Спасибо, — ухмыльнулась я, — только я ничего ему не передам, он надо мной постоянно смеется и хвастается своими шоферскими навыками, вот пусть и тренируется.

Михаил Андреевич захохотал. Его лицо освещали красно-синие, быстро мелькавшие огоньки, которые отбрасывали фонари, установленные на крыше патрульной машины.

— Ну, рад был встрече, — начал было постовой и вдруг, выбежав на проезжую часть, резко замахал жезлом.

Роскошный джип, только что нагло проскочивший на запрещенный сигнал светофора, затормозил прямо возле моего «Пежо» и патрульного автомобиля. Дверь открылась, из салона выползла совершенно пьяная девица в мини-юбке и коротенькой норковой курточке. Покачиваясь на километровых каблуках, она икнула, мутным взглядом оглядела красно-синюю мигалку «Форда», потом навалилась на Михаила Андреевича и хрипло спросила:

— Слышь, толстый, ну-ка скажи, на какой я дискотеке? А еще лучше, притарань мне водки.

Постовой побагровел, но не растерялся. Распахнув дверь милицейской машины, он велел пьянчужке:

— Садись, там у нас стол стоит!

Девица, еще раз громко рыгнув, неловко завалилась на заднее сиденье.

— Видала? — спросил постовой.

— Да уж, — покачала я головой, — вы ее не отпускайте.

Он нахмурился:

— Кто же смерть на дорогу выпустит! Думаете, раз по пятьдесят рублей за поворот беру, так я на все способен? Нет, знак там, на проспекте, никому не нужен, так, мелкое нарушение, а это... Да она сама разобьется и с собой на тот свет людей прихватит.

Помахав ему рукой, я уехала. Надо же, мне и в голову не могло прийти, что абсолютно пьяная девица сядет за руль. И как только она не попала в аварию. Хотя, говорят, алкоголиков бог бережет.

Приходько оказался дома, более того, он сам открыл дверь и на мой вопрос: «Ростислав тут живет?» — ответил: «Ну, слушаю».

От фотографа исходил резкий запах спиртного, лицо его покрывала трехдневная щетина, глаза были красными, волосы встрепаны, и, похоже, он спал прямо в верхней одежде, потому что и его брюки, и рубашка были измяты донельзя.

— Что хотите? — весьма неприветливо спросил он и поскреб грязными ногтями подбородок.

— Заказ примете?

— Чего? — нахмурился Приходько. — Тут частная квартира, вы перепутали, прачечная на первом этаже.

Он хотел захлопнуть дверь, но я быстро сказала:

— Вы же фотограф Ростислав Приходько?

— Ну, — буркнул хозяин.

— Мне сказали, что вы можете поработать на свадьбе, мы заплатим.

Приходько скривился:

— Кто такую глупость-то сморозил? Я давно не снимаю, болею очень, давление у меня.

Судя по амбрэ, которое вырывалось изо рта Ростислава, давит на него в основном алкоголь, причем не лучшего качества.

— Меня отправила Милена Титаренко.

— Милка? — удивился пьяница. — Она жива?

— Конечно, а почему вас это удивляет?

— А ну заходи, — велел хозяин и посторонился.

Глава 29

Квартира напоминала сарай. Я попала только на кухню, но думаю, комнаты выглядели не лучше. На грязном окне вместо занавески серела газета. На столе вперемежку валялись огрызки хлеба, смятые пакеты из-под чипсов, стояли две вспоротые банки с остатками дешевых рыбных консервов и несколько чашек, давным-давно не мытых. Пол был затоптан, вот тараканов не наблюдалось, или они ждали ночи, чтобы выползти из нор.

— Так Милка жива? — повторил Ростислав, плюхаясь на табуретку.

— Она молодая женщина, чего ей умирать.

— Вот... ядрена Матрена, — забормотал Приходько, — а мне сказали, тапки откинула!

— Кто сказал?

— Да баба приезжая, объяснила, умерла Милка, я страшно расстроился! Такие деньги!

— А при чем тут деньги? — осторожно осведомилась я.

Приходько широко зевнул, обнажились черные обломки зубов.

— Эх, пивка бы, — пробормотал он и уставился на меня.

— Давайте куплю.

— Во-во, сбегай, — оживился Ростислав, — прихвати светлое. Другое не люблю.

Я пошла в магазин. Прожив определенное время с алкоголиком Генкой, хорошо знаю, как тяжело приходится сильно пьющему человеку, если он не «примет на грудь». Алкоголизм сродни наркомании, начав регулярно прикладываться к бутылке, через какое-то время вы не сумеете остановиться, организм будет требовать спиртное, вас станет «ломать» и «корчить». Вот почему около магазинов и на площадях, где массово стоят ларьки, трясутся «синяки», выпрашивающие рубли. Им и впрямь плохо. Но я, честно говоря, не понимаю, отчего алкоголизм считается болезнью. Если вы, к несчастью, заболели раком или туберкулезом, это ужасно. Болезнь падает на голову, как нож гильотины, и вы совсем не виноваты в произошедшем несчастье. А пьяница-то сам берет бутылку, никто же не вставляет ему в горло воронку и не вливает водку насильно. Человек собственноручно превращает себя в слабоумного идиота, ладно бы, делай он это в одиночестве. В конце концов, каждый портит собственную жизнь как умеет. Но у подавляющего большинства алкоголиков имеются жены и дети. Каждый вечер превращается в пытку, когда, вслушиваясь в шаги на лестнице, они с ужасом думают — ну какой он сегодня явится? А походы в гости? Все мужчины примут немного, для веселья, и беседуют, поют или пляшут. А ваш безостановочно опрокидывает рюмку за рюмкой, ругается с хозяевами, пытается затеять драку. Хуже всего приходится на следующее утро, когда начинают звонить подруги и фальшиво сочувствовать:

— Дашутка, бедняжка, ну как ты с ним живешь? Мне тебя жаль!

У вас нет приличной одежды, обуви и еды, ваш ребенок боится отца, и частенько приходится, схватив малыша, бежать ночью на улицу, потому что добрый супруг и папа бушует в квартире. И уж совсем нестерпимо объяснять потом все понимающим сослуживцам: «Да вот, поскользнулась вчера, подбила глаз».

Легче становится, когда пьяница переходит в последнюю стадию — «косеет» от чайной ложки и спит сутками. Впрочем, зря радуетесь, если ваш супруг доехал до этой остановки, следующая, как правило, носит название: «Белая горячка».

Почему же мы живем с алкоголиками? Не знаю, как другие, а лично я поначалу была полна педагогического энтузиазма: ничего, я его перевоспитаю, отобью охоту к возлияниям. И потом, ему одному будет плохо, еще погибнет! Понадобилось довольно много времени, прежде чем ко мне пришло понимание: переделать пьяницу невозможно, и он великолепно проживет и без меня. Просто найдет себе другую дуру, готовую содержать муженька. Я-то выскочила из западни, лишь слегка помяв перья, но многие так и не решаются на это из чувства долга. Дорогие мои, помните, что долг платежом опасен, и уносите поскорей ноги от пьяниц, им лучшая жена — бутылка. И потом, ребенку-то за что такие муки?

Я купила пиво, поллитровку водки, батон белого хлеба, граммов триста дешевой, воняющей чесноком колбасы и вернулась к Приходько.

Увидев «продуктовый заказ», Ростислав чрезвычайно оживился.

— Выпьешь со мной? — потирая руки, спросил он.

Я достала тысячу рублей, помахала купюрой перед носом опустившегося мужика:

— Хочешь заработать?

Приходько вздохнул и, жадно поглядывая на бутылку, сказал правду:

— Деньги завсегда нужны, только свадьбу тебе могу снять, если фотоаппарат мне дашь. Мой, того, в общем, украли его у меня.

— Снимки не нужны.

— Чего тогда? Давай налью.

Но я очень хорошо понимала, с кем имею дело. Сейчас глотнет и мигом захрапит.

— Нет, и выпивку, и деньги получишь после того, как ответишь на мои вопросы.

Будь на месте Ростислава нормальный человек, я никогда не стала бы беседовать с ним в таком тоне, но Приходько не воспримет мои вежливые просьбы. Тут нужно хамить и рявкать, одновременно показывая бутылку и деньги.

— Давай спрашивай, — тут же согласился алкоголик.

Вот вам и основной аргумент, почему нельзя жить с пьяницей. Такой за бутылку согласится на все, даже на убийство:

— С чего ты решил, будто Милена умерла?

— Так приходила баба, вся в слезах, эх, денег жаль, сейчас бы пригодились.

— Ну-ка, изложи ситуацию по порядку.

— Дай пивка хлебну!

— Сначала деньги, потом стулья, — отрезала я, — колись, рыбка моя!

Ростислав когда-то хорошо зарабатывал. Фотограф он был первоклассный, снимки печатались в разных изданиях, а еще имелись заказы, частенько приглашали снимать дни рождения, свадьбы. Приходько кривлялся, ходил лишь к знаменитостям и заламывал за услуги непомерные деньги. Женщины около него не удерживались. Правда, в те времена Ростислав пил не так сильно, не мучился от похмелья, имел машину и дачу. Недостатка в бабах, мечтавших прибрать к рукам обеспеченного холостяка, не было. Но, прожив с ним пару недель, женщины убегали. У Ростислава тяжелый характер: он ревнив, вечно всем недоволен, терпеть не может, когда с ним спорят, и очень злится, если любовница высказывает по какому-нибудь вопросу собственное мнение. Он и в те годы не отказывал себе в удовольствии выпить. Дольше всех, почти год, около него продержалась Милена. Приходько даже начал подумывать о свадьбе, когда случилось несчастье. Несмотря на вздорный характер, фотограф был по-детски доверчив. Милене он верил, как себе, и считал ее почти женой. Именно поэтому поручил любовнице съездить во Львов и получить там причитающуюся ему большую сумму. Дело в том, что иногда Ростислав делал порнофотографии. Ничего отвратительного и грязного! Он создавал нежные, эротические снимки. Естественно, Приходько не торговал ими в подземных переходах. У него было несколько постоянных клиентов, богатых мужчин, которые заказывали сессии. Ростислав нанимал нужных девиц, а потом отвозил снимки клиентам. Один из них жил во Львове, и Приходько никак не мог к нему выбраться. Вот и попросил Милену скатать в Западную Украину. Она охотно согласилась.

До Львова она добралась без приключений, получила немалые деньги, а вот назад не вернулась.

Встревоженный Ростислав принялся звонить в аэропорт, узнал, что рейс благополучно прибыл, и растерялся. Ну куда подевалась Милена? Истина выяснилась через несколько дней. К Приходько приехала женщина, молодая, но некрасивая, какая-то блеклая, и, вытирая глаза платком, сообщила:

— Мила погибла в автокатастрофе, разбилась, когда ехала из аэропорта в Москву.

— Как? — закричал Ростислав.

— Мы ее уже похоронили, — ответила незнакомка, — на Сомовском кладбище.

— Но почему... мне не сообщили? — только и сумел пробормотать Ростислав.

Она пояснила:

— Милена, моя сестра, очень скрытная была. Небось ничего вам о родственниках не рассказывала, и мы не знали о вас. А вчера случайно, разбирая ее сумку, наткнулись на записную книжку, адресов там мало, вот решили ее друзей оповестить. Вы съездите на кладбище, поклонитесь.

У Ростислава запульсировала в висках боль.

— А денег в сумочке не было?

Девушка покачала головой:

— Совсем немного, рублей пятьдесят.

— Где это Сомовское кладбище?

— За МКАД, село Кропотово.

— Что же не в Москве ее похоронили?

— У нас там место, — пояснила сестра Миле-ны, — могила родственников.

После ее ухода Ростислав заметался по кварти-ре. Милена никогда ничего о себе не говорила, сказала только, что сирота. Ростислав ни разу не был у нее в гостях. Первое время после знакомст-ва они ходили в рестораны. Милена оказалась не из тех, которые, оттопырив нижнюю губу, ноют:

— Теперь вези меня домой, в местечко Гадю-кино, сто километров не доезжая до Китая!

Нет, она, выходя из очередного кабака, мило улыбаясь, говорила:

— В моем районе уже не московское время, ты поймай такси, я сама доберусь.

Первый раз Ростислав, услыхав эту фразу, ре-шил проявить галантность и воскликнул:

— Ну что ты! Разве можно! Естественно, я до-ставлю тебя до подъезда.

Но Милена усмехнулась:

— Не глупи! Ты мне нравишься, я совсем не хочу, чтобы ты убежал, поняв, что тебе придется возить меня на край света. Можешь заплатить шо-феру, буду очень благодарна.

Ростислав пришел в полный восторг от такой некапризной дамы и больше не делал попыток до-везти ее до дома. А потом Милена переехала к Приходько, обронив между делом:

— Пустила на свою жилплощадь родственни-ков. Представь, какой ужас! Квартира у них сгоре-ла, и денег никаких!

Все, больше она никогда не упоминала о родных, только сказала походя:

— Родители мои давно умерли.

Ростислав, кстати, был очень доволен, что ему на жизненном пути попалась сирота. Он был уже один раз женат на Люсе Макеевой, у которой имелся полный набор: мать, отец, бабушка, сестра и собачка Жулька. Поэтому хорошо знал, как могут осложнить жизнь милые, желающие добра родственники. От одних их советов с ума сойдешь. Разведясь с Люсей, Ростислав часто повторял классическую фразу: «Жениться надо на сироте».

Говорил он это с улыбкой, а потом, вздыхая, добавлял: «Только где же ее найти?»

И вот сейчас господь послал ему идеальную спутницу. Еще Ростислава устраивало, что у Милены не было подруг. Она не висела часами на телефоне, не бегала по магазинам и не грузила спутника служебными проблемами. Впрочем, никаких подробностей о месте работы Милы Приходько тоже не знал. Будущая жена сообщила, что является журналисткой на вольных хлебах, в штате не состоит, а просто пишет статьи для разных изданий.

И вот теперь, после ее смерти, выяснилось, что у Милены есть сестра.

Ростислав съездил на Сомовское кладбище, нашел у самой ограды холмик, засыпанный пожухлыми букетами, увидел табличку с фамилией Титаренко, фотографию Милены, выпил бутылку водки за помин ее души и... впал в запой. «Отгудев» месяц, он пришел в себя, огляделся вокруг, познакомился с новой пассией. Жизнь потекла дальше. К Милене на могилу Ростислав больше никогда не ходил.

— Женой она мне не была, — оправдывался он сейчас, — обязательств никаких я не брал, да и сестра у нее есть, небось следит за могилой. Эх, жаль деньги пропали! Сейчас бы они мне пригодились, сумма была приличная, в долларах! Я все думал, кто ее спер? Менты, которые тело нашли, или сестричка родная?

Я спустилась на улицу и, вытащив из кармана куртки сигареты, пошла к машине. Приходько видел могилу Милены? И погибла она пять лет назад? Интересно, каким образом Милена ухитрилась воскреснуть и ограбить несчастного Олега? Сдается мне, хитроумная девица сама организовала собственную кончину, чтобы не отдавать тугрики. А роль сестры исполняла какая-нибудь очередная ее знакомая, которой бойкая Мила наплела с три короба.

Я влезла в «Пежо» и включила радио. «Ты знаешь, мама, — понесся заунывный напев, — он такой, он не такой, как все...»

Я поежилась, голос был въедливый, настырный. Он такой, он не такой... Вот и Милена такая, да не такая. И могилку себе подготовила! Ладно, сейчас уже поздно, завтра съезжу на Сомовское кладбище, найду это захоронение, а там посмотрим, может... И тут ожил мобильный. Ожидая, что это Маруська или Кеша, я схватила трубку. Но услышала совсем незнакомый баритон:

— Дарья Ивановна?

— Слушаю вас.

— Беспокоит Ильичев.

Я удивилась. Андрон Георгиевич — один из

управляющих банка, в котором мы держим часть денег.

— Что-то случилось?

Андрон Георгиевич замялся:

— Можете сейчас подъехать ко мне в офис?

— Да, но...

— Извините, по телефону не могу.

В полном недоумении я развернула «Пежо». Что за неприятные новости приготовил мне Ильичев? Его банк больше не кредитоспособен? Хочет объявить о банкротстве? Конечно, это неприятно, но не смертельно. Львиная часть наших средств размещена в Швейцарии. Кто-то подобрал код и снял через банкомат некую сумму с моего счета? Ладно, беспокоиться зря не стану. Ясно одно, речь идет о радужных бумажках, которых у нас много, впрочем, и когда их было мало, из-за денег мы не расстраивались.

В относительно спокойном расположении духа я добралась до банка, улыбнулась охранникам и поднялась на третий этаж, где расположен роскошный кабинет Ильичева.

Андрон Георгиевич, нервно улыбаясь, предложил:

— Чай? Как всегда — с лимоном?

— Лучше будет, если вы сразу приступите к делу. Впрочем, кажется, я догадываюсь, что случилось. Вы банкрот?

Ильичев поперхнулся и замахал руками:

— Господь с вами! Дело в другом.

— В чем же?

Он замялся:

— Дарья Ивановна, мы с вами знакомы не первый год, и смею вас заверить, второго такого клиента у нас нет: неконфликтного, некапризного...

— Можете не продолжать, сама знаю, что я замечательная во всех отношениях особа.

— Бога ради, простите, если совершаю бестактность, — продолжал выписывать кренделя Ильичев, — в общем...

Он щелкнул рычажком. Один из телевизоров, стоящих у стены, ожил, его экран замерцал голубым светом, потом возникло изображение комнаты.

— Узнаете? — спросил Ильичев.

Я кивнула:

— Конечно, это ваша VIP-гостиная, я всегда там ожидаю большую сумму.

— Да не про помещение речь, — внезапно потерял свою приторную вежливость управляющий, — на кресло поглядите, то, которое в углу!

Я всмотрелась в экран и постаралась сохранить спокойствие.

— Машка! Там сидит моя дочь!

— Вот, — утирая пот со лба безукоризненно белым платком, сказал Ильичев, — поэтому я и позвонил.

Я слушала его рассказ, чувствуя, как меня охватывает тревога.

Часа полтора назад в банк явилась Маруська и попросила ни больше ни меньше как... двести тысяч долларов. Девочку здесь отлично знали, ее карточка в полном порядке, но служащий, увидев запрос, насторожился. До сих пор Маруська снимала не более пятисот «американских рублей». С вежливой улыбкой клерк сказал:

— Прошу вас подняться в VIP-гостиную и подождать, пока подготовят эту сумму.

Манюня не удивилась, мы не раз с ней вместе лакомились пирожными, которые тут подают особо дорогим в прямом и переносном смысле клиентам. Поэтому она спокойно прошла в помещение и сейчас, если верить изображению на экране, лопает корзиночку со взбитыми сливками.

Управляющий же, узнав о гигантской сумме, счел необходимым поставить меня в известность.

— Извините, если я совершил бестактность, — оправдывался он, — но, сами понимаете...

Я быстренько сгребла в кучу остатки ума и сообразительности. Так, пусть уж лучше Ильичев считает меня дурой, чем Манюню воровкой.

Изогнув бровь, я уставилась на управляющего.

— Хотите сказать, что наш счет иссяк?

— Нет, — растерянно ответил Андрон Георгиевич.

— Тогда почему не даете деньги?

Ильичев окончательно растерялся:

— Но... такая сумма... ребенок...

— Маша — взрослая девушка, остальные члены семьи заняты, вот ее и отправили в банк.

— Взять двести тысяч?!

— Подумаешь, — я старательно изображала «новую русскую», — эка невидаль! Просто удивительно, что вы оторвали меня от важных дел из-за такой чепухи!

Андрон Георгиевич сменил цвет лица с красного на зеленый. Я решила закрепить успех и заявила:

— Конечно, замечательно, что вы проявляете бдительность, но, ей-богу, не стоило заставлять меня нестись через всю Москву.

— Значит, выдать деньги?

— Естественно, — дернула я плечом, — как же иначе? Они нам нужны!

Оставив шумно дышащего Ильичева в кабинете, я спустилась в основной зал и дождалась, когда из маленькой двери, расположенной у лифта, вышла Манюня. В руках она держала небольшой черный чемоданчик. Банк выдает такие в качестве подарка клиентам, которые снимают нехилые суммы. За Маруськой шли два охранника и сам Ильичев.

Увидев меня, Машка притормозила. Я недовольно протянула:

— Ну ты и долго! Сколько ждать можно!

— Извините, — забормотал Андрон Георгиевич, — пока пересчитали...

— Вы делаете это вручную? — схамила я. — Хотите, купим в качестве спонсорской помощи пару машинок для пересчета банкнот?

Ильичев закашлялся, но, естественно, ничего не сказал. Охранники довели нас до «Пежо». Я завела мотор, заехала за угол, припарковалась и спросила:

— Ну?

Большие голубые глаза Маши медленно наполнились слезами.

— Ты сама сказала, что я могу снимать сколько угодно денег, они общие!

— Конечно, дружочек, просто я хочу знать, зачем тебе такая сумма? Кто-то из твоих приятелей попал в беду? Наркотики? Или долги? Ты отдашь деньги, никто из нас тебя не упрекнет, но, согласись, мы же всегда рассказываем друг другу о тратах. Или ты больше не считаешь меня близким человеком?

Маня разревелась. Я подождала, пока бурный поток иссякнет. Наконец она, всхлипнув последний раз, вытерла лицо рукавом. Розовый пуловер мигом стал черно-зелено-красным.

— Вот и верь после этого производителям элитной косметики, — покачала я головой, — ведь мы вместе покупали тушь, тени и помаду у «Диор». Помнится, нам пообещали, что их водой не смыть.

Маруська посмотрела на испорченный джемпер.

— Зато, когда размажутся, ни за что с лица не стереть, — грустно сказала она, потом, пошмыгав еще пару минут носом, прошептала: — Мусечка, я не хотела тебя волновать.

— Все в порядке, рассказывай!

Слова посыпались из Маруськи, словно гречневая крупа из разорванного пакета.

Глава 30

Пару дней назад, выходя из школы, Манюня наткнулась на попрошайку: бледного, дурно одетого мужчину без ног, сидящего в инвалидной коляске. Маня — жалостливый человек, никакие разговоры о том, что нищенство — это хорошо поставленный бизнес, на нее не действуют. Она подает милостыню всем: цыганкам, таджикам, пронырливым старушкам и «ветеранам» всех войн.

Вот и в тот раз протянула деньги несчастному инвалиду. Он взял купюру и хрипло сказал:

— Храни тебя господь! Эх, и у меня могла быть такая девочка, да нет!

— Где же ваша дочка? — проявила любопытство Маня.

Инвалид закашлялся и рассказал душераздирающую историю. Имелась у него в свое время жена Рената и крохотная дочурка Машенька.

— Любил их, ох, любил, — повествовал калека, — хотел обеспечить, одеть, накормить, вот и нанялся водить большегрузные машины по стране. Да попал в аварию, лишился ног.

Пока несчастный лежал в больнице, Рената ушла, прихватив дочь, более того, хитрая баба ухитрилась, подделав все документы, сначала развестись с калекой, потом продать их общую кооперативную квартиру, вновь выйти замуж и укатить в Америку.

— Вот я и остался на улице, голый да босый, — качал головой дядька, — спасибо, пустили люди в комнату, теперь езжу, побираюсь! Искал, искал свою доченьку, да не нашел, одна карточка осталась!

Порывшись в тряпье, которое прикрывало остатки ног, мужик вытащил снимок. Машка, и так уже находившаяся на грани обморока, чуть не умерла. Это была ее детская фотография.

— Ты хорошо знаешь этот снимок, — шептала девочка, размазывая по лицу остатки косметики, — я стою в розовом костюмчике, а на ногах тапочки в виде собачек.

— И ты решила помочь отцу?

Маня кивнула.

— Отчего такая большая сумма?

— В Америке за двести тысяч делают электронные протезы, — с отчаянием сообщила Маруся, — дядя Гера сказал, что будет ходить как с родными ногами.

— Его зовут Гера?

— Игорь просил обращаться к нему: «папа».

Но я не могу пока, вот и придумала Геру, вроде не так официально.

— Почему мне не сказала?

— Дядя Гера очень просил: «Не говори никому, Машенька, не хочу в вашу семью вползать, мне бы только ноги новые...»

Я обняла девочку, чувствуя, как в душе разгорается злоба против негодяя.

— Маняша, включи воображение. Когда Рената вместе с Геной уехали в Америку, тебе не исполнилось еще и полугода.

— И что?

— А то! Дети в таком возрасте не умеют стоять. Фотография в розовом костюмчике сделана уже после отъезда Ренаты, тапочки тебе раздобыл Аркашка, купил возле магазина «Детский мир», у спекулянта. Эта фотография никак не могла попасть в руки твоего отца, мы с ним не знакомы. Ты стала жертвой афериста!

Маня раскрыла рот.

— Значит, дядя Гера — не мой папа?

— Нет, конечно, он мошенник, который специально поджидал тебя у школы!

— Но откуда у него снимок?

— Выясним, — пообещала я, — лучше скажи, куда ты должна доставить деньги?

— Домой к Гере.

— Адрес говори, — велела я и стала набирать номер Дегтярева.

Очень хочется изловить этого негодяя, но отправляться к нему одной страшно. Скорей всего, в квартире сидят здоровые, дееспособные мужчины, поджидающие глупую девочку с мешком долларов.

— Когда он велел привезти деньги?

— К девяти вечера, — сердито сказала Маня, — звонил мне на мобильный, интересовался, как дела.

— А ты?

— Попросила не нервничать, мол, сижу в банке, жду.

— Хорошо, — пробормотала я, — надеюсь, Александр Михайлович не теряет сейчас времени зря!

Около половины одиннадцатого я стояла на лестнице, прижимаясь спиной к ледяной стене. Несколько милиционеров в камуфляже разместились по бокам обшарпанной деревянной двери.

— Поняла, как действовать? — тихо спросил старший из них у Маши.

Девочка кивнула.

— Тогда начали, — велел омоновец.

Маруська позвонила.

— Кто там? — донесся хриплый голос.

— Открой, дядя Гера, — выкрикнула Машка, — я деньги принесла, извини, задержалась!

Загремел замок.

— Доченька, родненькая, — запричитал мерзавец.

Но закончить фразу он не успел, в приоткрывшуюся дверь ворвались вооруженные парни. Понеслись вопли, мат, стук... Маруська подбежала ко мне и вцепилась пальцами в плечо.

— Они его не убьют?

— Нет, — спокойно ответил Дегтярев, — так, бока намнут.

— Идите, — высунулся старший, — готово.

В темной, грязной квартире отвратительно воняло, но мне было не до оскорбленного обоняния. Комната, куда я влетела, выглядела малопривлекательно. Кровать без постельного белья, стол, прикрытый газетой, драное кресло и клубки пыли на полу. У окна в инвалидном кресле сидел Гера. Я вздрогнула. Похоже, мужик и впрямь без ног.

— Ну, — резко сказал шедший следом Дегтярев, — рассказывай, в какую американскую клинику собрался? Что такую дорогую выбрал, а, голубок?

Гера испуганно забормотал:

— Это не я, ей-богу, не я...

— А кто?

— Иван Иванович.

Дегтярев скривился:

— Давай без ерунды. Знаешь, столько раз в своей жизни я слышал про Ивана Ивановича Иванова! Уже неинтересно! Ребята, тащите его в автобус!

— Ну честно, — взвыл калека, — так он назвался! Иван Иванович!

— Дальше, — потребовал полковник.

— Подошел ко мне в метро и спросил: «Хочешь штуку баксов?»

Игорь насторожился.

— Что надо делать?

Иван Иванович изложил план и дал фотографию.

— Ну-ну, — покачал головой Дегтярев, — положим, мы тебе поверили, говори телефон Ивана Ивановича.

— Не знаю.

— Адрес?

— Тоже!

— Все, ребята, — хлопнул ладонью по столу Александр Михайлович, — тащите его...

— Ну не вру я, — завопил Игорь, — не вру! Не сказал он мне свои координаты!

— Как же ты деньги передавать собирался?

— Так он сейчас придет сюда сам! Только что звонил, минут десять до того, как эти ворвались!

Полковник резко встал:

— Всем слушать меня!

В операции по взятию преступника нам с Маруськой поучаствовать не дали, заперли в ванной. Мы слышали лишь отчаянный мат, грохот и вопли:

— Не убивайте!!!

Спустя некоторое время дверь нашей темницы распахнул один из омоновцев.

— Ступайте в комнату, — без всякой улыбки велел он.

Мы с Маней, отталкивая друг друга, ринулись вперед. В комнате сохранилась прежняя расстановка сил, только на полу, между кроватью и столом, широко раскинув в разные стороны ноги, лежал мужчина.

— Знаете его? — поинтересовался Дегтярев.

— Нет! — выкрикнула Маня.

— Лица не видно, — добавила я.

— Покажи, Николай, — велел полковник.

Один из омоновцев схватил лежащего за волосы и не сдержал удивленного возгласа:

— Да он в парике.

— Эка невидаль, — поморщился Александр Михайлович, — что тут неожиданного.

Милиционеры повторили попытку. Я уставилась на украшенную усами и бородой физиономию. Глаза вроде знакомы...

— Ну-ка, — усмехнулся Дегтярев, — дерните красавца за пышную растительность.

Сначала отлетела борода, потом усы...

— Здравствуйте, — вежливо сказал Александр Михайлович, — вот приятная встреча! Вы небось еще в Америке задумали эту историю?

Мой бывший муж Гена кряхтя ответил:

— Это недоразумение. Я американский гражданин и требую приезда консула.

— Может, сюда президента пригласить? — скривился полковник. — Сейчас телеграмму в Белый дом отправлю.

Домой мы попали утром. Дегтярев прошел в мою комнату и сказал, что Генка, покривлявшись немного, признался во всем. Его дела в Америке шли совсем не так хорошо, как он рассказывал нам. Сначала он пытался работать по специальности, но в Штатах полно своих дипломированных врачей. Тогда он задумал начать бизнес. Попробовал торговать медицинскими инструментами, но прогорел, затем решил открыть издательство и тоже потерпел неудачу. Был, правда, короткий период благоденствия, когда он женился на Капитолине. Его американская жена приезжала к нам в Ложкино, мы даже подружились. Но потом Генка сорвался, начал пить, и Капитолина с ним развелась.

Последние годы Гена работал у Генри в учебном заведении лаборантом. Орнитолог считал его своим близким другом, но много платить ему не собирался. А Геннадий, как назло, влез в долги, пытаясь вновь добиться удачи на ниве бизнеса. Дом его заложен в банке, и, если он в течение марта не рассчитается с кредитором, на имущество наложат арест, и Гена окажется на улице. Мой бывший супруг сломал голову, думая о том, где раздобыть денег. Но Америка не Россия, никто из знакомых вам и копейки не даст, тут берут банковские кредиты. Однако ни одно деньгохранилище не хотело связываться с Геннадием, проводили проверку, узнавали про заложенный дом и отказывали в ссуде. Март приближался, и перспектива оказаться на улице, без средств к существованию, становилась все реальней.

И тут Генри рассказал приятелю про оранжевого гуся, который сошел с ума, летая вокруг Москвы, вернее, возле местечка с диким для англоязычного человека названием «Ложкино».

В голове Генки мигом созрел план. Капитолина, вернувшись в Юм, много рассказывала о нас, показывала фотографии. Название «Ложкино» прочно осело в памяти Генки. А еще он знал, что я теперь богата и живу как у Христа за пазухой.

— Поехали в Россию, — предложил шефу Генка, — ты купишь мне билет, а я заплачу за проживание в доме у моей бывшей жены.

— Я не брала с него ни копейки, — возмутилась я.

— Конечно, — кивнул Дегтярев, — только Генри был уверен в обратном. Тут сказалась разница в менталитете. Русский человек с распростертыми объятиями примет гостей из провинции, а американец возьмет с них за постой.

— Вот почему Генри так нахально себя вел!

— Да нет, он просто весь в орнитологии и не замечает ничего вокруг, — усмехнулся приятель. — Они прилетели, устроились. Ученый начал поиски, а Гена решил потрясти глупую бывшую жену. Правда, он уверяет, что, уже найдя «папу», решил не травмировать Машку и обратился к тебе с просьбой дать ему в долг.

— Ну был такой разговор, — протянула я, — только я отказала, потому что понимала: Гена никогда не вернет денег, а дарить ему огромную сумму я не желаю!

— Тогда он привел в действие план «Х», — вздохнул полковник.

— Где он взял фото?

— У вас из альбома вытащил.

— И что, он думал, Маня снимет деньги и никто не заметит?

— Нет, он имел на руках билет с открытой датой, собирался завтра утром отправить сумму через «Америкен экспресс» домой и сам хотел лететь следом, надеясь, что девочка до утра промолчит, а там, пока догадаются, кто автор спектакля, его и след простынет.

— Но как он сумел вывести на компьютер данные гуся? — удивилась я.

Дегтярев крякнул:

— Тут все без обмана. Птица существует на самом деле и носится между Москвой и Ложкином. К этой ситуации Геннадий непричастен. Генри все еще надеется изловить пташку. Знаешь, что меня больше всего удивляет в этой истории?

— Наивность Маши?

— Нет, Генка отлично понял, увидев первый раз девочку, что она, несмотря на внешность и возраст, совершенный ребенок, который мигом купится на подставу. Странно другое!

— Подлость Геннадия?

— Обычное дело, — отмахнулся Дегтярев, — люди из-за денег и не на такие штучки способны. Нет, меня удивляет другое.

— Ну и что же?

— Почему ты позвала меня на помощь? Отчего не стала сама распутывать историю?

— Побоялась.

— Да? — нахмурился полковник. — Отказалась от участия в расследовании криминальной истории из-за страха?

— Ага.

— Верится с трудом, — рявкнул приятель, — сдается, у тебя просто нету времени. Ну-ка, отвечай немедленно, во что ввязалась?

— Ни во что, — отбивалась я, чувствуя, как предательская краска заливает щеки, — даже и не думала. Потом, случай с этим папашей-инвалидом совершенно неинтересный. Сразу понятно, что он аферист! Скучно возиться с такой историей.

— А с какой интересно? — прошипел Александр Михайлович. — Что захватило целиком Дашутку?

Я схватилась пальцами за виски:

— Ой, мигрень! Ну спасибо тебе, теперь трое суток проваляюсь в кровати.

— Вот и отлично, — безжалостно отрезал полковник, — посидишь дома.

Потом он повернулся и вышел, не забыв как следует хлопнуть дверью.

Едва звук его шагов стих, я кинулась умываться и переодеваться. Высплюсь потом, надо срочно мчаться на Сомовское кладбище, а то у полковника в голове появились опасные мысли.

Глава 31

На погосте я оказалась лишь около трех часов дня. Все словно сговорились мне мешать. Сначала отчего-то заклинило автоматические ворота в нашем гараже, и пришлось ждать, пока прибежит мастер и поковыряет в замке. Но не успела я порадоваться тому, что верный коняга оказался на свободе, как на выезде из поселка спустило переднее колесо. Пока механик поменял его, прошло немало времени. Но неприятности на этом не кончились. Ново-Рижское шоссе, по которому мы едем в Москву, — широкая, относительно новая трасса. Ни в пятницу вечером, ни в понедельник утром тут не бывает пробок. В свое время, когда мы только начинали строительство дома, риелторы предлагали нам приобрести участок в районе Рублево-Успенской дороги.

— Очень престижное место, — закатывали они глаза, — а какая красота вокруг!

Мы было дрогнули, но потом Аркашка поехал в указанном направлении, явился домой потным и злым и сказал:

— Да пусть там хоть даром дают гектары, ни за что не поедем, жуткие пробки!

Мы купили участок в Ложкине и с тех пор не устаем радоваться свободе, которая царит на трассе, ведущей к столице.

Но сегодня машины стояли стеной. Я извертелась за рулем, не понимая, в чем дело, но потом в небе повис санитарный вертолет, и стало понятно, что впереди жуткая авария. Потом я увидела огромный грузовик, так называемый панелевоз. Он лежал на боку, бетонные блоки валялись на шоссе, тут же стояла парочка легковых автомобилей, смятых, словно конфетные фантики. Машины, желавшие попасть в Москву, бочком прижимаясь к обочине, по одной проползали мимо места трагедии. И мне стало нехорошо, когда я заметила чуть поодаль несколько тел, накрытых черными пластиковыми мешками.

К кладбищу я подъехала в отвратительном настроении и ткнулась носом в запертую дверь конторы. Все правильно, если день начался мерзко, то закончится он еще отвратительнее. На погосте жизнь, простите за циничную двусмысленную фразу, кипит с утра, а после обеда служащие разбредаются кто куда!

В полной тоске я потопталась на площадке под вывеской «Инвентарь напрокат» и уже было собралась уезжать не солоно хлебавши, но тут вдруг с боковой аллейки вынырнул мужчина и двинулся в мою сторону. Я воспряла духом. Это явно могильщик, одетый в старую, грязную пуховую куртку китайского производства и спортивные штаны. На ногах у мужика были растоптанные, измазанные землей сапоги, на голове красовалась бейсболка, в руках он нес лом и лопату.

— Простите, пожалуйста, — заорала я, — а где служащие из конторы?

Могильщик приблизился. Огромный козырек почти полностью скрывал его лицо, был виден только аккуратный нос, подбородок и щеки, покрытые трехдневной щетиной.

— Вениамин обедать пошел, — очень знакомым голосом сказал мужик, — сейчас вернется, погодите тут! Хотите, я вам стульчик дам?

В нос мне ударил довольно сильный запах спиртного и «аромат» немытого тела.

— Спасибо, — ответила я, стараясь не дышать.

Могильщик зашел за контору, через секунду появился вновь, неся в руках устрашающего вида огромный деревянный табурет, заляпанный краской.

— Вот, садитесь, — любезно предложил он, поставил скамейку на снег и снял бейсболку.

Открылось лицо, сверкнули глаза. Я почувствовала, как земля уходит из-под ног. Передо мной, дурно одетый, небритый, грязный, стоял... Гладышев.

— Олег!!! — заорала я, хватая могильщика за рукав. — Ты жив!!! Так я и знала!!! Не зря искала!!! Олежек!!! Дай я тебя поцелую!!!

Не в силах сдержаться, я бросилась ему на шею, он отшатнулся:

— Вы ошиблись, меня зовут Павел.

— Олег!!! Ты меня не узнал? Я же Даша.

— Вы путаете, мое имя Павел, Павел Рогачев.

— Да хватит прикидываться, я узнала тебя!

Могильщик отступил в сторону:

— Извините.

— Олежка!!!

— Что тут происходит? — раздался сзади грубый голос.

Олег обернулся.

— Веня! Вот женщина пришла! Кидается на меня, Олегом называет.

— Да, — выкрикнула я, — знаю тебя отлично!

Ты Олег Гладышев, у тебя есть жена Лена, сын Алешка. Более того, я прекрасно понимаю, отчего прячешься тут, на кладбище! Как тебе не стыдно! Ленка чуть с ума не сошла, мы с ней по всему Подмосковью проехали, роя землю!

Вениамин спокойно возразил:

— Вы ошибаетесь. Нашего служащего зовут Павел Рогачев.

— И давно он тут работает?

— Всю жизнь, — пожал плечами тот, — честно говоря, я не уточнял. Сам пришел сюда на работу пять лет назад, а Пашка уже дорожки мел.

— Невероятно, — пробормотала я, разглядывая могильщика, — люди не могут родиться такими похожими!

Вениамин улыбнулся:

— Отчего же нет? Даже шоу такое есть, называется «Двойники». Здесь один мужик ходит к жене на могилу, я, первый раз как его увидел, чуть не умер, ну вылитый Брежнев! Случается такое иногда. Ваш знакомый кем работал?

— Танцевал в ансамбле, он окончил балетное училище.

Вениамин мелко засмеялся:

— Да уж, Пашка-то и ногу не поднимет, верно, а?

Могильщик ухмыльнулся:

— У меня слуха нет, медведь на ухо наступил.

— Может, примета какая у вашего приятеля была? — спросил Веня. — Ну, допустим, пальца на руке нет или родимое пятно?

— Точно! — закричала я. — На виске! Он еще всегда длинные волосы из-за него носил!

Могильщик повертел головой. Начинали спускаться сумерки, но мне все равно было хорошо видно: оба виска у него совершенно чистые.

— Действительно, — пробормотала я, — не он!

— Бывает, — философски заметил Веня, — ну, что у вас за дело?

— Подскажите, где могила Милены Титаренко?

— Заходите, — велел заведующий, — сейчас посмотрим. У нас теперь компьютер, мигом скажу.

В конторе Веня умело пощелкал мышкой и сообщил:

— Такой здесь нет.

— Не может быть!

— Глядите сами! Титашева, Титова, Титькова, потом Угрюмова. Все по алфавиту стоит.

— Проверьте как следует, — не успокаивалась я.

Веня пожал плечами:

— Извольте, только, сколько ни ищи, не найти. Наверное, вы снова перепутали.

— Сомовское кладбище одно?

— Да.

— Филиала нет?

— Может, когда и появится, но не сейчас.

— Что же делать? — растерялась я.

— Вообще говоря, мы уже закрываемся, — отбросил вежливость мужик.

В этот момент с улицы раздался нервный голос:

— Вениамин! Я просто...

Говорившая вошла в контору и замолчала. Я растерянно хлопала глазами. Передо мной, одетая в элегантную норковую шубку, стояла шляпница Майя, та самая, бывшая сотрудница Дома моделей, коллега Олега Гладышева, знавшая о полумиллионе долларов.

— Здрассти, — выпалила я.

Майя поморщилась и ответила:

— Добрый день, — потом, не выказывая ко мне никакого интереса, она повернулась к заведующему и гневно произнесла: — Вениамин, это просто безобразие! Ведь я заплатила по полной программе, и что? Ограда на могиле не покрашена, скамейка сломана!

— У вас тут кто-то похоронен? — влезла я в разговор.

— Дама, — резко ответила Майя, — а в чем, собственно говоря, дело, вы кто?

— Дама ищет могилу Милены Титаренко, — быстро сообщил Веня.

— Ну и при чем тут я? — взъелась Майя. — Я не знакома ни с Титаренко, ни с этой женщиной, а вот тебя, Веня, великолепно знаю! Обманщик! Ограда не покрашена!

— Все сделаем, прямо сейчас, — засуетился заведующий, — не сомневайтесь, Пашка покрасит.

Распахнув дверь, он заорал:

— Эй, Павлуха, бери банку в подсобке, иди...

Мы с Майей вышли на улицу.

— Вы меня не узнаете? — спросила я.

Шляпница прищурилась:

— Извините, у меня столько клиентов!

— Кстати, если ищете могилу и здесь не нашли, съездите в Центральный архив, там дадут справку, — посоветовал Веня. — Есть еще Самсоновское кладбище, может, там?

Воцарилась тишина, которая бывает только на кладбище, даже вороны не каркали, они просто черными кучками сидели на березе, нахохленные и злые.

Впереди на дорожке с банкой в руках появился Павел.

— Все-таки он жутко похож на Гладышева, — вырвалось у меня.

Майя удивленно вскинула брови:

— Вы знали Олега? Ничего общего! Олежек был ухоженный, модно одетый мужчина, а это рваный бомж, а уж воняет! Наверное, вы были шапочно знакомы с Гладышевым, он всегда пользовался отличным парфюмом!

Верно. За Гладышевым постоянно тянулся шлейф дорогого аромата. Олег душился столь крепко, что я иногда начинала в его присутствии кашлять. Значит, все же это двойник.

В этот момент могильщик уронил банку. И тут произошло невероятное. Павел расставил ноги на ширину плеч, вывернул ступни, установив их на одной линии «носок—пятка», то есть встал в первую балетную позицию. Затем слегка согнул колени, такое упражнение называется «плие», и, не сгибая абсолютно прямой спины, наклонился, поднял банку...

Попробуйте сами сделать подобное, мигом упадете, но для человека, всю жизнь простоявшего у балетного станка, это привычное с детства упражнение. Я много раз наблюдала, как Олег именно так подбирал упавшую пачку сигарет или носовой платок.

В голове заметались мысли. Значит, это Гладышев! Но где родимое пятно? Потом пришло новое соображение: краска!!! Ну кому придет в голову приводить ограду в порядок в феврале? Большинство людей отправляются на могилы весной.

Старательно выговаривая слова, я пробормотала:

— Спасибо, поеду в архив. — И бросилась к «Пежо».

Только бы он сразу завелся. Машина меня не подвела. Поднимая фонтаны грязи, я выехала на шоссе и понеслась в Ложкино, пытаясь сообразить, как поступить в создавшейся ситуации. Олег или не Олег? Гладышев пропал чуть больше года назад. Вениамин утверждает, будто Павел работает на кладбище свыше пяти лет. Ладно, это легко проверить. Родимое пятно отсутствует, но отточенные движения танцора, легко вставшего в первую позицию... Это как объяснить, а? И при чем здесь Майя? Про оградку она выдумала на ходу... Нет, следует немедленно ехать домой, запереться в спальне и подумать. Я полезла за сигаретами. Так, «Голуаз» закончились.

Я притормозила у ларька. Чуть поодаль прямо из второго ряда свернул и встал у обочины «БМВ» вишневого цвета с наклейкой на ветровом стекле. Вот ведь как некоторые водители нарушают правила!

Проехав еще пару кварталов, я увидела вывеску закусочной и вновь припарковалась. Есть хотелось ужасно. Слопав сандвич и выпив шоколадный коктейль, я пошла к «Пежо» и краем глаза опять заметила вишневый «БМВ» с наклейкой на ветровом стекле. Сердце неприятно сжалось.

Я медленно поехала в правом ряду, «БМВ» двинулся следом, он держался не вплотную, но близко, поворачивая туда же, куда и «Пежо». Мне это не понравилось до крайности. На Ленинградском проспекте, сразу за метро «Сокол» свернув направо, я с облегчением увидела на посту Михаила Андреевича и кинулась к нему:

— Помогите!

— Что случилось? — нахмурился постовой.

— Меня преследует вон та машина, темновишневая.

Постовой пошел к «БМВ», который припарковался у булочной, я посеменила за ним. Проверив в шофера документы, Михаил Андреевич сурово спросил:

— Женщина утверждает, что вы ее преследуете!

— Я? — изумился парень в кожаной куртке. — На фига она мне сдалась!

— Но вы едете за мной уже давно!

— Я? Только что отъехал от дома!

— Не врите, я хорошо запомнила вишневый «БМВ» с наклейкой на стекле.

— Чтобы я прикрепил отстойную рекламу! — вызверился юноша. — Где ты тут наклейку увидела?

Я уставилась на стекло: ничего.

— Извините, я перепутала.

— Бывает, — улыбнулся парень, — автомобили-то похожи.

Михаил Андреевич хотел было что-то сказать, но тут заметил очередного нарушителя и замахал жезлом.

— Ты уж больше на меня милицию не натравливай, — хихикнул водитель, — кстати, куда едешь?

— В Ложкино.

— Это где же такое?

— На Ново-Рижском, за постом ГИБДД направо, через лес.

— Ладно, — хмыкнул «преследователь», — мне, кстати, тоже на это шоссе, в Кропотово, знаешь?

— Конечно, оно сразу за Ложкином.

— Тогда погоди минутку, я вперед поеду, еще опять придумаешь, что хочу тебя съесть, — сказал шофер и стартовал с места.

Я тихонько поехала следом. У страха глаза велики. Ладно, все хорошо, что хорошо кончается. Чувствуя, как липкий ужас покидает тело, я нажала на газ и без всяких проблем докатила до поста ГИБДД, повернула, оказалась на узком шоссе, проехала несколько сот метров и увидела вишневый «БМВ» с открытым капотом и парня в кожаной куртке.

— Что случилось? — крикнула я, притормозив.

— Вы меня преследуете, — рассмеялся юноша, — небось задумали ограбить.

Я тоже рассмеялась:

— Точно, давно промышляю разбоем на большой дороге. Сломались?

Парень кивнул:

— Не добрался до Кропотова совсем чуть-чуть. Похоже, в аккумуляторе конденсатор накрылся. И народу никого!

Я кивнула:

— Тут ездит мало народу. Только в Ложкино, Кропотово, Третьяково, дальше дорога заканчивается. Могу вам чем-нибудь помочь?

Юноша кивнул:

— Может, трос найдете?

Я вышла из машины, открыла багажник и забормотала:

— Честно говоря, не знаю, вполне вероятно, что тут он и лежит. Да вы не волнуйтесь, я сейчас...

Но тут откуда ни возьмись прилетела пчела и со всей дури укусила меня чуть пониже спины. Я не успела даже взвизгнуть, как свет померк. Последней мыслью, пронесшейся в голове, было: «Это не насекомое, пчелы не летают в феврале».

Глава 32

— Вы уверены, что она очнется? — спросила Зайка.

— Давление низковато, — сообщила Оксана.

Я открыла глаза и увидела свою лучшую подругу, хирурга, которая стояла в ногах кровати, одетая в светло-зеленый халат и такие же тапочки.

— Вот! — воскликнула Оксана. — Добрый день! Добро пожаловать!

Я хотела было ответить ей, но язык отчего-то не слушался, потом на голову кто-то набросил одеяло.

— Эй-эй, — донеслось из темноты, — можешь сказать, как тебя зовут? Ну, ну, открывай рот!

— Если мать молчит, значит, ей совсем плохо, — вклинился голос Аркадия.

— Хорошо, — простонала я, — очень хорошо.

Глаза открылись, и я снова увидела Оксану, на этот раз в белом халате.

— Ты кто? — резко спросила она меня.

— Даша.

— Фамилия?

Удивляясь странному разговору, я все же ответила:

— Васильева.

— Замечательно, — обрадовалась подруга, — теперь быстро скажи, сколько будет трижды восемь?

— Сорок восемь.

Оксана с тревогой посмотрела на меня.

— Ну ты нашла, что спросить, — хмыкнул Аркадий, — да она никогда таблицу умножения не знала! Надо другим поинтересоваться. Мать, быстро сообщи, сколько стоит стомиллилитровый флакон твоих любимых духов?

Я попыталась сесть, потерпела неудачу и, борясь с головокружением и тошнотой, спросила:

— Тебе зачем?

— Будь человеком, ответь.

— Две тысячи четыреста пятьдесят два рубля. Но это с учетом накопительной скидки на моей дисконтной карте. Вообще говоря, флакон стоит дороже, но...

— Видишь? — торжествующе заявил Кеша. — Она все помнит! А ты про трижды восемь поинтересовалась.

— Как зовут нашего мопса? — влезла Маня.

— Хуч.

— А что больше всего любит делать полковник на отдыхе? — поинтересовалась Зайка.

Я наконец-то справилась с дурнотой и села.

— Дегтярев ловит рыбу, вернее, ему кажется, что ловит, потому что несчастные создания, добытые им в водоеме, следует немедленно отпустить домой, настолько они маленькие и тщедушные. Вы что, все с ума посходили? Отчего задаете глупые вопросы?

— Ясно, — процедил Кеша и, резко повернувшись, вышел.

— Да уж, — покачала головой Оксана и тоже удалилась.

За ней выскочила Зайка.

— Мусечка, — закричала, плюхаясь на кровать, Маруська, — ты лучше изобрази, что умираешь, а то плохо будет!

Я оглядела просторную больничную палату, набитую аппаратурой, и удивилась:

— Зачем мне прикидываться и вообще, как я сюда попала?

— Вот-вот, — закивала головой Маруся, — уже лучше, тут все так перепугались! Еще до того, как ты проснулась, Аркадий сказал Зайке: «Если мать сейчас нас не узнает, я просто разревусь, как маленький». А Зайка ему в ответ: «Не волнуйся, все будет хорошо, Дашку так просто не свалить».

Манюня замолчала.

— Ну и дальше что? — поторопила ее я.

Маня ухмыльнулась.

— Дальше Кеша заявил: «А если выяснится, что с матерью ничего не случилось, я просто убью ее!» Кстати, вчера Дегтярев пообещал то же самое. Между прочим, Оксана на их стороне, предательница! Тоже шипела: «Наказать, отнять машину, запереть в Ложкине!» Одна я с тобой. Никогда тебя не предам.

Я осторожно попыталась встать, но тут обнаружила, что от меня тянется какая-то трубка, уходящая под кровать, испугалась и откинулась на подушки.

— Тебе плохо? — забеспокоилась Маня.

— Мне хорошо, — пробормотала я, — будь другом, раздобудь сигарету.

Маруська озабоченно вздохнула и убежала. Я посмотрела ей вслед. Очень похоже на Аркадия, сначала переживать за мое здоровье, а потом, поняв, что мне полегчало, разозлиться и метать в меня снаряды. Нет уж, Маруська права, нужно изобразить крайнюю степень недомогания!

Я слегка пошевелилась в кровати, устраиваясь поудобней, и застонала. Так, кажется, хорошо получается, прикидываться несчастной больной очень даже просто.

Целых три дня я, стоило кому-нибудь заглянуть в палату, закатывала глаза и издавала жалобные звуки. И Зайка, и Аркадий, и Дегтярев тут же начинали бормотать:

— Ладно-ладно, ты скоро поправишься!

— Уходите, — лепетала я, — голова кружится.

Как только домашние исчезали, я вытаскивала из-под подушки очередной детектив, а из тумбочки пирожное. И духовной, и физической пищей меня исправно снабжала Маруська.

В пятницу в палату вошла Оксана. Я, едва успев сунуть книгу и надкушенный эклер под одеяло, мигом смеживала веки.

— Эй, Дашка! — позвала подруга.

— М-м-м...

— Открой глаза!

— Не могу, о-о-о, плохо...

— Не ври! У тебя ничего не болит!

Я удивилась:

— Откуда ты знаешь?

— Так сколько лет я врачом работаю! А это что?

С этими словами подруга, откинув одеяло, вытащила книгу и недоеденное пирожное.

— Не знаю, — я попыталась сопротивляться, — может, Маруська забыла или дежурная медсестра!

Оксана расхохоталась:

— Боишься, что всыпят по первое число! Правильно, и Кеша, и Дегтярев, и Зайка жутко злые. Только и поджидают, чтобы тебя убить, останавливает их лишь твое плохое самочувствие.

— Очень нелогичное поведение, — фыркнула я и села, — сначала вылечить мать, а потом ее убить! Кстати, ты вроде тоже мной недовольна!

Оксана покачала головой:

— Честно говоря, я испугалась. С Олегом-то вон что вышло! Полная амнезия, и совершенно неизвестно, вспомнит ли он хоть что-нибудь.

Я сорвалась с кровати:

— Значит, Гладышев жив!

Оксана кивнула.

— Ленке сказали? — не успокаивалась я.

— Она пока в плохом состоянии, ее нельзя волновать!

— Господи, а что со мной случилось?

— Не помнишь?

— Ну, я нагнулась посмотреть трос в багажнике, потом, похоже, кто-то меня укусил, хотя кто? На улице февраль...

— Тебе сделали укол цискополамина.

— Это что такое?

Оксана открыла было рот, но тут раздался голос Дегтярева:

— Такой препарат, который мог превратить тебя в идиотку или лишить памяти навсегда. Вот почему вторую неделю валяешься тут.

— Сколько? — подскочила я. — Я думала, меньше времени прошло!

Дома я оказалась в пятницу, и едва успела привести себя в порядок, как Кеша повез меня к Дегтяреву на работу. Там в присутствии нескольких незнакомых мужчин пришлось рассказать все, что я узнала про Милену Титаренко. Где-то около четырех часов дня сделали перерыв, и мы с полковником пошли пить чай в ближайшее кафе.

Александр Михайлович откусил пирожок, отпил глоток чая и неожиданно дружелюбно сказал:

— Ну и кто, по-твоему, организатор преступления?

— Милена Титаренко.

— Верно. Только сия особа теперь зовется по-другому.

— Знаю.

— Да ну? Тогда скажи как?

— Шляпница Майя Хвостова. Она вышла замуж, сменила фамилию. Имена Майя и Милена начинаются с одной буквы...

Полковник молча выслушал мои соображения, потом сказал:

— Знаешь, в чем твоя основная ошибка? Собрав кучу сведений и истоптав три пары ботинок, ты, как правило, попадаешь пальцем в небо!

— А вот и нет!

— А вот и да! — отрезал Дегтярев. — Давай расскажу, как обстояло дело. Кстати, ты абсолютно права, преступление задумала и совершила Милена Титаренко.

Встречаются иногда такие люди, талантливые, хитрые, изворотливые, вся энергия и ум которых направлены на то, чтобы украсть побольше денег. Именно украсть, а не добыть их честным путем.

Милене с младых ногтей хотелось стать богатой. В детстве, донашивая чужую одежду, она мечтала о тех днях, когда придет в магазин и купит все, все, все... Кто знает, отчего она решила воровать. Многие люди жаждут материального благополучия и достигают его упорным трудом. Но Милена стала на скользкую криминальную стезю. Может, тут и впрямь виновата генетика, как ни крути, а ее отец и мать сидели в тюрьме, а может, Милу, сама того не зная, подтолкнула тетка. Раиса все время говорила: «Эх, тяжело копейки считать», — а когда поняла, что девочка промышляет воровством, не подняла тревогу, а потихоньку таскала безобразницу за косы, приговаривая: «Вот она, родительская кровь дурная, да и чего еще от тебя ждать?!»

Кстати, Раиса сполна получила за свою доброту и глупость. Милена выросла не просто нечистой на руку, а еще и непорядочной, неблагодарной и не умеющей любить. Впрочем, изобразить она могла что угодно, люди ей верили и потом расплачивались за это. Сначала была осуждена Раиса, затем на зону попал Николай Махов. Для Милены не существовало такого понятия, как дружба. Как только появлялась возможность поживиться, она сразу придумывала, как получить добычу. Совершенно не мучаясь угрызениями совести, она крала в домах, где работала тетка, и подставила Раису, потом подбила Николая на преступление, ограбила старика соседа. И ей всегда везло. Судья не поверил Раисе, Коля, влюбленный по уши, выгородил ее, сосед, плохо видящий человек, считал, что на него напал неизвестный мальчик-подросток...

Дегтярев замолчал, доел пирожок, залпом

допил чай, заказал себе еще одну чашку и продолжил:

— Ты еще о многих ее хулиганствах не знаешь! Мы-то проследили почти весь жизненный путь негодяйки! Я только диву давался, ну до чего ей везло. Обманула и обокрала множество людей, но никто не поймал ее за руку, а те, кто был уверен, что Мила воровка, сами попали в милицию. Но, очевидно, даже профессиональной преступнице может надоесть бесконечная погоня за наживой. Пять лет назад Мила задумала обокрасть фотографа Приходько. Дело она, как всегда, организовала с фантазией. Подставила глупенькую Асю Строкову, но тут вышел облом. Планы спутала глазастая соседка, вернувшаяся из больницы. Но Милена не любит отступать. И когда Ростислав отправляет ее во Львов за гонораром, Титаренко «умирает». Ей нельзя отказать в выдумке. Мила тщательно готовит постановку. Едет на Сомовское кладбище, маленькое, провинциальное, и договаривается с Вениамином, его директором, о «спектакле». Потом подсылает к Ростиславу одну из своих новых подружек под видом сестры, которая со слезами объясняет:

— Это мой бывший любовник. Мстит мне, потому что я замуж собралась. Грозит мужу какие-то фото показать, денег требует. Вот я и решила притвориться мертвой.

Расчет был верен, Милена отлично знает Ростислава, тот большой эгоист, сильно пьет и совершенно удовлетворится, увидав «могилу».

— И она не боялась? — удивилась я. — Вдруг бывший любовник решит еще раз посетить кладбище и не найдет ее «последнего приюта»?

Дегтярев покачал головой:

— Нет, она не рассчитывала даже на то, что Приходько и один-то раз приедет к ней. «Могилу» соорудила для подстраховки. Афера с Ростиславом оказалась последней. Милена устала, ей захотелось обыкновенного счастья, мужа, детей, даже гадюки производят потомство. Впрочем, о богатом супруге Мила мечтает давно, но он все не встречается на ее жизненном пути, зато сразу после мнимой смерти судьба подсовывает ей неплохой вариант. Мила знакомится с мужчиной средних лет, вполне обеспеченным. Более того, он никогда не был женат, не имеет близких родственников и влюбляется в нее без памяти. Титаренко понимает: вот он, отличный шанс превратиться в добропорядочную даму, и выскакивает замуж, меняет фамилию и имя, Милена Титаренко пропадает, появляется...

— Майя Хвостова, — быстро выпалила я.

Дегтярев хмыкнул:

— Молодец, здорово разобралась. Но давай, чтобы не путаться, я буду звать негодяйку Миленой.

Я кивнула:

— Хорошо.

— Первое время Милена с удовольствием играет роль любящей жены. Она даже родила ребенка, но очень скоро беготня от памперсов к кастрюлям и обратно надоела ей безумно. Перестало радовать ее и положение замужней женщины. Супруг старался изо всех сил, но обеспечить то, о чем мечтала Милена, не мог. А аппетиты у нее растут, если раньше она просто хотела красивых шмоток, вкусной еды, машину, квартиру, то теперь, получив это, думает о доме в Ницце, банковском счете с большим числом нулей... Но ей совершенно ясно — муж не способен осуществить ее мечты. Надо либо менять супруга, либо вновь заняться воровством. От тоски Милена пару раз крала кое-какие безделушки у приятелей, но это слишком мелко. Титаренко понимает: нужно провернуть крупное дело. И тут она узнает, что Олег Гладышев повезет полмиллиона долларов. Такая удача улыбается раз в жизни!

Милена начинает действовать. Она находит своего бывшего любовника Николая Махова, приглашает его «к себе» в гости. Наивный Николай является по хорошо знакомому адресу в Гриднев переулок. Коля однолюб, Милену он обожает, и подлая баба пользуется этим обстоятельством. Она, естественно, не сказала любовнику, что давно живет в другом месте, а старую квартиру сняла у Насти для свиданий. Нет, она плачет, обнимает Николая, сообщает, что хоть и вышла замуж, но любит только его... Махов тает, верит Милене, и та выкладывает ему свой план. Николай должен раздобыть машину и увезти труп Олега. Мила заберет кейс с деньгами, и они вместе через пару недель улетят из России. К сожалению, Махов не слишком умен, поэтому и не задает вопросов, а их у нормального человека возникло бы много. Ну хотя бы, как Мила собирается переправить сумму за рубеж? Каким образом Николай попадет за границу, у него нет загранпаспорта, только российский. Но Махов простодушен, если не сказать глуп, и он привлекает к делу приятеля — Мыльникова, который работает шофером на «Скорой помощи». Когда Милена узнает, что в дело втянут еще и Федор, она страшно злится.

— Зачем ты разболтал о деньгах?

— А где же машину раздобыть? — глупо оправдывается Николай.

Милена раздосадована. Впрочем, в одиночку операцию ей не осуществить. Она уже привлекла Вениамина, того самого заведующего кладбищем, который в свое время оборудовал «могилу» Титаренко. Вместе они разработали четкий план. Мила поедет с Олегом передавать деньги, по дороге сделает ему укол сильнодействующего лекарства, которое вызовет его мгновенную смерть. Федор подъедет, изобразит аварию, сделает вид, что Олег пьян, перетащит его в свой автомобиль, доставит труп на кладбище, где его быстренько зароют. То, что у Мыльникова «Скорая помощь», упрощает дело.

Сначала все идет по плану. Милена садится к Олегу в «Жигули». Но потом ситуация начинает развиваться не по сценарию. Мила просит Олега остановиться, чтобы купить ей воды, сигарет, но он неумолим.

— В машине огромная сумма чужих денег, потерпи, сейчас прикатим на Рыльскую, я пойду к Рихту, а ты сходишь в супермаркет.

Милене остается только ждать, пока они доберутся до места. Делать укол Олегу на дороге она боится, не дай бог, произойдет авария.

— Так вот почему он поехал на Рыльскую, — прошептала я, — Олег честный человек, он хотел выполнить поручение Гарика.

Дегтярев кивнул:

— Да, именно так.

Не успел Гладышев припарковать «Жигули», как Мила воткнула ему иглу. Дальше все идет без сучка и задоринки. Федор с Николаем вытаскивают тело и везут на кладбище. Милена с кейсом ускользает домой. Ей кажется, что предусмотрено все. Гладышев испарился, о полумиллионе долларов известно очень узкому кругу людей, если кто из посторонних узнает о наличии у Олега этой суммы, то ни на минуту не усомнится, что Гладышев сбежал, соблазнившись невероятным кушем.

Но радость Милены длится недолго. Часа через два ей звонит Вениамин и требует:

— Немедленно приезжай.

Она отправляется на кладбище и находит подельника с женой, которые в истерике кричат:

— Мы так не договаривались, он жив!

— Не может быть, — подскакивает Мила, — я ввела ему смертельную дозу.

— Нет, смотри сама.

Милу отводят в сарай, и там, среди инвентаря, на куче тряпок она видит Олега. Он лежит с закрытыми глазами, похоже, просто спит.

Веня с супругой готовы были зарыть мертвое тело, но лишить жизни человека не могут. Убить себе подобного трудно, на такое способен не каждый, тем более когда жертва не сопротивляется, а беспомощна, лежит без движения. Милена трясется. Она без колебаний воткнула в Олега иглу, но добить его тоже не может. В полном отчаянии она говорит:

— Сегодня тридцать первое декабря, ни первого, ни второго января сюда никто не явится. Оставьте его тут, он умрет.

Бросить беспомощного человека в сарае, на морозе — это тоже убийство, но все-таки не придется самим душить или колоть его ножом.

Вениамин запирает сарайчик, троица разъезжается по домам. На работу заведующий является по графику и с ужасом убеждается: Олег жив. Более того, он пришел в себя и кажется вполне здоровым. В первые минуты Веня впадает в панику, но потом ему становится ясно: Гладышев начисто потерял память.

Дегтярев потер затылок.

— Милена фатально ошиблась. Цискополамин не всегда вызывает мгновенную смерть, очень часто человек впадает в кому. Некоторые умирают, не выйдя из этого состояния, другие приходят в себя и теряют при этом память.

Поняв, что Гладышев им не опасен, Веня убеждает Олега, что его зовут Павел Рогачев, что он давным-давно работает на кладбище могильщиком.

— У тебя эпилепсия, — внушает ему Веня, — ты упал в припадке, и все, позабыл прошлое начисто.

Олег верит Вениамину, а что ему остается делать? Текучесть кадров на кладбище большая, многие могильщики трудятся здесь не больше месяца. В конце января Веня выгоняет старых работников, нанимает новых, и те абсолютно уверены, что вместе с ними роет могилы бывший заключенный, а ныне бомж Павел Рогачев. Веня усиленно спаивает Олега, покупает ему водку в надежде на то, что Гладышев превратится окончательно в алкоголика. Олег живет на кладбище, в конторе. Спит на диване, моется в туалете, ест лапшу быстрого приготовления и называет Вениамина и его жену своими благодетелями. Он абсолютно уверен, что является бывшим зэком, и не устает кланяться директору, который пригрел его, дал жилье и работу. С Миленой он не встречается. Она боится приезжать на кладбище. Впрочем, у нее полно других проблем. Через неделю после похищения денег она решила избавиться от Федора Мыльникова. Глупый Николай Махов, считающий приятеля своим братом, растрепал ему про полмиллиона долларов, похвастал, что скоро уедет вместе с любимой женщиной за границу, и тем тоже подписал себе смертный приговор. Сначала Милена собиралась просто исчезнуть из жизни Николая. Настоящего адреса ее парень не знает, нового имени и фамилии тоже. Ну явится он в Гриднев переулок, налетит на Настю, которая скажет, что Милена тут давно не живет. Махов глуповат, расстроится, конечно, поубивается, да успокоится. А вот Мыльников не такой: хитрый, изворотливый, жадный. Еще найдет Милену.

Титаренко наливает в бутылку технический спирт и вручает Николаю вместе с сумкой продуктов:

— Сходи к Федору, сегодня Рождество, выпей с другом, он нам сильно помог.

— Правильная мысль, — радуется наивный Коля и несет смерть приятелю.

Впрочем, он и сам должен умереть, потому что бутылка была одна, а Милена не предупредила подельника, что ее содержимое опасно. Но Махова спас случай. Восьмого января ему предстояло идти на собеседование, Коле предложили новое место работы. Он хоть и думал, что скоро уедет с Миленой за границу, но от большой зарплаты решил не отказываться. Вот поэтому-то, выставив водку на стол, Махов и сказал:

— Слышь, Федька, не обижайся, только пивка глотну чуток, водяру не стану. А то завтра дыхну на начальницу и получу пинка, подумает, что я алкоголик.

— Не хочешь — не надо, — обрадовался Федор, — мне больше достанется!

Ему и впрямь досталось все. Бутылку Мыльников выпил сразу, быстро опьянел и свалился на стол. Николай, не думающий ни о чем плохом, оставил друга спать и ушел. Коле рано вставать, собеседование начинается в девять, а еще надо побриться, прилично одеться, доехать до места...

То, что Федор умер, Махов узнает не сразу, информация доходит до него через несколько дней. Коля страшно расстраивается, и тут ему звонит Милена. «Узнав» о кончине Мыльникова, она начинает причитать:

— Вот ужас-то! Вот горе! Ты, Коленька, смотри никому не рассказывай, что водку принес! А то еще навесят убийство на тебя! Как же так! Вот и верь после этого магазинам!

Окажись на месте Махова нормальный, здравомыслящий мужик, ему бы очень не понравилось поведение Милены, или, по крайней мере, он мог насторожиться. Но, повторяю, Коля очень глуп и поэтому не сомневается ни минуты: Федор по ужасной случайности выпил паленую водку.

Следующая жертва Милы — сам Коля. Любовник представляет для нее опасность. Она понимает, что он не пойдет в милицию, но по своей глупости может сболтнуть про водку сестрице Вере, которая всегда терпеть не могла Милу. А уж Верка побежит куда следует. Поэтому Милена перезванивает Николаю и говорит:

— Знаешь, мне очень страшно.

— Что случилось? — пугается тот.

— Пока ничего, — фальшиво вздыхает любовница, — только вдруг я умру, внезапно, как Федор!

— Типун тебе на язык, — пугается Николай, — что за глупость в голову пришла?

— Жизнь такая, — грустно вздыхает Мила, — сейчас ты есть, через пять минут нет тебя. Вот что, Коленька, давай сегодня встретимся, хочу тебе кое-что рассказать.

Махов прибегает на свидание. Милена ведет его на стройку, указывает пальцем в мостки и говорит:

— Поднимись наверх.

— Зачем? — удивляется он.

— Хочу показать тебе, где спрятан кейс с деньгами, — поясняет злодейка, — а то вдруг со мной что-то случится, ты никогда и не узнаешь, куда я положила доллары.

Любой другой человек как минимум удивился бы. Прятать полмиллиона «зеленых» на стройке? В месте, где постоянно толкутся посторонние люди? Что может быть глупее?!

Но Коля, не задумываясь, поднимается по мосткам. На середине пути он оглядывается и кричит:

— Ты где?

— Ступай пока один, — преспокойно отвечает Милена, — мостки хилые, двоих не выдержат. Я через пару минут двинусь.

И Махов продолжает подъем...

Дегтярев замолчал и принялся вертеть в руках ложечку.

— Она подпилила доски, — подсказала я.

Александр Михайлович кивнул:

— Похоже на то, но сейчас она уверяет, будто случилось несчастье. Якобы доска сама провалилась, гнилая была... Только вот как рядом с трупом оказалась бутылка водки?

— Ну это просто, может, она у него была в кармане!

— Может быть, может быть, — пробормотал Александр Михайлович, — только наши специалисты уверяют, что бутылочка не падала с большой высоты, ее швырнул человек примерно метр шестьдесят ростом. Не стану вдаваться в подробности, но ребята все четко объясняют: на сколько метров должны были разлететься осколки, ну и так далее. Получается, что кто-то подошел к трупу и бросил рядом поллитровку. Догадайся с трех раз, как зовут этого человека?..

Собственно говоря, это все, — добавил через пару секунд полковник, — деньги поделены между Вениамином с супругой и Миленой. Хитрая троица понимает, что пока ими пользоваться нельзя, и просто хранят банкноты, выжидая, когда пройдет два года с момента исчезновения Гладышева. Такой срок кажется им вполне подходящим, за это время все должны забыть об Олеге. Так бы оно, наверное, и случилось, не вмешайся ты в эту историю.

Майя насторожилась, когда ты пришла к ней в первый раз и стала выспрашивать об Олеге. Испугавшись, Хвостова сделала глупость — рассказала тебе про полмиллиона долларов. Впрочем, шляпнице кажется, что она, наоборот, поступила хитро: частный детектив поедет к Гарику, убедится, что рассказ о деньгах правда, и завершит на этом расследование. Она ведь и подумать не могла, какую ты разовьешь бешеную деятельность: съездишь в Бонн, найдешь Рихта и в конце концов выйдешь на кладбище.

Вениамин, услыхав, что ты хочешь посмотреть на могилу Милены Титаренко, постарался не измениться в лице и решил отправить тебя домой. Но потом, как на грех, ты столкнулась с «Рогачевым», узнала в нем Олега... Веня все еще пытается исправить положение, да и «Павел» утверждает, что он не Гладышев. И в этот момент, словно по воле злого волшебника, появляется Майя Хвостова. Шляпница мигом изображает, что явилась на могилу матери покрасить ограду.

— Я ей не поверила, ну кто это делает в феврале!

Дегтярев кивнул:

— Правильно. Но действием, как в греческих трагедиях, руководит рок. Олег роняет банку и автоматически делает «балетные» движения. Прошлое свое он забыл, но у тела своя память, кое-какие навыки остаются на уровне подсознания.

— Я сразу убежала!

— Правильно. Но Веня и Майя тут же поняли, что ты им не поверила, и послали за тобой парня со шприцем.

— Так он меня все же преследовал!

— Конечно, впрочем, не слишком ловко, раз ты заметила.

— Но когда я подъехала к постовому, к Михаилу Андреевичу, то выяснилось, что это не та машина.

— Да? Почему ты так решила?

— У «БМВ», который ехал от кладбища, имелась наклейка на ветровом стекле, а у того, что остановил «пончик», стекло оказалось чистым.

Полковник с жалостью посмотрел на меня.

— Шофер понял, что вычислен, и сорвал наклейку. Он ловкий парень. Быстро выяснил у тебя, куда держишь путь, и поехал вперед. Потом встал у обочины, открыл капот... Что он тебе сказал?

— У аккумулятора полетел конденсатор!

Приятель засмеялся:

— Большей глупости и придумать нельзя! Но ты существо наивное, технически безграмотное, вот и полезла в багажник, желая помочь мерзавцу.

— Кто он такой вообще? — сердито воскликнула я.

Приятель покачал головой:

— Ты в своем репертуаре. Полезла в клетку с тиграми, не зная, насколько они кровожадны. Да на этом кладбище творились дикие дела. К Вениамину уже присматривались наши ребята, рыло у мужика в пуху, он связан с бандитами, помогал им хоронить криминальные трупы, сама понимаешь, кладбище — лучшее место для мертвеца. Испугавшись, Веня обратился к одному из головорезов, которые как раз приехали к нему еще до тебя решить кое-какие вопросы. Они ходили по кладбищу, пока ты беседовала с директором. Вот ребята и согласились помочь.

— А лекарство где взяли?

— Веня хранил его в конторе. Это он дал ампулу Милене. План был разработан Веней, его женой и Миленой. Олег не посадил бы в машину, имея на руках такие деньги, никого постороннего! А Миле Олег доверял, как себе. За что и поплатился. Теперь все ясно?

— Нет!!! Почему же она, получив кейс, не спряталась? Отчего решила поделиться с Веней и его женой, а? Она ведь убрала Мыльникова и Махова? Что ее останавливало?

— Правильный вопрос, — кивнул полковник, — только Веня великолепно знает, с кем имеет дело. Он знаком с Миленой давно и осведомлен о ее «высокоморальных» качествах. С другой стороны, она прекрасно знает о связи Вениамина с бандитами и тоже не доверяет ему. Вот они и придумали план. Лишь только Мила выскочила из «Жигулей» с кейсом, ее встретил Веня и отвез в банк. Парочка арендовала ячейку, а договор на нее составили таким образом, что ни Милена, ни Вениамин в одиночку сейф вскрыть не могут! Ты когда-нибудь пользовалась ячейкой?

— Да!

— Опиши процедуру.

— Не знаю, как в других банках, а в нашем спускаешься в подвал, показываешь охраннику договор, он открывает дверь, доводит тебя до ячейки, вставляет ключ, поворачивает и уходит. После я вынимаю свой ключик, и ящик открыт.

— Примерно такие же правила и у других, — кивнул полковник, — так вот, без договора к ящикам не подпустят. А Веня и Милена составили свой таким образом, что открыть ячейку могут лишь вдвоем, поодиночке их не впустили бы в хранилище. Теперь понимаешь, почему они должны были беречь друг друга? Я все объяснил?

— Нет, конечно! Полно мелких и крупных вопросов.

— Господи, у меня голова заболела! Начинай с мелких.

— А родимое пятно? У Олега на виске имелась отметина!

— Правильно, хорошая примета, но она опасна, Вениамин это отлично понимает. Едва Олег приходит в себя, заведующий поит его водкой, а потом привозит своего доктора, который убирает пятно. Впрочем, ты употребляешь не тот термин. У Гладышева не пятно, а довольно большая темная родинка на ножке. Отстричь ее дело пяти минут.

— Какой ужас!!!

— Почему?

— Олег давно хотел избавиться от нее, но врачи отсоветовали: якобы эта операция может спровоцировать развитие онкологического заболевания!

— Вениамину-то все равно, — пожал плечами Дегтярев, — и врач у него соответствующий, готовый за звонкую монету на все!

— Почему же Веня не обратился к бандитам, чтобы те убили Олега! Если у парня такие связи в криминальном мире...

Полковник вздохнул:

— На то несколько причин. Во-первых, троица

хотела обстряпать дело шито-крыто, чтобы ни с кем не делиться.

— А Махов с Мыльниковым?

Полковник отмахнулся:

— Им вообще не собирались ничего давать, сразу небось решили избавиться от парней. А бандитам надо заплатить, и потом, это такие люди! Только почуют денежки, мигом все выдавят, вот Веня и решил обойтись собственными силами, но убить Олега не смог, духу не хватило. Наверное, он бы все же прибег к их помощи, но Гладышев потерял память и вроде стал не опасен.

— Почему же Милена, убив Мыльникова и Махова, оставила в живых Олега?

Дегтярев прищурился:

— Значит, ты ничего не поняла, Олег любил ее, сделал ей много хорошего, да и она одно время испытывала к нему нечто, похожее на любовь. Знаешь, многие убийцы сентиментальны. Похоже, Милена из их числа. Она сначала решилась на убийство Гладышева. Желая получить огромные деньги, Мила пошла на преступление, а когда поняла, что Гладышев жив, сломалась. Уж не знаю, что бы она делала, очнись Олег в здравом уме и твердой памяти, но у него полная амнезия, и его, по мнению Милы, нужно оставить в живых. Вот такой заворот кишок. Ну не смогла она добить того, с кем провела много хороших минут. Убить решилась, а добить нет!

— Значит, они все же были любовниками, Олег и шляпница! — воскликнула я. — Вот ведь какой поворот. Ну, Гладышев! А мне казалось, что он очень любит Ленку!

— Тебя только это удивляет? — вздернул брови Дегтярев.

— Нет! Кто прислал ей деньги и записку? Зачем?

— Это совершенно иная история, — спокойно ответил полковник, — впрочем, могу рассказать и ее.

Глава 33

— Знаешь, иногда мы объединяем дела, — начал Дегтярев, — ну, допустим, в противоположных концах города совершены преступления, их расследуют разные сотрудники, которым становится понятно: во всех случаях действовал один человек. Не стану объяснять, почему приходят к такому выводу, поверь, так бывает. Тогда дела связывают в одно, что упрощает поиск.

— К чему мне эта информация?

— А к тому, — сердито ответил Александр Михайлович, — что объединять преступления надо умело, все предварительно взвесив. Вот ты сразу подумала, что деньги Лене прислал Олег. Отчего ты пришла к такому выводу?

— Ну, — забормотала я, — почтальонша описала передавшего конверт: темноволосый, стройный, на виске родинка... Кстати, я же смотрела на Олега и не увидела шрама? Почему?

— Просто не заметила, — буркнул полковник, — он крохотный, совершенно невидимый. К тому же темнело, но не об этом речь! Темноволосый, стройный... Не кажется ли тебе, что ты сделала поспешный вывод. Ну-ка, посмотри вокруг. Многие подходят под это описание.

— А родинка?

— У мужчины, который передал конверт, была не родинка, а фурункул, точнее, большой темно-красный прыщ.

— Но почтальонша сказала про родинку! — отбивалась я. — И потом, ну кто же мог прислать Ленке деньги? Такую сумму! Только Олег!!!

— Да с чего ты взяла, что деньги предназначались Гладышевой?

Я разинула рот.

— А кому? Письмо опустили в ее почтовый ящик!

— Ага, но не для нее! Ладно, слушай! Лена живет в доме двенадцать «а», в квартире сто двадцать. А в башне под номером просто двенадцать, без буквы, в апартаментах под тем же номером обитает Света Знакова, молодая женщина, недавно родившая сына. Забеременела она от парня из блатного мира, авторитета, Эдуарда Плотникова. Эдик давно и прочно женат, он справил пятидесятилетие и разводиться с супругой не собирается, правда, детей у них нет. Узнав, что бывшая любовница родила сына, Эдуард решил дать бабе денег, но Света категорически отказалась от них.

— Мальчик только мой, — заявила она, — сама его воспитаю.

Светлане едва исполнилось двадцать два, и она полна юношеского максимализма. Она не прочь выйти за Эдуарда замуж, если тот разведется с супругой, но быть его вечной любовницей не желает. Эдик только посмеивается, он считает, что все бабы дуры, но его сын не должен нуждаться. И вообще, Плотников года через два собирался

отобрать сына у идиотки, а пока пусть воспитыва-
ет. Двадцать тысяч долларов он положил в пакет и
велел одному из шестерок:

— Едешь по этому адресу, кладешь письмецо в
почтовый ящик и потом звонишь дуре по мобильному. Небось не вышвырнет баксы на улицу.

Посланец прибывает на место и... путает дом.
Вместо башни под номером двенадцать входит в
дом двенадцать «а».

Я только открывала и закрывала рот. Действительно, я от Гали знаю, что многие ошибаются адресом.

— Парень входит в подъезд, — продолжал Александр Михайлович, — и налетает на бабу Клаву,
которая не пускает его внутрь. Он выходит на
улицу, размышляя, как поступить. Эдуард вспыль-
чив, и сказать ему: «Меня не впустила лифтерша» — невозможно. И тут появляется Соня с сумкой, набитой газетами. Бандит дает ей конверт и
сто рублей за услугу. Соня исчезает за дверью, а
парень подходит к окну и наблюдает за ней. На
улице темнеет, внутри подъезда горит свет и хорошо видно, как почтальонша с определенным усилием впихивает пакет в узкую щель ящика.

Радуясь, что дело сделано, парень звонит по
указанному телефону. Но трубку никто не снима-
ет. Посланец соединяется с Эдуардом.

— Баксы на месте, а Светланы нет.

— Езжай домой, — велит тот, — знаю, у матери
она. Поздно приедет, сам скажу ей про деньги.

На следующий день выясняется, что долларов
в ящике нет. Эдуард взбешен, кто-то украл нема-
лую сумму, но еще более злым он делается, когда
узнает, что глупый парень перепутал адрес. Он

вызывает того и велит: «Немедленно доставай бабки. Вытряхни их из тех, кто взял пакет».

Парень берет с собой двух громил и несется к Ленке. И тут происходит непредвиденное. Когда братки вваливаются в подъезд и пытаются открыть решетку, баба Клава восклицает: «Митрофанов! Опять за старое взялся. Ну погоди, сейчас позвоню в милицию!»

Лифтерша раньше работала на зоне и узнала среди громил одного из бывших «сидельцев». Но старуха не успевает воспользоваться телефоном. Митрофанов, понимая, что ему нечего терять, хладнокровно стреляет дежурной в голову. Труп заталкивают под стол, потом поднимаются наверх и видят, что дверь нужной квартиры открыта.

— Ленка частенько забывала ее запереть, — прошептала я, — а на все замечания говорила: «У нас безопасно».

— Бандиты входят в квартиру, Гладышева в этот момент курит на лоджии, им кажется, что в доме никого нет. Парни начинают рыться в гостиной и быстро находят пакет. Обрадовавшись, они уже собираются уходить, но тут в комнату входит Ленка, начинает визжать, и Митрофанов снова стреляет. Пистолет у него с глушителем, шума никакого, тело, как им кажется, мертвой женщины они выносят на балкон и спокойно уходят. Они очень довольны собой, деньги найдены, проблема устранена, хозяин должен их похвалить. Но Эдуард в ярости, он орет: «Идиоты! Два трупа, наследили, нагадили! Теперь уж убирайте и почтальоншу, лишние свидетели никому не нужны. Олухи! Кретины!»

Громилы чешут в затылках и на следующий

364 .... Дарья Донцова

день убивают Соню. Вот так обстояло дело. Деньги предназначались не Лене Гладышевой, кстати, она испугалась почти до беспамятства, увидев ассигнации. Единственное, на что она надеется: купюры подсунула глупая Дарья Васильева, которая не раз пыталась оказать ей материальную помощь. Она едет к тебе выяснять отношения. Собственно говоря, это все.

— Что-то у тебя концы с концами не сходятся, — протянула я.

— Да? Почему же?

— Говорил же, Милена боится ездить на кладбище, чтобы не встретиться с Олегом, а она явилась при мне к Вениамину!

Дегтярев оттолкнул чашку:

— Воды из-за тебя нахлебался по уши! Майя Хвостова явилась туда к своему мужу, Вениамину.

Я подскочила:

— С ума сошел, да? Милена — это Майя Хвостова, и она же, по-твоему, жена директора кладбища? Совсем офигел!

— Нет, дорогуша, — ухмыльнулся полковник, — это ты ничего не поняла.

— Сам же сказал, что Милена Титаренко превратилась в Майю Хвостову?

— Это ты заявила, я только начал фразу: «Милена Титаренко вышла замуж и стала...»

— Маей Хвостовой!!!

— Вот опять поперек батьки в пекло лезешь! Нет, Майя Хвостова давным-давно жена Вениамина. Они с Миленой знакомы много лет, обе подходят друг другу, обе — подлые бабы. Майя в курсе многих дел Милены, это она подсказала ей идейку с «могилой», а денежки Приходько подружки поделили пополам. Правда, когда Милена вышла замуж, она отдалилась от Майи, ей не слишком хотелось, чтобы перед глазами маячило напоминание о прежней жизни...

— Погоди-погоди, — бормотала я, — но Майя уверяла, будто ее супруг жутко ревнивый — то ли поэт, то ли писатель.

— И ты ей поверила?

— Ну, в общем...

— Дорогая моя, — с жалостью произнес полковник, — люди часто врут, намного чаще, чем ты полагаешь. Вениамин Хвостов работает на кладбище. Можно мне договорить?

— Да, конечно, извини.

— Милена не зовет Майю на свадьбу, с ее стороны вообще никого нет, на бракосочетании присутствуют лишь друзья жениха. Но спустя несколько лет, когда у Титаренко уже подрастает сын, муж приводит жену в ресторан, где сотрудники Дома моделей Сизова отмечают день рождения приятеля. Там Милена и сталкивается с Майей, которая работает у Гарика шляпницей. А буквально через месяц речь заходит о полумиллионе долларов! Милена и Майя мигом...

— Стой! — заорала я. — Муж Милены работал у Сизова?

— До недавнего времени — да.

— А почему Олег так доверял Милене?

— Вот, — удовлетворенно кивнул Дегтярев, — я все ждал, когда же ты догадаешься задать сей вопросик! Да потому, что она для него единственная, любимая женщина, которую он ждал всю жизнь, мать его сына Алешки.

— Ты хочешь сказать, — потрясенно протянула я, — что...

— Да, — припечатал приятель, — Милена Титаренко, выйдя замуж за Олега Гладышева, поменяла фамилию и отбросила первый слог от своего имени, она стала Леной Гладышевой, интеллигентной, гостеприимной хозяйкой, сотрудницей журнала.

Чувствуя, что у меня начинается мигрень, я схватила приятеля за руку.

— Но она же искала Олега! Мы ездили вместе с ней по гадалкам и экстрасенсам!

— Сплошное притворство. Гладышева изображала убитую горем жену, великолепно зная, что Олег живет на кладбище.

— Но мы ездили с лопатой по Подмосковью!

— Правильно, она отводила от себя подозрения, старалась изо всех сил. Кстати, помнишь ее день рождения?

— Конечно, пятнадцатого октября.

— Вот-вот, Лена тогда так бойко отплясывала, что у меня царапнуло на душе: еще года нет, как муж пропал, и такое веселье. Правда, я не заподозрил ничего плохого, просто подумал: «Хорошо, наверное, что я не женат, вот и Лена уже забыла Олега».

— Нинка Расторгуева сказала то же самое, — прошептала я, — но ведь она про всех гадости говорит! Мне и в голову подобное не пришло! Олег ей так доверял!

Дегтярев кивнул:

— Да, и сразу сообщил о деньгах. И тридцать первое декабря Гладышева провела совсем не так, как потом тебе рассказывала. С утра Олег уехал на работу, потом, взяв деньги, подхватил на дороге жену, она сказала, что хочет вместе с ним съездить в Ложкино. Вот так-то. Олег никогда бы не посадил в машину, где лежал кейс с такой суммой денег, никого из посторонних, он вообще бы никого не взял с собой из осторожности. Но Лена! Любимая жена, его второе «я». Нет, все-таки хорошо, что я остался холостяком, все бабы — дряни, — резко заявил Дегтярев, потом встал и произнес сквозь зубы: — Да, кстати, купи бутылку этому инспектору ГИБДД Михаилу Андреевичу Нестеренко.

— «Пончику»?

— Да.

— Зачем?

— Как ты думаешь, почему убийца не успел увезти тебя и закопать в тихом месте?

— Не знаю, не подумала об этом.

— Похоже, ты вообще мало думаешь, — окрысился Дегтярев и снова сел. — Нестеренко спас тебе жизнь. Он опытный работник, всю жизнь на дороге. Парень в «БМВ» ему не понравился, правда, документы у него были в порядке и нарушений он не совершил. Но у некоторых сотрудников правоохранительных органов развивается «чувство преступника». Вроде перед ним обычный человек — приветливый, открытый, — а на душе кошки скребут, и внутренний голос шепчет: «Ох, не тот он, за кого себя выдает». Нестеренко, правда, сначала отвлекся, поймал нарушителя, но потом, когда ты уже уехала, прокрутил в голове ситуацию еще раз, вспомнил твою фразу про Ложкино и решил подстраховаться. Перед поселком имеется пост, вот туда он и сообщил координаты «БМВ» и «Пежо».

— Меня на этом посту великолепно знают.

— Правильно, многих других жителей тоже, дорога тупиковая, туда сворачивают изо дня в день одни и те же автомобили. А Михаил Андреевич очень нервничал, вот один из патрульных, сев на мотоцикл, и поехал за тобой. Успел как раз вовремя. Ты уже лежала в багажнике, скрюченная. Так что отблагодари Нестеренко. Кстати, он испытывает к тебе самые светлые чувства. Даже приехал в больницу и привез фрукты.

Я судорожно вздохнула. Друга можно найти и на большой дороге, несмотря на то, что он инспектор ГИБДД, а ты нарушитель. Дегтярев хмуро смотрел на меня. Преодолевая тошноту, я прошептала:

— Но зачем Ленка явилась ко мне с деньгами?

— Она решила, что Майя и Вениамин задумали какую-то гадость, — мрачно ответил полковник, — испугалась ужасно. Оставалась слабая надежда, что баксы подсунула ты, ну, согласись, это вполне в твоем духе. Вот она и приехала, изображая негодование. А когда поняла, что глупая Даша ни при чем, чуть не разрыдалась, значит, все-таки подельники строят козни! Задумали что-то непонятное, страшное, раз рискнули двадцатью тысячами долларов.

— Но она разрешила мне начать поиски.

— Да нет, Лена пыталась тебя остановить, дескать, сама разберусь, но ты же неуемная...

— Я решила, что мой долг ей помочь...

— Тебе повезло, что в квартиру вошли братки и выстрелили в Гладышеву, — жестоко сказал полковник, — иначе она, безусловно, приняла бы меры и сумела унять твой детективный пыл. Но Гладышева попала в больницу, и у Дашутки оказались развязаны лапки.

— Но как ты обо всем догадался?!

— Это неинтересно, — отрезал полковник, — простая работа, бывают дела и покруче.

— Ленка никогда не брала у нас денег, — пробормотала я, — мы бы дали ей любую сумму...

— Между прочим, — поджал губы Дегтярев, — это не так.

— Не говори глупостей! Сколько раз я ей предлагала, а она отказывалась.

— Ага, давай вспомним! Где провели прошлое лето Лена и Алеша?

— Июнь и июль с нами в Ложкине, а на август мы все вместе уехали в Испанию.

— За чей счет?

— Я сама позвала ее с сыном, мой долг...

— Уже слышал про долги, — отмахнулся полковник, — заканчивай дудеть в одну дуду, лучше скажи, что ей Кеша подарил на день рождения?

— «Жигули». Ленке трудно без машины, а денег у них не было. Я ей сочувствовала.

— Так, теперь вспомни, кто купил ей новую шубу?

— Зайка, на Рождество.

— Знаю-знаю, у нее не было хорошего манто, а старое поистаскалось, и вам стало ее жаль. Так брала она деньги?

Я растерялась:

— Ну это же подарки, мы сами их вручали...

— А она принимала и, изображая из себя щепетильную особу, отказывалась от денег. Пойми, ей было более выгодно пользоваться вами, чем брать у вас деньги.

У меня не нашлось возражений, потом вдруг меня осенило:

— Наши драгоценности: мои часики, серьги и колечки Зайки, цепочка Маруси... Их украла во время карнавала Лена?

— Думаю, да, — кивнул полковник, потом встал, пошел к двери, но по дороге обернулся и припечатал: — Все бабы — дряни!

Собравшиеся в кафе посетители с ожиданием уставились на меня, но мне было так плохо, что я даже не сумела достойно отреагировать на хамское, совершенно несвойственное Дегтяреву поведение.

Эпилог

К сожалению, я не могу сообщить вам никаких радостных вестей. Лена поправилась, и ее препроводили в СИЗО, где уже, естественно, на разных этажах пребывали Майя и Вениамин. Следствие в самом разгаре. Троица бодро рассказывает о том, как решила завладеть полумиллионом долларов. В целом их показания совпадают. Но вот в деталях наблюдаются расхождения. Майя уверяет, что Лена-Милена первой предложила присвоить гигантскую сумму и подбила Хвостовых, слабохарактерных и мягких, на преступление. Госпожа Гладышева, рыдая, утверждает обратное. Майя, мол, вызвала ее на встречу и сказала: «Будешь помогать нам — получишь деньги. В противном случае расскажу Олегу кое-что, в частности про Ростислава Приходько».

— Я сопротивлялась, как могла, — плакала Лена, — но они меня заставили.

Негодяи настроены решительно бороться за уменьшение срока своего заключения, поэтому старательно топят друг друга. Хвостов сообщил, что Лена отравила Федора и убила Николая. Гладышева отрицает все, крича:

— Мыльников отравился сам техническим спиртом, при чем тут я? Николая понесло на стройку. Да, десятки рабочих падают с мостков! Может, это я всех скинула? Лучше проверьте Вениамина, хотите расскажу о его делишках? Он связан с бандитами...

Когда Дегтярев, приехав домой, в очередной раз стал рассказывать, как идет следствие, Зайка, зажав уши, заявила:

— Лена! Мне это и в голову не могло прийти. Вот что, я запрещаю теперь произносить это имя в нашей семье! Если захотите обсуждать данную ситуацию, то требую называть мадаму... гарпия. Именно так — гарпия с пропеллером.

— Почему с пропеллером? — изумился Дегтярев.

Ольга уставилась на полковника злым взглядом.

— Потому что везде летала и все успела! И вообще, отстань от меня. Такое ощущение, что я в дерьме искупалась! Прекрати, пожалуйста, меня не интересуют детали, главное, я знаю, что на Олега напала Ленка, и перед этим ужасным открытием меркнет все остальное.

Я промолчала, но, честно говоря, была целиком и полностью солидарна с Ольгой. Мне тоже неинтересно, кто кого из подельников порешил, хватит того, что известно: шприц в мужа воткнула Ленка, женщина, которую Гладышев любил, которая считалась моей подругой, милой, приветливой, талантливой журналисткой и примерной матерью.

Впрочем, теперь мне стало понятно, что Лена никогда не любила Алешку, скорей всего, она родила сына для того, чтобы «привязать» к себе мужа. Находясь в СИЗО, Гладышева ни разу не поинтересовалась судьбой мальчика.

Олега мы вернули домой. Ошарашенный мужик походил по квартире, потрогал вещи, поиграл с Алешкой. Видно было, что он изумлен, но и только. Гладышев ничего не вспомнил и знакомился со всеми нами заново. Аркашка устроил Олега в клинику, и пару месяцев его упорно лечили. Физическое состояние его хорошее, но и только. Врачи лишь разводят руками.

— Иногда память возвращается, — успокаивают они нас, — в результате нового стресса, например. Вы подождите.

Мы ждем, но пока безрезультатно. Меня в этой ситуации радует одно: Олег забыл Ленку и не страдает из-за ее предательства. Он, в общем-то, счастлив. Жалостливый Гарик Сизов вновь взял Олега к себе. Иногда я заглядываю к нему и вздрагиваю, видя, как легко и ловко Олежка кружит в вальсе очередную модель, которую нужно обучить танцу. В такой момент мне кажется, что он стал прежним. Но вот музыка стихает. Гладышев подходит ко мне и говорит:

— Здравствуйте, то есть здравствуй! Как дела?

И я понимаю, что он воспринимает меня как

недавнюю знакомую, а не как Дашку Васильеву, с которой прошло его детство.

Полмиллиона долларов вернулись к Сизову, но тот не слишком рад, потому что начались проблемы с налоговой инспекцией.

Алешу мы отправили во Францию, к нашим друзьям Анри и Мари-Роз Гранж. У них есть все, даже замок на Луаре, но вот детей господь не послал. Проблем с выездом у мальчика не было. Гладышев подписал все нужные бумаги, и Мари-Роз увезла ребенка. Гранжи не могут его пока усыновить, но Лена, скорей всего, долгие годы проведет на зоне, а Олег относится к малышу прохладно, поэтому Алеше лучше будет у Гранжей. Я не знаю, как сложится его дальнейшая судьба, и, честно говоря, не хочу ничего загадывать.

Генка уехал в Америку, мы не стали поднимать шум из-за денег, просто вернули двести тысяч в банк. Бедный Генри еще довольно долго бегал по дому, тряся ноутбуком и спотыкаясь о кучи мусора. Кульминация наступила в начале марта.

Утром я, Зайка, Кеша, Дегтярев и орнитолог пили на кухне чай. Столовая и гостиная до сих пор были в руинах, Генри мрачно болтал ложкой в чашке, вид у него был настолько несчастный, что мне стало жаль бедного ученого. Вот дурачок, ясно же, что никакого оранжевого гуся тут нет! Надо постараться осторожно внедрить в его сознание эту мысль и отправить мужика домой. Честно говоря, «птицевед» надоел всем до зубной боли.

Не успела я сконцентрироваться на этой разумной мысли, как из коридора послышалось:

— Га-га-га...

Генри подскочил и опрокинул хлебницу.

Дверь на кухню отворилась, и появился... огромный, важный, невероятно толстый гусь с оперением пронзительно апельсинового цвета. За ним шла улыбающаяся Машка.

— Это кто? — попятился Генри.

Я чуть не свалилась со стула. Бог мой, птичка существует на самом деле! А какая здоровенная! Где же она пряталась до сих пор? Точно не в доме, подобного монстра трудно не заметить.

— Блин, — подскочил Кешка.

— Ох и ни фига себе, — по-детски разинул рот Дегтярев.

— Мама, — взвизгнула Зайка, — я его боюсь, он кусается!

— Гуси щиплются, — поправила Маня.

— От этого мне не легче, — скороговоркой произнесла Зайка и быстренько спряталась за мою спину, — защипать можно и до смерти.

— Не, он мирный, — засмеялась Маня.

— Это кто? — недоумевал Генри.

— Как кто? — начала злиться Машка, — Не видишь разве? Оранжевый гусь, оранжевее не бывает. Забирай его в свой Юм.

— Но это не он! — завопил Генри. — У оранжевого гуся серое оперение.

Маня выпучила глаза:

— Ты не путаешь? Оранжевый гусь серый? Ну не бред ли? Отчего же его зовут оранжевым?

— Из-за клюва, — пояснил орнитолог, разглядывая гигантское водоплавающее, нагло расхаживающее по кухне, — он у него цвета апельсина. А это самый обычный гусак, вот только отчего у него перья такие? Ну скажите мне, отчего?

Качая головой, он принялся изучать птичку.

Зайка, Кеша и Дегтярев молча следили за Генри. Я же пригляделась к Мане, заметила на ее руках странные желтые пятна... Значит...

— Это что? — вдруг завопил Генри. — Что?!!

Не успели мы вздрогнуть, как сумасшедший орнитолог встал на четвереньки и, схватив Маню за щиколотку, поднял ее правую ногу верх. Чтобы не упасть, она уцепилась за буфет. Я испугалась. Очевидно, появление странного водоплавающего добило ученого, и он совсем съехал с катушек.

— Это что?!! — вопил Генри, пытаясь сорвать с Машкиной ноги надетый на щиколотку оригинальный ярко-желтый браслет, — что?!!

— Украшение такое, — пискнула Маня, — для красоты.

— Где взяла?

— Аля Вронская подарила. Она его мне в Париже отдала, ее папа там...

— А у нее откуда?

— Из Египта привезли, мне в подарок. Да что случилось?

— Немедленно, слышишь, сейчас же отведи меня к этой Але, — завизжал Генри, — сию минуту, бегом...

— Может, объяснишь нам, в чем дело? — осторожно поинтересовался Кеша.

Генри, красный и потный, воскликнул:

— Знаете, что у нее на ноге?

— Браслет, — хором ответили мы.

— Нет!!! — заорал орнитолог, багровея. — Нет!!! Это радиомаяк оранжевого гуся, сигнал от которого поступает на мой ноутбук.

Я прикусила нижнюю губу. Так вот почему гусак совершал перелеты из Египта в Париж, потом в Москву, затем поселился в Ложкине и мотался в Дегтярный переулок. Там расположена школа, куда ходит Маруська.

Через час мы знали все. Отец Али Вронской, заядлый охотник, купил тур на сафари и случайно подстрелил оранжевого гуся. Трофей был доставлен в гостиницу, Але отдали симпатичный браслетик, невесть зачем охватывающий жирную шею птицы. Алечка подарила сувенир Мане, а та, недолго думая, нацепила украшение себе на ногу, страшно обрадовавшись презенту. Браслет выглядел очень оригинально, ярко-желтый, блестящий, из непонятного материала, к тому же в сумерках он начинал светиться, одним словом, классный прибамбас, как раз во вкусе подростков, ни у кого в школе не было подобного.

Когда Генри, в которого Аркадий влил полбутылки коньяка, пошел в спальню, я тихо спросила у Маруси:

— Чем ты гуся выкрасила? И где его взяла?

Девочка горестно вздохнула:

— На рынке, на «Птичке». Кто же знал, что оранжевый гусь на самом деле серый? Мы с Кирюшкой все утро его обрабатывали, купили краску для волос, цвет «яркий апельсин». Ванну тете Кате испачкали, Кирюха сейчас ее отмывает! Думала, Генри увидит гуся, обрадуется и уедет домой. Знаешь, как гусь орал, когда мы его красили! И в такси по дороге в Ложкино так шипел, что водитель с меня двойную плату взял.

Я посмотрела на мирно сидящую у посудомойки жирную птичку. Да уж, настрадалась бедная, и что с ней делать дальше? Ох, представляю, что мне скажет Катюша Когтева! Сначала Кирюшка приволок щенка с помойки, потом дети изуродовали краской ванну...

Не успела я сообразить, что же сказать Катьке, как раздался звонок. Я схватила трубку:

— Немедленно приезжай ко мне, — заорала Когтева, — сию секунду! Срочно!!!

Я понеслась к «Пежо». Вот ведь беда! Мы с Катькой дружим много лет, ходили в один класс и никогда, ни разу в жизни не поссорились. И вот теперь, похоже, добрым отношениям пришел конец. Катюха, моющая по шесть раз на дню полы, естественно, не стерпела грязи от щенка, да еще перепачканная ванна!

По дороге я зарулила в магазин и купила целый пакет чистящих средств: жидких, абразивных, пастообразных... Когда Катюха открыла дверь, я выставила вперед бутылочку и бодро сказала:

— Тетя Ася приехала!

— Придурочная тетя Ася таскается по гостям с отбеливателем, — нервно отреагировала Катька, — зачем мне чистящий порошок?

— Сейчас я отмою ванну, ты извини...

— Да плевать на все, у меня проблема, — отмахнулась Когтева.

Я осторожно сняла туфли, не понимая, что происходит. Обычно, завидя гостей, Катюха начинает командовать:

— Ботинки ставь сюда, на тряпку! Осторожней, не натряси грязи. Дашка, немедленно иди на лоджию и почисти брюки, на них собачья шерсть. Потом вымой руки! Ужасно, как только ты живешь с животными, они же линяют. Стой, пол подотру!

К слову сказать, я совершенно не обижаюсь на

нее. У меня тоже имеются кое-какие привычки, раздражающие друзей, надо уметь не замечать чужие недостатки, только тогда дружба будет крепкой. Катюху заклинило на чистых полах, на мой взгляд, это явный невроз, но переделывать ее я не собираюсь, люблю ее такой, какая есть.

Но сейчас Катюха меня удивила. Она не дала мне помыть руки и не отправила трястись на лоджию. Нет, она потащила меня в гостиную и ткнула пальцем на диван.

— Он умирает, сделай что-нибудь, я не переживу его смерть.

На бежевом велюре лежал черный щенок. Весь диван был в клочьях собачьей шерсти.

— Ничего не ест, — всхлипнула Катюха, — мой Ричик.

— Как его зовут?

— Ричард, Ричик, Ричи, Ричулик...

Услыхав свое имя, щенок, кряхтя, слез с дивана, сел возле телевизора...

— Вот! — закричала Катюха, — понос!!!

— Он напачкал на пол, — засуетилась я.

— Да плевать на паркет, — взвилась Когтева, — что с моим малышом?

Я потеряла дар речи, глядя, как она обнимает щенка и целует его в морду. «Плевать на полы»!!! Впрочем, процесс превращения человека в собачника происходит, как правило, стихийно.

— Дай ему фуразолидон, — пришла я в себя, — ты его просто перекормила. Что он ел вчера?

— Геркулесовую кашу с мясом, я специально на рынок бегала за телятиной, — начала перечислять Катька, — творог, сушки, еще крабовые палочки и чипсы, Ричик их просто обожает! Да, мой сладенький? Ну, ложись на диванчик!

Я только диву давалась. Еще месяц назад на этот диван не пускали Кирюшку в джинсах, прежде чем сесть, мальчик был должен переодеться в «домашнее». Но теперь, похоже, Катюху не раздражают даже клочья шерсти.

— Посади его на диету, а лучше сутки вообще не давай есть. И учти, бутербродами с икрой нельзя кормить щенка.

— Мы ему только осетрину горячего копчения дали, — на полном серьезе заявила Катька, — а он не умрет с голоду?

Ричик не умер с голоду и превратился в лохматого, веселого пса неизвестной породы. В доме он играет роль любимого ребенка, ему прощают все.

Генри улетел в Америку, прихватив с собой браслет. Гусь остался у нас, живет в гараже и чувствует себя прекрасно. Иногда мы разыгрываем знакомых, приводим его в комнату и говорим, что владеем уникальной, страшно дорогой птицей.

— Порода такая, — частит Маня, — южнофранцузский оранжевый гусак, их в мире всего четыре особи.

Самое смешное, что кое-кто нам верит. Как-то раз заявились корреспонденты из журнала, и фото крашеного гусака украсило обложку.

Ремонт принял хронический характер, гостиная и столовая в разгроме. К Диме и Паше мы привыкли, как к родным, и рабочие нас больше не раздражают. Что еще? Ах да! Краска, которой Маруська обработала в свое время перья гуся, оказалась невероятно стойкой. Она не поблекла со временем и не смылась водой. Наш гусик по-прежнему ярко-оранжевый, просто ходячий, перистый апельсин. Я же теперь стараюсь красить голову только продукцией этой французской фирмы, но, очевидно, мои волосы не перья, и с них мигом «стекает» красота. В мае я собираюсь в Париж. Обязательно выдеру у гуся парочку перьев из хвоста и отвезу к специалистам на фирму. Может, изучение гусиной «шубы» поможет в создании новых суперкрасок для волос?

Донцова Д. А.

Д 67   Гарпия с пропеллером: Роман. — М.: Изд-во Эксмо, 2003. — 384 с. (Иронический детектив).

ISBN 5-699-04309-8

В одно отнюдь не прекрасное утро к любительнице частного сыска Даше Васильевой приехала подруга Лена Гладышева и обвинила в том, что та тайно подсунула в почтовый ящик двадцать тысяч долларов. Но это была не Даша! Муж Лены Олег исчез год назад при загадочных обстоятельствах. Лена вначале бедствовала, но от помощи гордо отказалась... Только все стало налаживаться, и бац! Кто-то подбросил ей якобы от имени Олега деньги. Подруги решили выяснить у консьержки, кто подложил конверт. Та сказала, что это была почтальонша Соня. Пока Даша беседовала с Соней, какие-то отморозки убили консьержку и тяжело ранили Лену. Почтальонша описала мужика, передавшего ей деньги. Похоже, это был... Олег. Неужели он сбежал от жены и сына? Почему?.. Менты мышей не ловят, считают происшедшее простым совпадением. Ну ничего, Дашутка всех их умоет, особенно полковника Дегтярева! Она отыщет Олега — живого или мертвого...

УДК 882
ББК 84(2Рос-Рус)6-4

Оформление серии художника *В. Щербакова*

Литературно-художественное издание

Донцова Дарья Аркадьевна

ГАРПИЯ С ПРОПЕЛЛЕРОМ

Ответственный редактор *О. Рубис*
Редактор *Т. Семенова*
Художественный редактор *В. Щербаков*
Художник *Е. Рудько*
Компьютерная обработка оформления *И. Дякина*
Технический редактор *О. Куликова*
Компьютерная верстка *Т. Комарова*
Корректоры *З. Харитонова, Г. Титова*

ООО «Издательство «Эксмо».
127299, Москва, ул. Клары Цеткин, д. 18, корп. 5.
Тел.: 411-68-86, 956-39-21.
Интернет/Home page — www.eksmo.ru
Электронная почта (E-mail) — info@ eksmo.ru

Подписано в печать с оригинал-макета 23.09.2003
Формат 84×108 ¹/₃₂. Гарнитура «Таймс». Печать офсетная.
Бум. газетная. Усл. печ. л. 20,16. Уч.-изд. л. 14,4.
Тираж 420 000 экз. Заказ № 0311360.

Отпечатано на MBS в полном соответствии
с качеством предоставленного оригинал-макета
в ОАО «Ярославский полиграфкомбинат»
150049, Ярославль, ул. Свободы, 97.